Inneal na Tìme
Tionndadh Dà-chànanach

The Time Machine
Bilingual Edition

H. G. WELLS

A' GHÀIDHLIG LE MORAY WATSON

Facal Taing / Thanks

Tha mi fo chomain aig Comhairle nan Leabhraichean a chuidich le cosgaisean a' phròiseict seo. A bharrachd air sin, tha mi taingeil do mo cho-obraichean ann an Roinn na Gàidhlig, Oilthigh Obar Dheathain, a rinn tuilleadh teagaisg gus am biodh tìde agam crìoch a chur air an leabhar seo. / I am grateful to the Gaelic Books Council, who provided assistance with the costs associated with the project. I am also thankful to my colleagues in the Gaelic Department at the University of Aberdeen, who assumed the burden of additional teaching so that I would have the time to complete this book.

CONTENTS
CLÀR-INNSE

Ro-ràdh

Rugadh Herbert George Wells ann an 1866 anns a' bhùth a bha aig a phàrantan ann am Bromley, Kent. Chaochail a phiuthar còrr is dà bhliadhna mus d' rugadh e fhèin, agus is dòcha gun robh buaidh aig a' chall sin air an àrach aige agus, mar sin, air a sgrìobhadh. Nuair a bha e na phàiste, bhiodh Wells a' leughadh gu h-èasgaidh, rud a dh'fhàg dèidh aige air litreachas. A rèir Roberts (2019), ged a chanadh Wells gun robh e measail air sgrìobhaidhean Jonathan Swift agus Plato, b' e Dickens bu mhotha a chòrd ris, agus, mar thoradh air sin, bha obair fhèin na b' fhaisge air, agus na bu choltaiche ri saothair Dickens na Swift no Plato (Roberts 2019, 4). Tha Bergonzi ga choimeas le Hawthorne, Melville, Stevenson agus Kafka (Bergonzi 1976, 39), agus tha e follaiseach gun robhar a' toirt iomradh air Verne nuair a bha Wells beò.

Nuair a bha Wells ochd bliadhna deug, fhuair e cothrom a dhol gu colaiste airson saidheans ionnsachadh, agus tha an t-eòlas seo ri fhaicinn ann an cuid mhòr den uirsgeul aige. Ann an *The Time Machine*, tha deasbad ann mus falbh an Siùbhlaiche-tìme, far a bheil an caractar a' bruidhinn gu cinnteach mu dheidhinn bhun-bheachdan àrda ceangailte ri matamataig agus fiosaigs. Tha an còmhradh feallsanachail ach stèidhichte ann an tuigse shaidheansail an 19mh linn. Air feadh an leabhair, chithear ùidh an ùghdair ann am bith-eòlas, ainmh-eòlas agus ceimigeachd, trì rudan eile a dh'ionnsaich Wells sa cholaiste. Thig seo am follais gu h-àraidh san roinn dheireannaich den leabhar, nuair a tha am prìomh phearsa anns an t-seann taigh-tasgaidh agus e a' rannsachadh nan taisbeanaidhean. Nochdaidh suim agus fiù 's tlachd an ùghdair sna gnothaichean saidheansail seo, air an riochdachadh anns mar a tha an caractar air a bheò-ghlacadh leotha. Dh'èirich seo às an fhoghlam a fhuair Wells aig an Normal School of Science (a tha a-nis na pàirt de Imperial College London), gu sònraichte fo stiùireadh T. H. Huxley (Gill 1975, 37). Sgrìobh Gill mun mhiann a bha aige airson ionnsachadh fad a bheatha (Gill 1975, 25), agus mar a bha e daonnan ag iarraidh an t-eòlas aige a chom-pàirteachadh le daoine eile.

Ged a dh'fhàg Wells a' cholaiste gun cheum an toiseach ann an 1887 (Draper 1987, 3), thill e is choisinn e ceum ann an 1890. An dèidh sin, bha e a' teagasg bith-eòlas agus cuspairean ceangailte, mus do thòisich e a' sgrìobhadh airson a bheòshlaint. Dh'fheuch e fiù 's tràchdas ollamhachd a choileanadh ann an Oilthigh Lunnainn (Borrello 1972, xiv). Sgrìobh e iomadh seòrsa rud, bho

Introduction

Herbert George Wells was born in his parents' shop in Bromley, Ken in 1866. His sister died two years before his own birth, a loss that may have left its mark on his upbringing and therefore his writing. When he was a child, Wells was an avid reader, and he grew up with a love of literature. According to Roberts (2019), although Wells himself would say he was a fan of the works of Jonathan Swift and Plato, it was Dickens who appealed to him most and, therefore, his own writing was closest to that of Dickens (Roberts 2019, 4). Bergonzi compares his writing with that of Hawthrone, Melville, Stevenson and Kafka (Bergonzi 1976, 39), and people apparently also likened it to Verne during Wells's lifetime.

When Wells was eighteen, he went to college to study science, an experience that informs a great deal of his fiction. In *The Time Machine*, a discussion takes place before the Time Traveller departs, where the character speaks authoritatively about complex concepts related to mathematics and physics. The conversation is at once philosophical and yet based on the scientific understanding of the 19th centruy. Throughout the book, the author demonstrates his interest in biology, zoology and chemistry, three other subjects Wells studied in college. This becomes especially clear in the final movement of the book, when the main character is exploring exhibits in the old museum. The author's fascination and indeed delight in these scientific matters is reflected in the character's own obsession with them. Wells received this education at the Normal School of Science (later incorporated into Imperial College London), most particularly when he was under the tutelage of T. H. Huxley (Gill 1975, 37). Gill has written about his lifelong desire for learning (Gill 1975, 25), and his ongoing wish to share his knowledge with others.

Although Wells left college without his degree initially in 1887 (Draper 1987, 3), he later returned and graduated in 1890. Afterwards, he taught biology and related subjects, before turning to writing for his livelihood. He even began a doctoral dissertation in London University (Borrello 1972, xiv). His writing was wide-ranging, from reviews to essays to opinion pieces to fiction (Draper 1987, 4-7). He continued to write throughout his life, and a great deal of it was published (Draper 1987, 1). Borrello tells us that Wells wrote more than 156 books, in addition to the multitude of other publications (Borrello 1972, 2).

lèirmheasan gu aistidhean gu pìosan beachd gu ficsean (Draper 1987, 4-7). Lean e air a' sgrìobhadh fad a bheatha, agus chaidh tòrr dhe leabhraichean fhoillseachadh (Draper 1987, 1). Tha Borrello ag innse dhuinn gun do sgrìobh Wells còrr is 156 leabhraichean, a bharrachd air iomadh rud eile a dh'fhoillsich e (Borrello 1972, 2).

Bha ùidh mhòr aige ann am poilitigs (faicibh Borrello 1972, 9, air calpachas, mar eisimpleir), agus tha e coltach gun do mheasgaich seo leis an ùidh a bh' aige ann an iomadh seòrsa saidheans mar ghrad-smuain a stiùir e a dh'ionnsaigh nobhail mu bhith a' siubhal tro thìm. Tha e coltach gun robh *The Time Machine* stèidhichte air aiste acadaimigeach a sgrìobh e (Draper 1987, 4), agus gum b' e seo a' chiad turas a nochd am bun-bheachd den 'cheathramh thomhas' ann an litreachas.

Am measg nan tèaman cudromach san nobhail, chithear cuid de na cuspairean sòiseo-eòlach a bhathar a' deasbad bho mheadhan an 19mh linn, mar dè dh'èiricheadh do dhaoine aig nach biodh easbhaidhean sam bith san àm ri teachd. A rèir Gill (1976, 36-7) agus Bergonzi (1976, 45), dh'ionnsaich Wells mu dheidhinn seo bho T. H. Huxley. Tha Borrello (1972, 9) ag innse dhuinn gur e saoghal 'Huxleyach' a chì an Siùbhlaiche-tìme nuair a thriallas e air adhart ochd ceud mìle bliadhna. Tha Philmus air an aon ràmh, agus e a' toirt 'fàisneachd' air an leabhar (Philmus 1976, 56-69). Mas e fàisneachd a th' ann an *The Time Machine*, 's e fàisneach Darwinach a th' ann. Le sùil air na gnothaichean ùra a bha saidheans a' teagasg dhaoine, tha tòrr eagail sna sgrìobhaidhean aig Wells, ach is dòcha gum faicear dòchas annta cuideachd (Borrello 1972, xiv).

As bith dè eile a choilean Wells na bheatha, dh'innlich e gnè ficsein ùr sa Bheurla, le bhith a' measgachadh eileamaidean bhon ionnsachadh aige agus bhon litreachas a bha a' còrdadh ris (Gill 1976, 25). 'S ann dhàsan a bu chòir dhuinn a bhith taingeil airson mòran de na thachair ann am ficsean saidheansail san 20mh agus, gu dearbh, san 21mh linn, an dà chuid sa Bheurla agus, o chionn ghoirid, sa Ghàidhlig cuideachd.

Tùsan

Bergonzi, B. (1961) *The Early H. G. Wells*, Manchester: Manchester University Press.

Bergonzi, B. (1976) 'Introduction'. Bergonzi, B. (deas) *H. G. Wells: a collection of critical essays*. New Jersey: Prentice-Hall.

Borrello, A. (1972) *H. G. Wells: Author in Agony*. Carbondale is Edwardsville: Southern Illinois University Press.

Draper, M. (1987) *H. G. Wells*. Lunnainn: Macmillan.

Gill, Stephen (1875) *Scientific Romances of H. G. Wells (A Critical Study)*. Cornwall, Ontario: Vesta.

He took a keen interest in politics (see Borrello 1972, 9, on capitalism, as an example), and it is evident he merged this with the interest in all kinds of science to provide the inspiration that led to his novel about time travel. *The Time Machine* was evidently based on an academic essay he wrote (Draper 1987, 4), which had the first instance of the concept of the 'fourth dimesion' appearing in literature.

Along with the important themes that appear in the novel, we can find some of the sociological issues that were topical from the middle of the 19th century, such as what would happen to people in the absence of want in the future. According to Gill (1976, 36-7) and Bergonzi (1976, 45), Wells learned about these things from T. H. Huxley. Borrello (1972, 9) tells us that it is a 'Huxleyan' world the Time Traveller sees when he travels eight hundred thousand years into the future. Philmus agrees, and describes the book as 'prophetic' (Philmus 1976, 56-69). If *The Time Machine* is prophecy, it is a Darwinian prophecy. With an eye on the new things science was teaching people, there is a lot of fear in Wells's writings, but maybe there is also hope in them (Borrello 1972, xiv).

Regardless of whatever else Wells achieved in his life, he invented a new genre of fiction in English, by mixing elements from his studies and from literature he enjoyed (Gill 1976, 25). We should be grateful to him for much of what took place in science fiction in the 20th and even the 21st centuries, both in English and, more recently, in Gaelic, too.

Sources

Bergonzi, B. (1961) *The Early H. G. Wells*, Manchester: Manchester University Press.

Bergonzi, B. (1976) 'Introduction'. Bergonzi, B. (deas) *H. G. Wells: a collection of critical essays*. New Jersey: Prentice-Hall.

Borrello, A. (1972) *H. G. Wells: Author in Agony*. Carbondale and Edwardsville: Southern Illinois University Press.

Draper, M. (1987) *H. G. Wells*. London: Macmillan.

Gill, Stephen (1875) *Scientific Romances of H. G. Wells (A Critical Study)*. Cornwall, Ontario: Vesta.

Philmus, R. (1976) 'The Logic of "Prophecy"'. Bergonzi, B. (deas) *H. G. Wells: a collection of critical essays*. New Jersey: Prentice-Hall.

Roberts, A. (2019) *H. G. Wells*. Literary Lives. London: Palgrave Macmillan, Cham.

Philmus, R. (1976) 'The Logic of "Prophecy"'. Bergonzi, B. (deas) *H. G. Wells: a collection of critical essays*. New Jersey: Prentice-Hall.

Roberts, A. (2019) *H. G. Wells*. Literary Lives. Lunnainn: Palgrave Macmillan, Cham.

1

Bha an Siùbhlaiche-tìme (mar a tha againn air, gu goireasach) a-mach air cùis air an robh sinn aineolach. Dheàrrs is dheàlraich a shùilean liath, agus bha aodann a bhiodh mar bu trice fann air lasadh is beothail. Bha an teine a' losgadh gu soilleir, agus bha lainnir mhaoth nan solas deàlrach sna lilidhean airgeadach a' soillseachadh nam builgean a bha a' boillsgeadh is a' triall sna glainnichean againn. B' e e fhèin a dh'innlich ar cathraichean, a bha gar caidreabh 's gar tàladh seach a bhith a' gèilleadh rinn is sinn nar suidhe orra, agus bha am faireachadh sòghail ann an dèidh na dinneir a-nis leis gum bi smuaintean ga leigeil gu grinn ma sgaoil saor bho chuibhrichean na foirmealachd. Agus chuir esan far comhair san dòigh seo e — a' sònrachadh gach puing le colgag chaol — agus sinne nar suidhe a' gabhail tlachd anns an dìorrasachd aige mun pharadocs ùr (mar a shaoil sinne) agus mu cho torrach 's a bha esan.

'Feumaidh sibh mo leantainn gu dlùth. Bidh agam ri dol às àicheadh beachd no dhà a tha air am measadh fìor le cha mhòr a h-uile duine. Mar eisimpleir, tha an geoimeatraidh a dh'ionnsaich iad dhuibh san sgoil stèidhe air mì-thuigse.'

'Nach e gnothach caran mòr a tha siud a bhith a' toirt oirnn tòiseachadh air?' arsa Filby, neach connsachail is falt ruadh air.

'Chan eil e san amharc dhomh iarraidh oirbh gabhail ri càil gun adhbhar reusanta air a shon. An ceann ghoirid, bidh sibh a' gabhail ri uiread 's a tha a dhìth orm bhuaibh. Tha fhios agaibh, gun teagamh, nach eil loidhne matamataigeil ann idir aig a bheil tiughad de neoni. Dh'ionnsaich iad sin dhuibh? Chan eil a leithid aig raon matamataigeil nas motha. Chan eil anns na rudan seo ach cùisean-beachd.'

'Tha sin ceart gu leòr,' ars an Saidhg-eòlaiche.

'A bharrachd, leis nach eil ach faid, farsaingeachd, is tiughad aig ciùb, chan eil ciùb ann an da-rìribh ann.'

'Tha mise a' cur an aghaidh sin,' arsa Filby. 'Tha fhios gum faod cruth cruaidh a bhith ann. Bidh gach rud fìor —'

1

The Time Traveller (for so it will be convenient to speak of
him) was expounding a recondite matter to us. His grey
eyes shone and twinkled, and his usually pale face was
flushed and animated. The fire burned brightly, and the soft
radiance of the incandescent lights in the lilies of silver caught
the bubbles that flashed and passed in our glasses. Our chairs,
being his patents, embraced and caressed us rather than
submitted to be sat upon, and there was that luxurious after-
dinner atmosphere when thought roams gracefully free of the
trammels of precision. And he put it to us in this way — marking
the points with a lean forefinger — as we sat and lazily admired
his earnestness over this new paradox (as we thought it) and his
fecundity.

'You must follow me carefully. I shall have to controvert one
or two ideas that are almost universally accepted. The
geometry, for instance, they taught you at school is founded on
a misconception.'

'Is not that rather a large thing to expect us to begin upon?'
said Filby, an argumentative person with red hair.

'I do not mean to ask you to accept anything without
reasonable ground for it. You will soon admit as much as I need
from you. You know of course that a mathematical line, a line of
thickness nil, has no real existence. They taught you that?
Neither has a mathematical plane. These things are mere
abstractions.'

'That is all right,' said the Psychologist.

'Nor, having only length, breadth, and thickness, can a cube
have a real existence.'

'There I object,' said Filby. 'Of course a solid body may exist.
All real things —'

'Sin a chreideas a' chuid as motha. Ach fuirichibh mionaid. An gabh ciùb sealach a bhith ann?'

'Chan eil mi gur tuigsinn,' arsa Filby.

'An gabh ciùb a bhith ann, ann an da-rìribh, nach mair fad tìde sam bith?'

Dh'fhàs Filby smuaineach. 'Tha e follaiseach,' lean an Siùbhlaiche-tìme air, 'gum feum cruth fìor sam bith a bhith ann ann an ceithir seallaidhean: feumaidh Faid, Farsaingeachd, Tiughad a bhith aige— agus Ùine. Ach tro anfhannachd nàdarrach nam beò, a mhìnicheas mi dhuibh an ceann tiotan, tha sinn buailteach an rud seo a chall. 'S ann a tha ceithir tomhasan ann, is na trì raointean de dh'Àite againn air trì dhiubh sin, agus 's e Tìm an ceathramh. Thathar dualtach, ge-tà, a bhith a' dèanamh eadar-sgaradh eadar na trì tomhasan air dàrna làimh agus an ceathramh air an làimh eile, oir tha fhios gum bi ar mothachadh fhèin a' gluasad mu seach air aon chùrsa air a' cheathramh dhiubh bho thoiseach gu deireadh ar beathannan.

'Sin,' arsa fear glè òg, is e a' feuchainn an-dràsta 's a-rithist ri a shiogar ath-lasadh thar a' chrùisgein; 'sin... gu math fhèin soilleir.'

'Nise, tha e fìor àraid gu bheilear a' call seo cho tric is cho riaghailteach,' lean an Siùbhlaiche-tìme air, a' fàs rud beag aighearach. 'Gu dearbh 's e seo a thathar a' ciallachadh nuair a nithear iomradh air a' Cheathramh Thomhas, ged nach fhios gur e nuair a bhios cuid de dhaoine a' bruidhinn mun Cheathramh Thomhas. Chan eil ann ach dòigh eile air beachdachadh air Tìm. Chan eil diofar ann eadar tìm agus gin de na trì tomhasan de dh'àite ach gum bi ar mothachadh a' gluasad troimhe. Ach tha feadhainn amaideach air am beachd a ghlacadh gu ceàrr. Bidh sibh uile air cluinntinn na tha acasan ri ràdh mun Cheathramh Thomhas seo?'

'Cha chuala mise,' arsa an t-Àrd-bhàillidh Mòr-roinneil.

'Chan eil ann ach seo. A rèir an luchd-matamataig againn, thathar a' bruidhinn air Àite mar gu bheil trì tomhasan ann, is faodar Faid, Farsaingeachd is Tiughad a ràdh riutha, is thèid againn an-còmhnaidh air an sònrachadh le bhith a' toirt luaidh air trì raointean is gach fear dhiubh sin ceart-cheàrnach gu càch a chèile. Ach tha feadhainn fheallsanachail air a bhith a' faighneachd carson as e trì tomhasan a th' ann—carson nach eil tomhas eile ann a tha ceart-cheàrnach an taca ris na trì eile?—agus tha iad fiù 's air geoimeatraidh Ceithir-sheallach a dhealbhadh. Bha an t-Àrd-ollamh Simon Newcomb a-mach air seo do Chomann Mhatamataig Nuaidh Eabhraic mu mhìos air ais. Tha fhios agaibh, air uachdar còmhnard, aig nach eil ach dà thomhas, gun tèid againn air cruth trì-sheallach a shealltainn, agus san aon dòigh tha iad a' smaoineachadh gum b' urrainn dhaibh samhail le ceithir a shealltainn air aon a tha trì-sheallach—nam b' urrainn dhaibh greim fhaighinn air

'So most people think. But wait a moment. Can an instantaneous cube exist?'

'Don't follow you,' said Filby.

'Can a cube that does not last for any time at all, have a real existence?'

Filby became pensive. 'Clearly,' the Time Traveller proceeded, 'any real body must have extension in four directions: it must have Length, Breadth, Thickness, and — Duration. But through a natural infirmity of the flesh, which I will explain to you in a moment, we incline to overlook this fact. There are really four dimensions, three which we call the three planes of Space, and a fourth. Time. There is, however, a tendency to draw an unreal distinction between the former three dimensions and the latter, because it happens that our consciousness moves intermittently in one direction along the latter from the beginning to the end of our lives.'

'That,' said a very young man, making spasmodic efforts to relight his cigar over the lamp; 'that ... very clear indeed.'

'Now, it is very remarkable that this is so extensively overlooked,' continued the Time Traveller, with a slight accession of cheerfulness. 'Really this is what is meant by the Fourth Dimension, though some people who talk about the Fourth Dimension do not know they mean it. It is only another way of looking at Time. There is no difference between Time and any of the three dimensions of Space except that our consciousness moves along it. But some foolish people have got hold of the wrong side of that idea. You have all heard what they have to say about this Fourth Dimension?'

'I have not,' said the Provincial Mayor.

'It is simply this. That Space, as our mathematicians have it, is spoken of as having three dimensions, which one may call Length, Breadth, and Thickness, and is always definable by reference to three planes, each at right angles to the others. But some philosophical people have been asking why three dimensions particularly — why not another direction at right angles to the other three? — and have even tried to construct a Four-Dimensional geometry. Professor Simon Newcomb was expounding this to the New York Mathematical Society only a month or so ago. You know how on a flat surface, which has only two dimensions, we can represent a figure of a three-dimensional solid, and similarly they think that by models of three dimensions they could represent one of four — if they

buaidh-astair a' ghnothaich. A bheil sibh a' tuigsinn?'

'Saoilidh mi gu bheil,' ars an t-Àrd-bhàillidh Mòr-roinneil le monmhar; bha drèin air, agus dh'fhàs e smuaineach, a bhilean a' gluasad mar cuideigin ag ath-aithris fhaclan fàidheanta. 'Seadh, tha mi a' smaoineachadh gu bheil mi ga thuigsinn a-nis,' ars esan an dèidh greis, a' toirt sogan air ann an dòigh rudeigin neo-bhuan.

'Uill, cha leisg leam innse dhuibh gu bheil mi air a bhith ag obair air a' gheoimeatraidh seo de na Ceithir Tomhasan fad ùine mòire. Tha cuid de na toraidhean agam annasach. Mar eisimpleir, tha portraid an seo de dhuine aig ochd bliadhna a dh'aois, tè eile aig còig-deug, tèile aig seachd-deug, tèile aig trì air fhichead, agus mar sin air adhart. Tha e coltach gu bheil gach tè seo nan earrainnean, mar gum biodh, cruthan Trì-sheallach den bhith Cheithir-sheallach aige, rud a tha seasmhach is neo-chaochlaideach.'

'Tha làn fhios,' lean an Siùbhlaiche-tìme air, an dèidh a bha iomchaidh de stad airson seo a ghabhail a-steach, 'aig luchd-saidheans nach eil ann an Tìm ach seòrsa de dh'Àite. Seo diagram saidheansail a thathar ag aithneachadh, clàr sìde. Bidh an loidhne seo a shònraicheas mi lem chorraig a' sealltainn siubhal na meidh-àile. An-dè bha i aig an àirde seo, a-raoir thuit i, sa mhadainn an-diugh dh'èirich i a-rithist, agus mar sin gu socair suas thuige seo. Feumaidh nach ann ann an gin de na tomhasan de dh'Àite a thathar ag aithneachadh a lean an t-airgead-beò an loidhne seo? Ach 's ann a lean e a leithid de loidhne, agus feumar co-dhùnadh, mar sin, gur ann air an Tomhas-tìme a bha an loidhne ud.'

'Ach,' arsa Fear an Leigheis, a' dùr-choimhead air gual san teine, 'mas e is nach e ach ceathramh tomhas den Àite a tha ann an Tìm, carson a thathar, is a bhathar bho riamh, ga measadh mar rudeigin eadar-dhealaichte? Agus carson nach tèid againn air gluasad mun cuairt ann an Tìm mar a bhios sinn anns na tomhasan eile de dh'Àite?'

Rinn an Siùbhlaiche-tìme gàire. 'A bheil sibh cho cinnteach gun tèid againn air gluasad gu saoirsneachail ann an Àite? Don deas is don chlì, faodaidh sinn dol, air ais 's air adhart furasta gu leòr, agus sin a rinn daoine a-riamh. Tha mi a' gabhail ris gum bi sinn a' gluasad gu furasta ann an dà thomhas. Ach dè mu dheidhinn suas is sìos? Tha iom-tharraing a' cur casg oirnn an sin.'

'Chan eil buileach,' arsa Fear an Leigheis. 'Tha bailiùnaichean ann.'

'Ach mus robh bailiùnaichean ann, ach a-mhàin le corra leum agus neo-riaghailteachd an uachdair, cha robh saorsa sam bith aig mac an duine air gluasad bheartagail.'

'A dh'aindeoin sin b' urrainn dhaibh gluasad suas is sìos beagan,' arsa Fear an Leigheis.

'Na b' fhasa, fada na b' fhasa sìos na suas.'

'Agus chan urrainn dhuibh gluasad idir ann an Tìm, chan fhaighear

could master the perspective of the thing. See?'

'I think so,' murmured the Provincial Mayor; and, knitting his brows, he lapsed into an introspective state, his lips moving as one who repeats mystic words. 'Yes, I think I see it now,' he said after some time, brightening in a quite transitory manner.

'Well, I do not mind telling you I have been at work upon this geometry of Four Dimensions for some time. Some of my results are curious. For instance, here is a portrait of a man at eight years old, another at fifteen, another at seventeen, another at twenty-three, and so on. All these are evidently sections, as it were, Three-Dimensional representations of his Four-Dimensioned being, which is a fixed and unalterable thing.

'Scientific people,' proceeded the Time Traveller, after the pause required for the proper assimilation of this, 'know very well that Time is only a kind of Space. Here is a popular scientific diagram, a weather record. This line I trace with my finger shows the movement of the barometer. Yesterday it was so high, yesterday night it fell, then this morning it rose again, and so gently upward to here. Surely the mercury did not trace this line in any of the dimensions of Space generally recognized? But certainly it traced such a line, and that line, therefore, we must conclude was along the Time-Dimension.'

'But,' said the Medical Man, staring hard at a coal in the fire, 'if Time is really only a fourth dimension of Space, why is it, and why has it always been, regarded as something different? And why cannot we move about in Time as we move about in the other dimensions of Space?'

The Time Traveller smiled. 'Are you sure we can move freely in Space? Right and left we can go, backward and forward freely enough, and men always have done so. I admit we move freely in two dimensions. But how about up and down? Gravitation limits us there.'

'Not exactly,' said the Medical Man. 'There are balloons.'

'But before the balloons, save for spasmodic jumping and the inequalities of the surface, man had no freedom of vertical movement.'

'Still they could move a little up and down,' said the Medical Man.

'Easier, far easier down than up.'

'And you cannot move at all in Time, you cannot get away

air falbh bhon mhòmaid làthairich.'

'A charaid chòir, 's ann an sin a tha sibh gu tur ceàrr. 'S ann an sin a tha an saoghal air fad air a dhol ceàrr. Tha sinn an-còmhnaidh a' falbh bhon mhòmaid làthairich. Tha ar bith inntinneil, a tha neo-chorporra is gun tomhasan, a' gluasad thar an Tomhas-tìme aig luaths cunbhalach bhon chreathal chun na h-uaighe. Dìreach mar a shiùbhlamaid sìos nan tòisicheadh ar bith leth-cheud mìle thar uachdar na talmhainn.'

'Ach 's e seo an duilgheadas mòr,' chuir an Saidhg-eòlaiche a-steach. 'Is urrainnear gluasad mun cuairt ann an gach cùrsa an Àite, ach chan urrainnear gluasad mun cuairt ann an Tìm.'

'Sin agaibh cnag na cùise den rud mhòr a tha mi air a lorg. Ach tha sibh ceàrr a ràdh nach urrainnear gluasad mun cuairt ann an Tìm. Mar eisimpleir, ma tha mi a' toirt gum inntinn tachartas gu soilleir, bidh mi a' dol air ais don tiotan san do ghabh e àite: fàsaidh mi smaoin-sheachranach, mar a chanar. Bidh mi a' leum air ais fad mòmaid. Tha fhios nach eil dòigh againn air fuireach san ùine a dh'fhalbh fad Tìm sam bith, dìreach mar nach urrainn do fhear borb no ainmhidh fuireach sia troighean a dh'àirde bhon talamh. Ach tha am fear sìobhalaichte nas fheàrr dheth na am fear borb san dòigh seo. Is urrainn dha dol an aghaidh iom-tharraing ann am bailiùn, agus carson nach biodh e an dòchas gun deigheadh aige aon latha air stad no greasad a chur air a thriall air an Tomhas-tìme, no fiù 's tionndadh is siubhal an rathad eile?'

'O tha seo,' thòisich Filby, 'uile cho—'

'Carson nach biodh?' arsa an Siùbhlaiche-tìme.

'Tha e an aghaidh rian,' arsa Filby.

'Dè an rian?' arsa an Siùbhlaiche-tìme.

'Faodar dearbhadh gur ionann dubh is geal tro dheasbad,' arsa Filby, 'ach cha toirear ormsa a chreidsinn.'

'Is dòcha nach toirear,' arsa an Siùbhlaiche-tìme. 'Ach a-nis tha sibh a' teannadh air rùn mo rannsachaidhean fhaicinn ann an geoimeatraidh nan Ceithir Tomhasan. O chionn fhada bha fios na fàth agam mu inneal—'

'Gus siubhal tro Thìm!' ghlaodh am Fear Glè Òg.

'A shiùbhlas gu coma ann an gach àirde de dh'Àite is de Thìm, mar a roghnaicheas an draibhear.'

Bha Filby air a shocair a' gàireachdainn.

'Ach tha dearbhadh probhail agam,' ars an Siùbhlaiche-tìme.

'Bhiodh e gu math fhèin goireasach don eachdraiche,' chuir an Saidhg-eòlaiche an aire dhaibh. 'Dh'fhaodte siubhal air ais gus fianais fhaighinn air a' chunntas a chreidear mu Bhlàr Hastings, mar eisimpleir!'

'Nach eil sibh a' smaoineachadh gun tarraingeadh sibh aire oirbh fhèin?' arsa Fear an Leigheis. 'Cha robh na bha sin de dh'fhulangas aig

from the present moment.'

'My dear sir, that is just where you are wrong. That is just where the whole world has gone wrong. We are always getting away from the present moment. Our mental existences, which are immaterial and have no dimensions, are passing along the Time-Dimension with a uniform velocity from the cradle to the grave. Just as we should travel down if we began our existence fifty miles above the earth's surface.'

'But the great difficulty is this,' interrupted the Psychologist. 'You can move about in all directions of Space, but you cannot move about in Time.'

'That is the germ of my great discovery. But you are wrong to say that we cannot move about in Time. For instance, if I am recalling an incident very vividly I go back to the instant of its occurrence: I become absent-minded, as you say. I jump back for a moment. Of course we have no means of staying back for any length of Time, any more than a savage or an animal has of staying six feet above the ground. But a civilized man is better off than the savage in this respect. He can go up against gravitation in a balloon, and why should he not hope that ultimately he may be able to stop or accelerate his drift along the Time-Dimension, or even turn about and travel the other way?'

'Oh, this,' began Filby, 'is all —'

'Why not?' said the Time Traveller.

'It's against reason,' said Filby.

'What reason?' said the Time Traveller.

'You can show black is white by argument,' said Filby, 'but you will never convince me.'

'Possibly not,' said the Time Traveller. 'But now you begin to see the object of my investigations into the geometry of Four Dimensions. Long ago I had a vague inkling of a machine —'

'To travel through Time!' exclaimed the Very Young Man.

'That shall travel indifferently in any direction of Space and Time, as the driver determines.'

Filby contented himself with laughter.

'But I have experimental verification,' said the Time Traveller.

'It would be remarkably convenient for the historian,' the Psychologist suggested. 'One might travel back and verify the accepted account of the Battle of Hastings, for instance!'

'Don't you think you would attract attention?' said the Medical

ar sinnsearan do dh'às-aimsireachd.'

'Dh'fhaodte gum faighte a' Ghreugais bho bhilean Hòmair no Plato fhèin,' smaoinich am Fear Glè Òg.

'Nam faighte, is cinnteach gun deigheadh ur ceasnachadh is rannsachadh gur brògan ann an deuchainnean an Oilthigh Chambridge. Tha na sgoilearan Gearmailteach air uiread de phiseach a thoirt air a' Ghreugais.'

'Agus an sin tha an t-àm ri teachd,' ars am Fear Glè Òg. 'Smaoinichibh air! Dh'fhaodadh neach a chuid airgid a thasgadh, fhàgail gus riadh a chàrnadh, agus greasad air air adhart!'

'Gu bhith a' tighinn thairis air sòisealtas,' arsa mise, 'air a thogail gu buileach air co-mhaoineach.'

'Abair na teòiridhean deamhnaidh far-riata!' thòisich an Saidhg-eòlaiche.

'Seadh, 's ann mar sin a bha mi fhèin ga fhaicinn, is mar sin cha tug mi iomradh air gus—'

'Dearbhadh probhail!' ghlaodh mise. 'Tha sibh a' dol a dhearbhadh sin?'

'An deuchainn!' ghlaodh Filby, a bha a' fàs sgìth san eanchainn.

'Leigibh leinn ur deuchainn fhaicinn co-dhiù,' ars an Saidhg-eòlaiche, 'ged nach e ach amaideas a th' ann, tha fhios agaibh.'

Rinn an Siùbhlaiche-tìme gàire rinn uile. An uair sin, agus fiamh-ghàire fhathast air, agus a làmhan gu domhainn ann am pòcaidean a bhriogais, choisich e gu mall às an t-seòmar, agus chuala sinn a spleuchdain a' srucadh sìos an trannsa fhada gu obair-lann. Choimhead an Saidhg-eòlaiche oirnn. 'Saoil dè tha aige?'

'Cleasaidheachd air choreigin,' arsa Fear an Leigheis, agus dh'fheuch Filby ri innse dhuinn mu gheasadair a chunnaic e aig Burslem, ach mus do chuir e crìoch air an ro-bhriathar aige thill an Siùbhlaiche-tìme, agus thugadh seanchas Filby gu làr.

B' e beart-dealbh lainnireach mheatailteach a chùm an Siùbhlaiche-tìme na làimh, gu gann na bu mhotha na cleoc beag, agus air a chur ri chèile gu math meachar. Bha ìbhri agus adhbhar criostalach, trìd-shoilleir air choreigin na broinn. Agus a-nis feumaidh mi a bhith cho soilleir ri soilleir, oir tha na leanas—ach ma ghabhar ris a' mhìneachadh aige fhèin—na chùis nach gabh a thuigsinn idir. Thog e fear de na bùird ochd-cheàrnachail a bha sgapte air feadh an t-seòmar is chuir e air beulaibh an teine e, agus dhà de a chasan air a' bhrat-ùrlair. Air a' bhòrd seo chuir e an t-uidheam. An uair sin tharraing e sèithear thuige fhèin is shuidh e. Cha robh nì sam bith eile air a' bhòrd ach crùisgean beag sgàilte, agus an solas deàlrach bhuaithe sin a' deàrrsadh air a' bhall-sampaill. A bharrachd air sin bha mu thuaiream dusan coinneal thall 's a-bhos, dhà dhiubh ann an coinnlearan pràiseach air a' bhreus agus feadhainn ann an glèidheadairean, a' fàgail an t-seòmar air a

Man. 'Our ancestors had no great tolerance for anachronisms.'

'One might get one's Greek from the very lips of Homer and Plato,' the Very Young Man thought.

'In which case they would certainly plough you for the Little-go. The German scholars have improved Greek so much.'

'Then there is the future,' said the Very Young Man. 'Just think! One might invest all one's money, leave it to accumulate at interest, and hurry on ahead!'

'To discover a society,' said I, 'erected on a strictly communistic basis.'

'Of all the wild extravagant theories!' began the Psychologist.

'Yes, so it seemed to me, and so I never talked of it until—'

'Experimental verification!' cried I. 'You are going to verify that?'

'The experiment!' cried Filby, who was getting brain-weary.

'Let's see your experiment anyhow,' said the Psychologist, 'though it's all humbug, you know.'

The Time Traveller smiled round at us. Then, still smiling faintly, and with his hands deep in his trousers pockets, he walked slowly out of the room, and we heard his slippers shuffling down the long passage to his laboratory. The Psychologist looked at us. 'I wonder what he's got?'

'Some sleight-of-hand trick or other,' said the Medical Man, and Filby tried to tell us about a conjurer he had seen at Burslem; but before he had finished his preface the Time Traveller came back, and Filby's anecdote collapsed.

The thing the Time Traveller held in his hand was a glittering metallic framework, scarcely larger than a small clock, and very delicately made. There was ivory in it, and some transparent crystalline substance. And now I must be explicit, for this that follows—unless his explanation is to be accepted—is an absolutely unaccountable thing. He took one of the small octagonal tables that were scattered about the room, and set it in front of the fire, with two legs on the hearthrug. On this table he placed the mechanism. Then he drew up a chair, and sat down. The only other object on the table was a small shaded lamp, the bright light of which fell upon the model. There were also perhaps a dozen candles about, two in brass candlesticks upon the mantel and several in sconces, so that the room was brilliantly illuminated. I sat in a low arm-chair nearest the fire,

shoillseachadh gu soilleir. Bha mise nam shuidhe ann an sèithear-gàirdeanach ìosal an tac an teine, agus tharraing mi seo air adhart gus am bithinn gu beagnaich eadar an Siùbhlaiche-tìme agus an teallach. Bha Filby na shuidhe air a chùlaibh, a' coimhead thar a ghualainn. Bha Fear an Leigheis is an t-Àrd-bhàillidh Mòr-roinneil a' coimhead air a leth-aghaidh bhon taobh a deas, agus an Saidhg-eòlaiche an aon rud bhon taobh chlì. Sheas am Fear Glè Òg air cùlaibh an t-Saidhg-eòlaiche. Bha sinn uile furachail. Chan urrainn dhomh creidsinn gun deigheadh cleas sam bith a dhèanamh rinn, às bith cho mion-ghrinn 's a bha a chruthachadh no cho cluiceanta 's a chaidh a thoirt gu buil, san t-suidheachadh ud san robh sinn.

Choimhead an Siùbhlaiche-tìme oirnne is an uair sin air an uidheam. 'Seadh?' ars an Saidhg-eòlaiche.

'Chan eil,' ars an Siùbhlaiche-tìme, is e a' cur uilnean air a' bhòrd is a' fàsgadh a làmhan ri chèile os cionn na h-acainne, 'anns an nì bheag seo ach ball-sampaill. 'S e a th' ann ach mo phlana airson inneal a thriallas tron tìm. Bheir sibh an aire gu bheil coltas nochdte air fhiaradh air, agus gu bheil coltas àraid priobaidh air a' bhàr seo, mar nach robh e an da-rìribh ann ann an dòigh air choreigin. Thomh e ri pàirt dheth le chorraig. 'A bharrachd, tha aon luamhan geal an seo, agus fear eile an seo.'

Dh'èirich Fear an Leigheis às a shèithear is dhùr-choimhead e air an nì. 'Tha e àlainn air a chur ri chèile,' ars esan.

'Bha mi dà bhliadhna ga dhèanamh,' fhreagair an Siùbhlaiche-tìme. An uair sin, an dèidh dhuinn uile dèanamh na rinn Fear an Leigheis, thuirt e: 'Nise, tha mi airson gun tuig sibh gu soilleir gum bi an luamhan seo, nuair a ghluaisear e don dàrna taobh, a' cur an inneil a' seòladh don àm ri teachd, agus gum bi am fear eile seo ga chur cas mu seach. Tha an dìollaid seo ann far am biodh suidheachan aig siùbhlaiche-tìme. An-ceartuair tha mi a' dol a phutadh an luamhain, agus 's ann a dh'fhalbhas an t-inneal. Thèid e à sealladh, ag imeachd don àm ri teachd, agus chan fhaicear e. Thoiribh sùil mhionaideach air a' ghnothach. Seallaibh air a' bhòrd cuideachd, gus am bi sibh ag aontachadh nach eil cleasaidheachd sam bith na lùib. Chan eil mi airson 's gun tèid am ball-sampall seo a dholaidh, is an uair sin gun tèid sionnal a ràdh rium.'

Mhair fosadh mionaid, is dòcha. Bha e coltach gun robh an Saidhg-eòlaiche air impis bruidhinn rium, ach leig e roimhe. An uair sin, chuir an Siùbhlaiche-tìme a chorrag air adhart a dh'ionnsaigh an luamhain. 'Cha dèan sin a' chùis,' ars esan gu h-obann. 'Thoiribh dhomh iasaid air ur làimh.' Agus a' tionndadh gun an t-Saidhg-eòlaiche, thug e làimh an duine ud na làimh fhèin is dh'innis e dha a chorrag a stobadh a-mach. Is mar sin b' e an Saidhg-eòlaiche fhèin a chuir ball-sampall Inneal na Tìme air adhart air a thuras neo-chrìochnach. Chunnaic sinn uile an

and I drew this forward so as to be almost between the Time Traveller and the fireplace. Filby sat behind him, looking over his shoulder. The Medical Man and the Provincial Mayor watched him in profile from the right, the Psychologist from the left. The Very Young Man stood behind the Psychologist. We were all on the alert. It appears incredible to me that any kind of trick, however subtly conceived and however adroitly done, could have been played upon us under these conditions.

The Time Traveller looked at us, and then at the mechanism. 'Well?' said the Psychologist.

'This little affair,' said the Time Traveller, resting his elbows upon the table and pressing his hands together above the apparatus, 'is only a model. It is my plan for a machine to travel through time. You will notice that it looks singularly askew, and that there is an odd twinkling appearance about this bar, as though it was in some way unreal.' He pointed to the part with his finger. 'Also, here is one little white lever, and here is another.'

The Medical Man got up out of his chair and peered into the thing. 'It's beautifully made,' he said.

'It took two years to make,' retorted the Time Traveller. Then, when we had all imitated the action of the Medical Man, he said: 'Now I want you clearly to understand that this lever, being pressed over, sends the machine gliding into the future, and this other reverses the motion. This saddle represents the seat of a time traveller. Presently I am going to press the lever, and off the machine will go. It will vanish, pass into future Time, and disappear. Have a good look at the thing. Look at the table too, and satisfy yourselves there is no trickery. I don't want to waste this model, and then be told I'm a quack.'

There was a minute's pause perhaps. The Psychologist seemed about to speak to me, but changed his mind. Then the Time Traveller put forth his finger towards the lever. 'No,' he said suddenly. 'Lend me your hand.' And turning to the Psychologist, he took that individual's hand in his own and told him to put out his forefinger. So that it was the Psychologist himself who sent forth the model Time Machine on its interminable voyage. We all saw the lever turn.

luamhan a' tionndadh. Tha mi gu tur cinnteach nach robh cleasaidheachd sam bith an sàs. Bha uspag gaoithe ann, is leum lasair a' chrùisgein. Chaidh aon de na coinnlean a smàladh air a' bhreus, agus gu grad luaisg an t-inneal mun cuairt, dh'fhàs e neo-shoilleir, chaidh fhaicinn mar thaibhse fad diog dh'fhaodte, mar chuairtean de phràis is ìbhri; agus dh'fhalbh e — à sealladh! Ach a-mhàin gun robh an crùisgean ann, bha am bòrd lom.

Dh'fhan a h-uile duine nan tost fad mionaid. An uair sin thuirt Filby gun sealladh sealbh air.

Thill an Saidhg-eòlaiche thuige fhèin bhon tuaineal a bha air, agus gu h-obann choimhead e fon bhòrd. An sin rinn an Siùbhlaiche-tìme gàire aighearach. 'Seadh?' ars esan, a' toirt gu cuimhne an Saidhg-eòlaiche. An uair sin, ag èiridh, chaidh e do chrogan an tombaca air a' bhreus, agus a' cur cùlaibh thugainn thòisich e air a' phìob a lìonadh.

Dhùr-bheachdaich sinn air càch a chèile. 'Fhaicibh seo,' arsa Fear an Leigheis, 'an ann an da-rìribh mu dheidhinn seo a tha sibh? An e gu bheil sibh a' creidsinn gun do shiubhail an t-inneal seo san tìm?'

''S ann a tha,' arsa an Siùbhlaiche-tìme, a' cromadh gus coinnlean a lasadh aig an teine. An uair sin, thionndaidh e, a' cur las ri phìob, airson sùil a thoirt air aodann an t-Saidhg-eòlaiche. (Airson sealltainn nach robh e às a rian, thog an Saidhg-eòlaiche siogar dha fhèin is dh'fheuch e ri a lasadh gun a ghearradh.) 'A bharrachd air sin, cha mhòr nach eil inneal mòr deiseil agam a-staigh sin' — thomh e ris an obair-lann, 'agus nuair a tha sin air a chur ri chèile 's e a tha romham ach sgrìob a thoirt air mo cheann fhèin.'

'An e gu bheil sibh ag ràdh gun do thriall an t-inneal ud don àm ri teachd?' arsa Filby.

'Don àm ri teachd no don àm a dh'fhalbh — chan eil fhios agam, le cinnt, cò aca.'

An dèidh greis, bha grad-smuain aig an t-Saidhg-eòlaiche. 'Feumaidh gun deach e don àm a dh'fhalbh mas ann a chaidh e àite sam bith,' ars esan.

'Carson?' ars an Siùbhlaiche-tìme.

'Oir tha mi a' gabhail ris nach do ghluais e ann an àite, agus ma ghluais e don àm ri teachd, nach ann a bhiodh e fhathast an seo fad an t-siubhail, leis gum feumadh e siubhal tron ùine seo.'

'Ach,' arsa mise, 'ma shiubhail e don àm a dh'fhalbh, bha e air a bhith so-fhaicinn nuair a thàinig sinn a-steach don t-seòmar seo sa chiad dol-a-mach; agus Diardaoin seo chaidh nuair a bha sinn an seo; agus an Diardaoin ron an sin; agus mar sin air adhart!'

'Àichidhean cudromach,' ars an t-Àrd-bhàillidh Mòr-roinneil, agus coltas neo-phàirteachd air, a' tionndadh a dh'ionnsaigh an t-Siùbhlaiche-tìme.

I am absolutely certain there was no trickery. There was a breath of wind, and the lamp flame jumped. One of the candles on the mantel was blown out, and the little machine suddenly swung round, became indistinct, was seen as a ghost for a second perhaps, as an eddy of faintly glittering brass and ivory; and it was gone — vanished! Save for the lamp the table was bare.

Everyone was silent for a minute. Then Filby said he was damned.

The Psychologist recovered from his stupor, and suddenly looked under the table. At that the Time Traveller laughed cheerfully. 'Well?' he said, with a reminiscence of the Psychologist. Then, getting up, he went to the tobacco jar on the mantel, and with his back to us began to fill his pipe.

We stared at each other. 'Look here,' said the Medical Man, 'are you in earnest about this? Do you seriously believe that that machine has travelled into time?'

'Certainly,' said the Time Traveller, stooping to light a spill at the fire. Then he turned, lighting his pipe, to look at the Psychologist's face. (The Psychologist, to show that he was not unhinged, helped himself to a cigar and tried to light it uncut.) 'What is more, I have a big machine nearly finished in there' — he indicated the laboratory — 'and when that is put together I mean to have a journey on my own account.'

'You mean to say that that machine has travelled into the future?' said Filby.

'Into the future or the past — I don't, for certain, know which.'

After an interval the Psychologist had an inspiration. 'It must have gone into the past if it has gone anywhere,' he said.

'Why?' said the Time Traveller.

'Because I presume that it has not moved in space, and if it travelled into the future it would still be here all this time, since it must have travelled through this time.'

'But,' I said, 'If it travelled into the past it would have been visible when we came first into this room; and last Thursday when we were here; and the Thursday before that; and so forth!'

'Serious objections,' remarked the Provincial Mayor, with an air of impartiality, turning towards the Time Traveller.

'Chan eil idir,' arsa an Siùbhlaiche-tìme, agus, ris an t-Saidhg-
eòlaiche: 'Gabhaibh fhèin beachd. Thèid agaibh air sin a fhreagairt. 'S e
a th' ann ach taisbeanadh fon stairsneach, fhios agaibh, taisbeanadh
tanaichte.'

'Gu dearbh,' ars an Saidhg-eòlaiche, agus chuir e ar n-inntinnean aig
fois. ''S e puing shìmplidh a th' ann ann an saidhg-eòlas. Bu chòir
dhomh bhith air smaoineachadh air. Tha e follaiseach gu leòr, agus tha
e gu taitneach a' cuideachadh leis an fhrith-chosamhlachd. Chan
urrainn dhuinn an t-inneal fhaicinn, no fhidreadh, dìreach mar nach
urrainn dhuinn cuileann fhaicinn air cuibhle a tha a' toinneadh, no
peilear a tha a' srannadh tron èadhar. Ma tha e a' siubhal tron tìm leth-
cheud no ceud uiread nas luaithe na sinne, ma chuireas e crìoch air
mionaid fhad 's a chuireas sinne crìoch air diog, chan fhàg e buaidh ach
leth-cheudamh no ceudamh pàirt de na dh'fhàgadh e mura biodh e a'
siubhal tron tìm. Tha sin soilleir gu leòr.' Shuath e a làmh tron àite san
robh an t-inneal. 'Am faic sibh?' ars esan, a' gàireachdainn.

Shuidh sinn is sinn a' dùr-choimhead air a' bhòrd lom mu mhionaid.
An uair sin dh'fhaighnich an Siùbhlaiche-tìm dhinn dè ar beachd air a
h-uile càil dheth.

'Tha coltas dàicheil gu leòr air na chuala sinn a-nochd,' arsa Fear an
Leigheis; 'ach fuirichibh gus a-màireach. Fuirichibh ri toinisg na
maidne.'

'Am bu toil leibh Inneal na Tìme fhèin fhaicinn?' dh'fhaighnich an
Siùbhlaiche-tìme. Agus, air dha sin a ràdh, thog an crùisgean na làimh
is stiùir e sinn sìos an trannsa fhada, uspagaich chun na h-obair-lann
aige. Tha cuimhne shoilleir agam air priobadh an t-solais, a cheann
fharsaing, àraid ann an sgàil-riochd, dannsa nam faileasan, mar a bha
sinn uile ga leantainn, a' gabhail neònachas ach beag-chreidmheach,
agus mar a chunnaic sinn an siud san obair-lann dreach na bu mhotha
den uidheam bheag a chaidh à sealladh os comhair ar sùilean. Bha
pàirtean dheth de niceal, pàirtean de dh'ìbhri, agus pàirtean gun
teagamh air an ruspadh no air an sàbhadh à criostal clachach. San
fharsaingeachd bha an nì iomlan, ach bha na bàraichean criostalach air
an sìneadh neo-chrìochnaichte ri taobh corra duilleag le sgeidsichean,
agus thog mi tè dhiubh airson sùil na bu dlùithe a thoirt oirre. B' e eit a
bh' ann, a rèir choltais.

'Fhaicibh seo,' arsa Fear an Leigheis, 'an ann gu tur an da-rìribh a tha
sibh? No an e cleas a tha seo — mar an taibhse ud a sheall sibh dhuinn an
Nollaig seo chaidh?'

'Air an inneal ud,' arsa an Siùbhlaiche-tìme, a' togail a' chrùisgein gu
h-àrd, 'tha fa-near dhomh tìm a rannsachadh. A bheil sin soilleir? Cha
robh mi riamh nam bheatha ann an da-rìribh uiread 's a tha mi an seo.'

Cha robh fhios aig gin againn air ciamar a ghabhamaid ris.

'Not a bit,' said the Time Traveller, and, to the Psychologist: 'You think. You can explain that. It's presentation below the threshold, you know, diluted presentation.'

'Of course,' said the Psychologist, and reassured us. 'That's a simple point of psychology. I should have thought of it. It's plain enough, and helps the paradox delightfully. We cannot see it, nor can we appreciate this machine, any more than we can the spoke of a wheel spinning, or a bullet flying through the air. If it is travelling through time fifty times or a hundred times faster than we are, if it gets through a minute while we get through a second, the impression it creates will of course be only one-fiftieth or one-hundredth of what it would make if it were not travelling in time. That's plain enough.' He passed his hand through the space in which the machine had been. 'You see?' he said, laughing.

We sat and stared at the vacant table for a minute or so. Then the Time Traveller asked us what we thought of it all.

'It sounds plausible enough to-night,' said the Medical Man; 'but wait until to-morrow. Wait for the common sense of the morning.'

'Would you like to see the Time Machine itself?' asked the Time Traveller. And therewith, taking the lamp in his hand, he led the way down the long, draughty corridor to his laboratory. I remember vividly the flickering light, his queer, broad head in silhouette, the dance of the shadows, how we all followed him, puzzled but incredulous, and how there in the laboratory we beheld a larger edition of the little mechanism which we had seen vanish from before our eyes. Parts were of nickel, parts of ivory, parts had certainly been filed or sawn out of rock crystal. The thing was generally complete, but the twisted crystalline bars lay unfinished upon the bench beside some sheets of drawings, and I took one up for a better look at it. Quartz it seemed to be.

'Look here,' said the Medical Man, 'are you perfectly serious? Or is this a trick—like that ghost you showed us last Christmas?'

'Upon that machine,' said the Time Traveller, holding the lamp aloft, 'I intend to explore time. Is that plain? I was never more serious in my life.'

None of us quite knew how to take it.

Fhuair mi aiteal de shùil Filby thar gualann Fear an Leigheis, agus phriob e gu sòlaimte rium.

I caught Filby's eye over the shoulder of the Medical Man, and he winked at me solemnly.

2

Saoilidh mi nach robh gin againn gu buileach a' creidsinn ann an Inneal na Tìme aig an àm. 'S e an rud a bh' ann, gum b' e an Siùbhlaiche-tìme fear den fheadhainn a tha tuilleadh is toinisgeil a chreidsinn: cha robhar riamh am beachd gun robhar a' faicinn a h-uile càil a bh' ann nuair a bha e an làthair; bhathar an-còmhnaidh an amharas ro thasgadh slìogach air choreigin, teòmachd air choreigin am feall-fhalach, air cùl fhosgarrachd làn-mhothachail. Nam b' e Filby a sheall dhuinn am ball-sampall is a mhìnich an gnothach ann am faclan an t-Siùbhlaiche-tìme, bhiomaid air fada na bu mhiosa de dhì-chreideamh a thoirt dha. Oir bhiomaid air a rùintean a mhothachadh: thuigeadh bùidsear-muicfheoil Filby. Ach bha saobh-smuain air aon de na feartan aig an t-Siùbhlaiche-tìme, agus cha robh earbsa againn ann. Bha rudan a dh'fhàgadh fear nach robh cho toinisgeil ainmeil nach robh ach coltach ri cleasan na làmhan-san. 'S e mearachd a th' ann gnothaichean a choileanadh gun cus oidhirp. Cha robh na daoine stòlda a bha ga mheasadh cudromach riamh gu tur cinnteach às a ghiùlan: ann an dòigh air choreigin bha iad mothachail gun robh e mar a bhith ag àirneiseachadh seòmar-àraich le pòrsalan mìn a bha ann nan leigeadh iad le feadhainn eile measadh an cliù airson breithneachadh leis a chliù-san. Mar sin cha chreid mi gun tuirt gin againn mòran mu dheidhinn siubhal ann an tìm san eadar-àm eadar an Diardaoin ud is an ath sheachdain, ged a bha a dhualtachdan a' dol thall 's a-bhos, gun teagamh, anns a' chuid as motha de ar cinn: cho beulach 's a bha e, sin ri ràdh, gun robh e do-chreidsinneach, cha mhòr, comasan annasach às-aimsireachd agus de fhìor-bhreisleach a bha e a' cur mun cuairt. Air mo shon fhèin bha mi air mo bheò-ghlacadh le cleas a' bhuill-shampaill. Tha cuimhne agam air còmhradh a dhèanamh air sin le Fear an Leigheis, a choinnich mi ris Dihaoine aig an Linnaean. Thuirt e gum faca e rudeigin den leithid aig Tübingen, agus chuir e cuideam mòr air sèideadh às na coinnle. Ach a thaobh mar a rinneadh an cleas, cha b' urrainn dha a mhìneachadh.

2

I think that at that time none of us quite believed in the Time Machine. The fact is, the Time Traveller was one of those men who are too clever to be believed: you never felt that you saw all round him; you always suspected some subtle reserve, some ingenuity in ambush, behind his lucid frankness. Had Filby shown the model and explained the matter in the Time Traveller's words, we should have shown him far less scepticism. For we should have perceived his motives; a pork butcher could understand Filby. But the Time Traveller had more than a touch of whim among his elements, and we distrusted him. Things that would have made the frame of a less clever man seemed tricks in his hands. It is a mistake to do things too easily. The serious people who took him seriously never felt quite sure of his deportment; they were somehow aware that trusting their reputations for judgment with him was like furnishing a nursery with egg-shell china. So I don't think any of us said very much about time travelling in the interval between that Thursday and the next, though its odd potentialities ran, no doubt, in most of our minds: its plausibility, that is, its practical incredibleness, the curious possibilities of anachronism and of utter confusion it suggested. For my own part, I was particularly preoccupied with the trick of the model. That I remember discussing with the Medical Man, whom I met on Friday at the Linnaean. He said he had seen a similar thing at Tubingen, and laid considerable stress on the blowing out of the candle. But how the trick was done he could not explain.

An ath Dhiardaoin, chaidh mi a-rithist a Richmond — saoilidh mi gum bu mhise aon de na h-aoighean a bu chunbhalaiche aig an t-Siùbhlaiche-tìme — agus, nuair a ràinig mi anmoch, chunnaic mi gun robh ceathrar no còignear fear air tighinn còmhla mar-thà na sheòmar-cuideachd. Bha Fear an Leigheis na sheasamh mu chomhar an teine agus duilleag pàipeir san dàrna làimh agus uaireadair san tèile. Thug mi sùil mun cuairt a' lorg an t-Siùbhlaiche-tìme agus — 'Tha e leth-uair an dèidh seachd a-nis,' arsa Fear an Leigheis. 'Tha mi a' creidsinn gum bu chòir dhuinn dinnear a ghabhail.'

'Càit a bheil — ?' dh'fhaighnich mise, ag ainmeachadh ar neach-aoigheachd.

'Tha sibh dìreach air ruighinn? Tha e rudeigin neònach. Chaidh a chumail air ais air adhbharan do-sheachanta. Dh'iarr e orm san litir bhig seo a dhol air adhart leis an dinnear aig seachd mur eil e air ais. Tha e ag ràdh gum mìnich e cùisean nuair a thig e.'

'Is mòr am beud ma thèid an dinnear a mhilleadh,' arsa Neach-deasachaidh pàipeir-naidheachd làitheil aithnichte; agus leis an sin sheirm an Dotair an clag.

Cha robh ach an Saidhg-eòlaiche agus mi fhèin 's an Dotair air a bhith an làthair aig an dinnear roimhpe. B' iad na fir eile Blank, an Neach-deasachaidh air an tugadh iomradh roimhe, fear neach-naidheachd, agus fear eile — duine sèimh, diùid agus feusag air — nach b' aithne dhomh, agus cho fad 's a thug mi an aire, nach tuirt smid fad an fheasgair. Bhathar a' dèanamh tuairmeas aig bòrd na dinneir mu neo-làthaireachd an t-Siùbhlaiche-tìme, agus chuir mi mun aire dhaibh gur dòcha gun robh e a' siubhal ann an tìm, gu ìre ri fealla-dhà. Bha an Neach-deasachaidh ag iarraidh mìneachaidh dheth sin, agus thug an Saidhg-eòlaiche seachad cunntas blian den 'pharadocs is chleas innleachdach' a chunnaic sinn o chionn seachdain. Bha a sheanchas an làn sheòl nuair a dh'fhosgladh an doras bhon trannsa gu mall is gun fuaim. Leis gun robh mise mu choinneamh an dorais, bu mhise a' chiad fhear a thug fa-near dha. 'Halò!' arsa mise. 'Mu dheireadh thall!' Dh'fhosgladh an doras na bu leatha, agus sheas an Siùbhlaiche-tìme mar comhar. Ghlaodh mi agus iongnadh orm. 'Gu sealladh orm! A dhuine, dè tha a' tighinn ribh?' ghlaodh Fear an Leigheis, an ath fhear a chunnaic e. Agus thionndaidh gach duine aig a' bhòrd ga ionnsaigh.

Bha e ann am fìor dhroch-chor. Bha a chòta stùrach, salach, agus uaine air a liacradh sìos na muinchillean; bha fhalt clèigte, agus dhòmhsa dheth na bu lèithe — an dàrna cuid duslach is salchar no seach gun robh a dhath fhèin air liathadh. Bha tuar aognaidh air; bha gearradh ruadh air a smigead — gearradh a bha air a leth-shlànachadh; bha fiamh riasgail, draghte air, mar gun robh e air tòrr fhulang. Fad tiotan rinn e sòradh eadar dà bhuinn is doras, mar gun robh an solas air

The next Thursday I went again to Richmond—I suppose I was one of the Time Traveller's most constant guests—and, arriving late, found four or five men already assembled in his drawing-room. The Medical Man was standing before the fire with a sheet of paper in one hand and his watch in the other. I looked round for the Time Traveller, and—It's half-past seven now,' said the Medical Man. 'I suppose we'd better have dinner?'

'Where's —?' said I, naming our host.

'You've just come? It's rather odd. He's unavoidably detained. He asks me in this note to lead off with dinner at seven if he's not back. Says he'll explain when he comes.'

It seems a pity to let the dinner spoil,' said the Editor of a well-known daily paper; and thereupon the Doctor rang the bell.

The Psychologist was the only person besides the Doctor and myself who had attended the previous dinner. The other men were Blank, the Editor aforementioned, a certain journalist, and another—a quiet, shy man with a beard—whom I didn't know, and who, as far as my observation went, never opened his mouth all the evening. There was some speculation at the dinner-table about the Time Traveller's absence, and I suggested time travelling, in a half-jocular spirit. The Editor wanted that explained to him, and the Psychologist volunteered a wooden account of the 'ingenious paradox and trick' we had witnessed that day week. He was in the midst of his exposition when the door from the corridor opened slowly and without noise. I was facing the door, and saw it first. 'Hallo!' I said. 'At last!' And the door opened wider, and the Time Traveller stood before us. I gave a cry of surprise. 'Good heavens! man, what's the matter?' cried the Medical Man, who saw him next. And the whole tableful turned towards the door.

He was in an amazing plight. His coat was dusty and dirty, and smeared with green down the sleeves; his hair disordered, and as it seemed to me greyer—either with dust and dirt or because its colour had actually faded. His face was ghastly pale; his chin had a brown cut on it—a cut half healed; his expression was haggard and drawn, as by intense suffering. For a moment he hesitated in the doorway, as if he had been dazzled by the light.

a chur o mhothachadh. An uair sin thàinig e a-steach don t-seòmar. Choisich e leis an leithid de bhèic agus a bha mi air fhaicinn ann an iomrallaichean bacach. Dhùr-choimhead sinn air ann an tost, a' sùileachadh gum bruidhneadh esan.

Cha tuirt e guth, ach thàinig e gu piantail chun a' bhùird, agus thog e làmh a dh'ionnsaigh an fhìona. Lìon an Neach-deasachaidh glainne champagne agus phut e sin thuige. Dh'òl e sin a dh'aon bheum, agus a rèir choltais thug sin piseach air: oir choimhead e timcheall a' bhùird, agus phriob fiamh a sheann ghàire air aodann. 'Dè fon ghrèin a bha sibh ris, a dhuine?' ars an Dotair. A rèir choltais cha chuala an Siùbhlaiche-tìme. 'Na leigibh leamsa dragh a chur oirbh,' ars esan, agus a chainnt rudeigin teabadach. 'Tha mi gu dòigheil.' Stad e, thog e a ghlainne airson tuilleadh, agus dh'òl e an tuilleadh a dh'aon ruith. 'Tha sin math,' ars esan. Dh'fhàs a shùilean na bu shoilleire, agus nochd beagan datha na ghruaidhean. Sheall e gu clis air ar n-aodannan ann an dòigh caran sàsaichte, agus an uair sin chaidh e mun cuairt an t-seòmair bhlàith, chofhurtail. An dèidh sin bhruidhinn e a-rithist agus e fhathast, mar gum biodh, air aineol na chainnt. 'Tha mi a' dol gam nighe is gam èideadh, is an uair sin thig mi a-nuas gus gnothaichean a mhìneachadh... Glèidhibh pìos den mhuicfheoil ud dhomh. Tha an t-acras gam tholladh le dìth feòla.'

Dh'amhairc e air an Neach-deasachaidh, nach biodh a' cèilidh air gu tric, agus a bha an dòchas gun robh e gu math. Thòisich an Neach-deasachaidh air ceist a chur. 'Innsidh mi dhuibh an-ceartuair,' ars an Siùbhlaiche-tìme. 'Tha mi—annasach! Bidh mi air sunnd an ceann mionaid.'

Chuir e sìos a ghlainne, agus choisich e gu doras na staidhre. A-rithist, mhothaich mi cho bacach 's a bha e agus cho bog 's a bha fuaim padadh a bhonnan, agus, a' seasamh nam àite-sa, chunnaic mi a chasan is e a' dol a-mach. Cha robh càil orra ach paidhir robach stocainnean, dathte le fuil. An uair sin dhùineadh an doras na dhèidh. Bha mi eadar dà bharail am bu chòir dhomh a leantainn, gus an do chuimhnich mi gum bu bheag air nan cuirte cus uidhireachd air fhèin. Fad mionaid, is dòcha, bha mo cheann na bhrochan. An uairsin, b' ann a chuala mi an Neach-deasachaidh ag ràdh 'Giùlan Aibheasach Neach-saidheans Àrd-inbhich', a' smaoineachadh (mar a bhiodh e) ann an cinn-naidheachd. Agus thug seo m' aire-sa air ais don bhòrd-dinneir shoilleir.

'Dè an gèam a th' ann?' ars an Neach-naidheachd. 'An robh e a' cleas mar Sionnal na Sràide? Chan eil mise a' tuigsinn.' Dhearc mi sùil an t-Saidhg-eòlaiche, agus leugh mi an tuigse na aodann 's a bha agam fhèin. Smaoinich mi air an t-Siùbhlaiche-tìme is e a' dol gu bacach, piantail suas an staidhre. Cha chreid mi gun do mhothaich duine eile don lapaich aige.

Then he came into the room. He walked with just such a limp as I have seen in footsore tramps. We stared at him in silence, expecting him to speak.

He said not a word, but came painfully to the table, and made a motion towards the wine. The Editor filled a glass of champagne, and pushed it towards him. He drained it, and it seemed to do him good: for he looked round the table, and the ghost of his old smile flickered across his face. 'What on earth have you been up to, man?' said the Doctor. The Time Traveller did not seem to hear. 'Don't let me disturb you,' he said, with a certain faltering articulation. 'I'm all right.' He stopped, held out his glass for more, and took it off at a draught. 'That's good,' he said. His eyes grew brighter, and a faint colour came into his cheeks. His glance flickered over our faces with a certain dull approval, and then went round the warm and comfortable room. Then he spoke again, still as it were feeling his way among his words. 'I'm going to wash and dress, and then I'll come down and explain things ... Save me some of that mutton. I'm starving for a bit of meat.'

He looked across at the Editor, who was a rare visitor, and hoped he was all right. The Editor began a question. 'Tell you presently,' said the Time Traveller. 'I'm—funny! Be all right in a minute.'

He put down his glass, and walked towards the staircase door. Again I remarked his lameness and the soft padding sound of his footfall, and standing up in my place, I saw his feet as he went out. He had nothing on them but a pair of tattered, blood-stained socks. Then the door closed upon him. I had half a mind to follow, till I remembered how he detested any fuss about himself. For a minute, perhaps, my mind was wool-gathering. Then, 'Remarkable Behaviour of an Eminent Scientist,' I heard the Editor say, thinking (after his wont) in headlines. And this brought my attention back to the bright dinner-table.

'What's the game?' said the Journalist. 'Has he been doing the Amateur Cadger? I don't follow.' I met the eye of the Psychologist, and read my own interpretation in his face. I thought of the Time Traveller limping painfully upstairs. I don't think any one else had noticed his lameness.

B' e a' chiad fhear a thàinig thuige fhèin gu buileach bhon iongnadh aige Fear an Leigheis, a sheirm an clag — bu bheag air an t-Siùbhlaiche-tìme searbhantan a bhith a' frithealadh aig bòrd na dinneir — airson truinnseir theth. An uair sin ghabh an Neach-deasachaidh a sgian is fhorc le gnòst, agus lean am fear sàmhach ris. Thòisicheadh an dinnear às ùr. Bha an còmhradh clisgreach fad greiseig, le beàrnan iongnaidh; agus an uair sin dh'fhàs an Neach-deasachaidh dùrachdach na fheòrachas. Am bi ar caraid a' dèanamh annlann air a bhith-beò le bhith ag obair aig crois-rèile? No a bheil e a' dol tro thràthan Nebuchadnezzar?' dh'fhaighnich e. 'Tha mi cinnteach às gur e gnothach Inneal na Tìme seo as coireach,' arsa mise, agus lean mi air cunntas an t-Saidhg-eòlaiche den choinneimh mu dheireadh againn. Bu ghann gun robh na h-aoighean ùra gar creidsinn. Chuir an Neach-deasachaidh an aghaidh na thuirteadh. 'Dè bha san t-siubhal-tìme seo? Cha deigheadh aig fear air fhèin a chòmhdachadh le duslach tro bhith a' ròiligeadh ann am paradocs, an deigheadh?' Agus an uair sin, is am beachd a' tighinn thuige, thòisich e air sgeig-aithris. Nach robh bruisichean aodaich aca san àm ri teachd? Cha chreideadh an Neach-naidheachd facal dheth air prìs sam bith nas motha, agus lean esan air an Neach-deasachaidh a' fanaid air a' ghnothach air fad. B' iad an dithis aca le chèile an seòrsa ùr de luchd-naidheachd — fireannaich òga, gu math àigheach is eas-urramach. 'A Rèir Aithisg Ar Tuairisgeir On Earar,' ars an Neach-naidheachd — gu dearbh, 's ann a' glaodhadh a bha e — nuair a thill an Siùbhlaiche-tìme. Bha fasan àbhaisteach oidhche air, agus, a thaobh den tuar riasgail, cha robh sgeul air fhàgail den chaochladh a bha air chlisg a chur orm.

'Abair,' ars an Neach-deasachaidh gu soganach, 'gu bheil an fheadhainn seo ag ràdh gu bheil sibh air a bhith a' siubhal gu meadhan na h-ath-seachdain! Nach innis sibh dhuinn mu dheidhinn Rosebery bhig? Dè ghabhas sibh air gu h-iomlan?'

Thàinig an Siùbhlaiche-tìme don àite a bha air a chur don dàrna leth dha gun smid a ràdh. Rinn e gàire chiùin, san dòigh a b' àbhaist dha. 'Càit a bheil mo mhuicfheoil?' ars esan. 'Nach e annas a th' ann forc a chur ann am feòil a-rithist!'

'Sgeulachd!' ghlaodh an Neach-deasachaidh.

'Sgeulachd dhamainte!' ars an Siùbhlaiche-tìme. 'Tha mise ag iarraidh rudeigin ithe. Cha chan mi guth gus am faigh mi beagan peaptòn nam chuislean. Tapadh leibh. Agus an salann.'

'Aon fhacal,' arsa mise. 'An robh sibh ri siubhal ann an tìm?'

'Bha,' ars an Siùbhlaiche-tìme, a bheul làn, a' crathadh a chinn.

'Bheirinn seachad tastan gach loidhne airson nota facal air an fhacal,' ars an Neach-deasachaidh. Phut an Siùbhlaiche-tìme a ghlainne a dh'ionnsaigh an Fhir Thostaich agus ghliog e i le ìne; an uair sin, an

The first to recover completely from this surprise was the Medical Man, who rang the bell—the Time Traveller hated to have servants waiting at dinner—for a hot plate. At that the Editor turned to his knife and fork with a grunt, and the Silent Man followed suit. The dinner was resumed. Conversation was exclamatory for a little while, with gaps of wonderment; and then the Editor got fervent in his curiosity. 'Does our friend eke out his modest income with a crossing? or has he his Nebuchadnezzar phases?' he inquired. 'I feel assured it's this business of the Time Machine,' I said, and took up the Psychologist's account of our previous meeting. The new guests were frankly incredulous. The Editor raised objections. 'What was this time travelling? A man couldn't cover himself with dust by rolling in a paradox, could he?' And then, as the idea came home to him, he resorted to caricature. Hadn't they any clothes-brushes in the Future? The Journalist too, would not believe at any price, and joined the Editor in the easy work of heaping ridicule on the whole thing. They were both the new kind of journalist—very joyous, irreverent young men. 'Our Special Correspondent in the Day after To-morrow reports,' the Journalist was saying—or rather shouting—when the Time Traveller came back. He was dressed in ordinary evening clothes, and nothing save his haggard look remained of the change that had startled me.

'I say,' said the Editor hilariously, 'these chaps here say you have been travelling into the middle of next week! Tell us all about little Rosebery, will you? What will you take for the lot?'

The Time Traveller came to the place reserved for him without a word. He smiled quietly, in his old way. 'Where's my mutton?' he said. 'What a treat it is to stick a fork into meat again!'

'Story!' cried the Editor.

'Story be damned!' said the Time Traveller. 'I want something to eat. I won't say a word until I get some peptone into my arteries. Thanks. And the salt.'

'One word,' said I. 'Have you been time travelling?'

'Yes,' said the Time Traveller, with his mouth full, nodding his head.

'I'd give a shilling a line for a verbatim note,' said the Editor. The Time Traveller pushed his glass towards the Silent Man and rang it with his fingernail; at which the Silent Man, who had been

dèidh don Fhear Thostach a bhith a' dùr-choimhead air aodann, chlisg e
gu grad is dhòirt e fìon dha. B' ann mì-shocair a bha na bha air fhàgail
den dinnear. Air mo shon fhèin, bha ceistean obann a' sìor thighinn gu
mo bhilean, agus ar leam gun robh e mar an ceudna le càch. Dh'fheuch
an Neach-naidheachd ris an teanntachd a mhaothachadh le bhith ag
innse seanchais mu dheidhinn Hettie Potter. Thug an Siùbhlaiche-tìme
an aire air an dinnear aige, agus bha e coltach gun robh e cho acrasach ri
sràideachan. Ghabh Fear an Leigheis toit, agus dh'amhairc e air an t-
Siùbhlaiche-tìme tro a ruisg. A rèir choltais bha am Fear Tostach fiù 's
na bu liobasta na an àbhaist, agus dh'òl e champagne le riaghailteachd
is daingneachd mar thoradh air ireapais. Mu dheireadh thall phut an
Siùbhlaiche-tìme a thruinnsear air falbh, agus choimhead e mun cuairt
oirnn. 'Tha mi a' creidsinn gum feum mi ur leisgeul iarraidh,' ars esan.
'Chan e ach gun robh an t-acras gam tholladh. Tha tìde air leth air a
bhith agam.' Shìn e làmh a-mach airson siogair, agus ghearr e a cheann
dheth. 'Ach thigibh don t-seòmar-smocaidh. 'S e sgeulachd ro fhada a
th' ann airson innse dhuibh thar nan truinnsearan lìomach.' Agus, a'
seirm a' chlaig san dol-seachad, stiùir e sinn don ath sheòmar.

'Tha sibh air innse do Bhlank, is Dash is Chose mun inneal?' ars esan
riumsa, a' cur tacsa ris an t-sèithear-ghàirdeanach aige agus ag
ainmeachadh nan triùir aoighean ùra.

'Ach chan e ach paradocs a tha sa chùis,' ars an Neach-deasachaidh.

'Chan urrainn dhomh deasbad a-nochd. Tha mi coma ged a
dh'innseas mi dhuibh an sgeulachd, ach chan urrainn dhomh deasbad.
Innsidh mi dhuibh,' lean e air, 'an sgeulachd mu na dh'èirich dhomh,
ma thogras sibh, ach feumaidh nach cuir sibh a-steach orm. Tha mi
airson a h-aithris. Gu mòr. Bidh coltas bhreugan air a' chuid as motha
dhith. Biodh sin mar a bhios! 'S e an fhìrinn a th' innte — gach facal
dhith, a dh'aindeoin sin. Bha mi nam obair-lann aig ceithir uairean,
agus bhon uair sin... tha mi air a dhol tro ochd làithean... a leithid de
làithean nach do dh'fhidir mac an duine riamh roimhe! Cha mhòr nach
eil mi claoidhte, ach cha chaidil mi gus an cuir mi ceann is casan air an
sgeulachd seo innse dhuibh. An uair sin thèid mi innte. Ach na cuiribh
a-steach orm idir! Aontaichte?'

'Aontaichte,' ars an Neach-deasachaidh, agus rinn càch an ceudna,
'Aontaichte.' Agus le sin thòisich an Siùbhlaiche-tìme air a sgeulachd
mar a tha mi fhèin air a chur am follais. Shuidh e air ais na shèithear an
toiseach, agus bhruidhinn e mar fhear sgìth. An dèidh sin dh'fhàs e na
bu bheothaile. Ann a bhith ga sgrìobhadh sìos tha mi gu math fhèin
mothachail air uireasbhaidh pinn is ince — agus, gu seachd àraidh, cho
uireasbhaidheach 's a tha mi fhèin — a bhrìgh a chur an cèill. Bidh sibh a'
leughadh, tha mi a' creidsinn, gu furachail faiceallach; ach chan fhaic
sibh aodann geal, onarach an neach-labhairt ann an cearcall soilleir a'

staring at his face, started convulsively, and poured him wine. The rest of the dinner was uncomfortable. For my own part, suddesn questions kept on rising to my lips, and I dare say it was the same with the others. The Journalist tried to relieve the tension by telling anecdotes of Hettie Potter. The Time Traveller devoted his attention to his dinner, and displayed the appetite of a tramp. The Medical Man smoked a cigarette, and watched the Time Traveller through his eyelashes. The Silent Man seemed even more clumsy than usual, and drank champagne with regularity and determination out of sheer nervousness. At last the Time Traveller pushed his plate away, and looked round us. 'I suppose I must apologize,' he said. 'I was simply starving. I've had a most amazing time.' He reached out his hand for a cigar, and cut the end. 'But come into the smoking-room. It's too long a story to tell over greasy plates.' And ringing the bell in passing, he led the way into the adjoining room.

'You have told Blank, and Dash, and Chose about the machine?' he said to me, leaning back in his easy-chair and naming the three new guests.

'But the thing's a mere paradox,' said the Editor.

'I can't argue to-night. I don't mind telling you the story, but I can't argue. I will,' he went on, 'tell you the story of what has happened to me, if you like, but you must refrain from interruptions. I want to tell it. Badly. Most of it will sound like lying. So be it! It's true—every word of it, all the same. I was in my laboratory at four o'clock, and since then ... I've lived eight days ... such days as no human being ever lived before! I'm nearly worn out, but I shan't sleep till I've told this thing over to you. Then I shall go to bed. But no interruptions! Is it agreed?'

'Agreed,' said the Editor, and the rest of us echoed 'Agreed.' And with that the Time Traveller began his story as I have set it forth. He sat back in his chair at first, and spoke like a weary man. Afterwards he got more animated. In writing it down I feel with only too much keenness the inadequacy of pen and ink—and, above all, my own inadequacy—to express its quality. You read, I will suppose, attentively enough; but you cannot see the speaker's white, sincere face in the bright circle of the little lamp, nor hear the intonation of his voice. You cannot know

chrùisgein bhig, is cha chluinn sibh ceòl a ghutha. Chan ghabh fios a bhith agaibh air mar a lean a mhèin cuairtean a sgeulachd! Bha a' chuid mhòr dhinn a bha san èisteachd fo sgàil, o nach deach na coinnlean a lasadh san t-seòmar-smocaidh, agus cha do shoillsicheadh ach aodann an Neach-naidheachd is casan an Fhir Thostaich bho a ghlùintean sìos. Aig an toiseach, bhiomaid a' toirt sùil air càch a chèile bho àm gu àm. An dèidh greis sguir sinn dheth sin is cha do choimhead sinn ach air aodann an t-Siùbhlaiche-tìme.

how his expression followed the turns of his story! Most of us hearers were in shadow, for the candles in the smoking-room had not been lighted, and only the face of the Journalist and the legs of the Silent Man from the knees downward were illuminated. At first we glanced now and again at each other. After a time we ceased to do that, and looked only at the Time Traveller's face.

3

'Bhruidhinn mi ri cuid agaibh Diardaoin seo chaidh mu phrionnsapalan Inneal na Tìme, agus sheall mi ribh an rud fhèin, neo-iomlan sa bhùth-obrach. Sin agaibh e a-nis, air a dhroch-chaitheamh gu ìre, ceart gu leòr; agus tha aon de na bàraichean ìbhri sgàinte, agus tha rèile phràiseach air a cromadh; ach a thaobh dheth sin, tha e an deagh chor. Bha dùil agam crìoch a chur air Dihaoine, ach b' e Dihaoine a bh' againn nuair nach robh ach beagan ri chur ri chèile, agus thug mi fa-near gun robh aon de na bàraichean niceil dìreach òirleach ro ghoirid agus thàinig orm ath-dhèanamh; leis an sin cha robh an nì iomlan gus a' mhadainn an-diugh. B' ann aig deich uairean an-diugh a thòisich a' chiad Inneal Tìme air bith a dh'obair. Ghnog mi air aon uair eile, dhaingnich mi na sgriubhachan uile a-rithist, chuir mi boinneag a bharrachd ola air an t-slait eiteige agus shuidh mi san dìollaid. Shaoil leam gum biodh iongantas coltach ris na dh'fhidir mise mu na thigeadh an dèidh sin aig fèin-mhortair a chuireas daga ri a chlaigeann fhèin. Thog mi an luamhan-siùdaidh san dàrna làimh agus am fear casgaidh san tèile, phut mi a' chiad fhear, agus cha mhòr aig an aon àm an dàrna fear. A rèir choltais chaidh mi thuige is uaithe; bha mothachadh tuiteim agam mar ann an trom-laighe; agus a' coimhead mun cuairt, chunnaic mi an obair-lann dìreach mar a bha i roimhe. An robh càil air tachairt? Tha mi a' creidsinn gun do mheall mo thoinisg fhèin mi. An uair sin mhothaich mi don chleoc. O chionn mòmaid, bha e a' sealltainn mu mhionaid an dèidh deich; a-nis cha mhòr nach robh e leth-uair an dèidh trì!

'Tharraing mi anail, dhrann mi m' fhiaclan, rug mi air an luamhan-siùdaidh leis an dà làimh, agus dh'fhalbh mi le brag. Dh'fhàs an obair-lann culmach is chaidh i doilleir. Thàinig a' Bh-uas Watchett a-steach, agus choisich i, a rèir choltais gun m' fhaicinn, a dh'ionnsaigh doras a' ghàirdein. Saoilidh mi gun tug e mu mhionaid dhi a dhol tron àite, ach dhòmhsa bha e mar gun do dh'fhalbh i mar rocaid bho thaobh gu taobh an t-seòmair. Phut mi an luamhan thairis cho fad 's a dheigheadh e.

3

'I told some of you last Thursday of the principles of the Time Machine, and showed you the actual thing itself, incomplete in the workshop. There it is now, a little travel-worn, truly; and one of the ivory bars is cracked, and a brass rail bent; but the rest of it's sound enough. I expected to finish it on Friday, but on Friday, when the putting together was nearly done, I found that one of the nickel bars was exactly one inch too short, and this I had to get remade; so that the thing was not complete until this morning. It was at ten o'clock to-day that the first of all Time Machines began its career. I gave it a last tap, tried all the screws again, put one more drop of oil on the quartz rod, and sat myself in the saddle. I suppose a suicide who holds a pistol to his skull feels much the same wonder at what will come next as I felt then. I took the starting lever in one hand and the stopping one in the other, pressed the first, and almost immediately the second. I seemed to reel; I felt a nightmare sensation of falling; and, looking round, I saw the laboratory exactly as before. Had anything happened? For a moment I suspected that my intellect had tricked me. Then I noted the clock. A moment before, as it seemed, it had stood at a minute or so past ten; now it was nearly half-past three!

'I drew a breath, set my teeth, gripped the starting lever with both hands, and went off with a thud. The laboratory got hazy and went dark. Mrs. Watchett came in and walked, apparently without seeing me, towards the garden door. I suppose it took her a minute or so to traverse the place, but to me she seemed to shoot across the room like a rocket. I pressed the lever over to

Ràinig an oidhche mar cur dheth crùisgein, agus an ceann mòmaid eile
thàinig an làrna-mhàireach. Dh'fhàs an obair-lann fann is culmach, is an
uair sin na b' fhainne is na b' fhainne buileach. Thàinig an-ath-oidhch'
dubh, is an latha a-rithist, oidhche a-rithist, latha a-rithist, na bu luaithe
is na bu luaithe buileach. Lìon monmhar cuairteagach mo chluasan,
agus dh'fhàs m' inntinn troimh-chèile ann an dòigh neònach, bhalbh.

'Tha mi duilich nach urrainn dhomh cur an cèill nam
mothachaidhean annasach an lùib siubhal tro thìm. Tha iad air leth mì-
chàilear. Thathar a' faireachdainn mar dol sìos rathad fìor chas — a'
gluasad an comhar mo chinn gun chòmhnadh! Dh'fhidir mi an aon ro-
aithneachadh oillteil, cuideachd, a gheibhear nuair a tha tubaist gus
teachd. Mar a bha mi a' luathachadh, lean an oidhche air an latha mar
phlapail sgèithe duibhe. An-ceartuair smaoinich mi gun do thuit aisneis
fhann na h-obair-lann bhuam, agus chunnaic mi a' ghrian a' sùrdagaich
gu clis tarsainn air an speur, ga leum gach mionaid, agus gach mionaid
a' comharrachadh latha. Bha mi a' gabhail ris gun deach an obair-lann a
mhilleadh is mi air ruighinn air a' bhlàr a-muigh. Thug mi an aire do
bhuaidh neo-shoilleir de sgafallachd, ach bha mi a' falbh ro luath ron
uair sin a bhith mothachail air càil a' gluasad. Bhiodh an t-seilcheag bu
mhaille a shnàig a-riamh a' sguidsearachd seachad ro chlis dhomh. Bha
iomlaid priobadh dorchadais is sollais air leth piantail air an t-sùil. An
uair sin, san dorchadas eadar-ùineach, chunnaic mi a' ghealach a'
toinneamh gu sgiobalta tro a cairtealan bho ùr gu làn, agus sealladh
fann de na rionnagan a' cuairteachadh. An-ceartuair, agus mi a'
leantainn orm, fhathast a' luathachadh, cho-mheasgaich siùdan na h-
oidhche is an latha gu aon ghlaise leantainneach; ghabh an speur
doimhneachd iongantach gorm, dath loinnreach soillseach mar toiseach
na camhanaich; cha robh ach stiall teine sa ghrèin chlisgich, bogha
deàrrsach, san fhànas, a' ghealach na bann fann udalach; is cha bu lèir
dhomh sgeul air na rionnagan, ach gun robh cearcall na bu shoilleire a'
priobadh an-dràsta 's a-rithist sa ghuirme.

'Bha cruth na tìre ceòthach is neo-shoilleir. Bha mi fhathast air an
leathad air a bheil an taigh seo suidhichte a-nis, agus dh'èirich a'
chruach thairis orm glas is doilleir. Chunnaic mi craobhan a' cinntinn is
ag atharrachadh mar siabagan deathach, an tràth seo riabhach, an tràth
ud uaine; dh'fhàs iad, sgaoil iad, chrith iad, is thriall iad. Chunnaic mi
togalaichean ana-mhòr ag èiridh fann is fionn, is ag imeachd mar ann
am bruadar. Shaoil leam gun do dh'atharraich uachdar air fad an t-
saoghail — a' leaghadh 's a' sruthadh fom shùilean. Chuir na spògan air
na daithealan a thomhais mo luaths caran na bu luaithe is na bu luaithe.
An-ceartuair mhothaich mi gun robh crios na grèine a' tulgadh suas is
sìos, o ghrian-stad gu grian-stad, an ceann mionaid no na bu lugha
agus, mar sin, bha mi a' dol aig còrr is bliadhna gach mionaid; agus

its extreme position. The night came like the turning out of a lamp, and in another moment came to-morrow. The laboratory grew faint and hazy, then fainter and ever fainter. To-morrow night came black, then day again, night again, day again, faster and faster still. An eddying murmur filled my ears, and a strange, dumb confusedness descended on my mind.

'I am afraid I cannot convey the peculiar sensations of time travelling. They are excessively unpleasant. There is a feeling exactly like that one has upon a switchback — of a helpless headlong motion! I felt the same horrible anticipation, too, of an imminent smash. As I put on pace, night followed day like the flapping of a black wing. The dim suggestion of the laboratory seemed presently to fall away from me, and I saw the sun hopping swiftly across the sky, leaping it every minute, and every minute marking a day. I supposed the laboratory had been destroyed and I had come into the open air. I had a dim impression of scaffolding, but I was already going too fast to be conscious of any moving things. The slowest snail that ever crawled dashed by too fast for me. The twinkling succession of darkness and light was excessively painful to the eye. Then, in the intermittent darknesses, I saw the moon spinning swiftly through her quarters from new to full, and had a faint glimpse of the circling stars. Presently, as I went on, still gaining velocity, the palpitation of night and day merged into one continuous greyness; the sky took on a wonderful deepness of blue, a splendid luminous colour like that of early twilight; the jerking sun became a streak of fire, a brilliant arch, in space; the moon a fainter fluctuating band; and I could see nothing of the stars, save now and then a brighter circle flickering in the blue.

'The landscape was misty and vague. I was still on the hill-side upon which this house now stands, and the shoulder rose above me grey and dim. I saw trees growing and changing like puffs of vapour, now brown, now green; they grew, spread, shivered, and passed away. I saw huge buildings rise up faint and fair, and pass like dreams. The whole surface of the earth seemed changed — melting and flowing under my eyes. The little hands upon the dials that registered my speed raced round faster and faster. Presently I noted that the sun belt swayed up and down, from solstice to solstice, in a minute or less, and that consequently my pace was over a year a minute; and minute by

mionaid air a' mhionaid, las an sneachd geal thairis air an t-saoghal is dh'fhalbh e, agus lean an uair sin guirme shoilleir an earraich.

'Cha robh faireachaidhean mì-chàileir an toisich a cheart cho geur a-nis. Bha iad air co-measgachadh ann an seòrsa de dh'èibhneachadh reachdail aig deireadh ghnothaichean. B' ann a mhothaich mi tulgadh liobasta san inneal nach b' urrainn dhomh tuigsinn. Ach bha m' inntinn tuilleadh 's a chòir troimh-chèile gus for a thoirt dha, agus le sin agus seòrsa de bhoile a' fàs nam bhroinn, thug mi an t-àm ri teachd orm. Aig an toiseach, cha mhòr gun do smaoinich mi air stad; cha mhòr gun do smaoinich mi air càil ach na faireachaidhean ùra seo. Ach an-ceartuair dh'èirich sreath de bheachdan nam inntinn—feòrachas gu ìre, agus le sin nàdar de dh'uabhann—gus an do ghreimicheadh mi uile-gu-lèir leotha sin. Abair leasachaidhean neònach na daonnachd, abair adhartasan iongantach air ar sìobhaltas bunaiteach, smaoinich mi, a dh'fhaodadh nochdadh nuair a sheallainn gu beagnaich don t-saoghal neo-shoilleir, èalaidheach a ruith is a luaisg os comhar mo shùilean! Chunnaic mi ailtireachd mhòr is mhìorbhaileach ag èirigh mun cuairt orm, na bu mhotha na togalach sam bith den tràth againn fhèin, ach, mar a shaoil leam, air an togail de dh'aitealan is ceò. Thug mi an aire do ghuirme na bu bheartaiche a' sruthadh suas an leathad, agus a' fantainn ann, gun ial gheamhradail. Bha coltas gu math àlainn fhathast air an talamh fiù 's tro sgàil mo bhreislich. Agus mar sin b' e stad a' chùis a shuidhich nam inntinn.

'B' e an cunnart sònraichte a bh' agam gun robh e comasach gum biodh stuth air choreigin san aon àite san robh mi fhèin 's an t-inneal. Cho fad 's a shiubhail mi aig astar luath tro thìm, cha robh seo gu mòran diofar; bha mi, mar gum biodh, air mo thanachadh—a' drùdhadh mar deathach tro eadar-fhosglaidhean stuthan eadraiginn! Ach gus tighinn gu stad dh'fheumainn mo stobadh, mìr air mìr, a-steach gu rud sam bith a bha na laighe nam rathad; le bhith a' toirt air mo smùirneanan beantainn gu dlùth ri smùirneanan a' chnap-starra gun adhbharaichte iom-obrachadh ceimigeach ana-mhòr—is dòcha spreadhadh fad-ruigheach agus gun deigheadh an dà chuid mi fhèin is an t-uidheam agam a sgailceadh a-mach à gach dimeinsean a dh'fhaodadh a bhith ann—don Aineol. Thàinig e a-steach orm gur dòcha gun tachradh seo uair 's a-rithist fhad 's a bha mi a' cur an inneil ri chèile; ach aig an àm sin ghabh mi ris ann an dòigh aighearach mar chunnart do-sheachanta—aon de na cunnartan a dh'fheumas fear meantairigeadh! Ach a-nis agus nach gabhadh an cunnart a sheachnadh, cha robh mi idir ga fhaicinn an dòigh cho aighearach. 'S e an rud a th' ann, gu neo-thuigseach, leis cho buileach neònach 's a bha a h-uile rud, le clisgeadh is tulgadh grabhail an inneil, agus gu seachd àraidh leis an fhaireachadh thuiteim mhaireannach, bha mo chàileachd

minute the white snow flashed across the world, and vanished, and was followed by the bright, brief green of spring.

'The unpleasant sensations of the start were less poignant now. They merged at last into a kind of hysterical exhilaration. I remarked indeed a clumsy swaying of the machine, for which I was unable to account. But my mind was too confused to attend to it, so with a kind of madness growing upon me, I flung myself into futurity. At first I scarce thought of stopping, scarce thought of anything but these new sensations. But presently a fresh series of impressions grew up in my mind — a certain curiosity and therewith a certain dread — until at last they took complete possession of me. What strange developments of humanity, what wonderful advances upon our rudimentary civilization, I thought, might not appear when I came to look nearly into the dim elusive world that raced and fluctuated before my eyes! I saw great and splendid architecture rising about me, more massive than any buildings of our own time, and yet, as it seemed, built of glimmer and mist. I saw a richer green flow up the hill-side, and remain there, without any wintry intermission. Even through the veil of my confusion the earth seemed very fair. And so my mind came round to the business of stopping.

'The peculiar risk lay in the possibility of my finding some substance in the space which I, or the machine, occupied. So long as I travelled at a high velocity through time, this scarcely mattered; I was, so to speak, attenuated — was slipping like a vapour through the interstices of intervening substances! But to come to a stop involved the jamming of myself, molecule by molecule, into whatever lay in my way; meant bringing my atoms into such intimate contact with those of the obstacle that a profound chemical reaction — possibly a far-reaching explosion — would result, and blow myself and my apparatus out of all possible dimensions — into the Unknown. This possibility had occurred to me again and again while I was making the machine; but then I had cheerfully accepted it as an unavoidable risk — one of the risks a man has got to take! Now the risk was inevitable, I no longer saw it in the same cheerful light. The fact is that, insensibly, the absolute strangeness of everything, the sickly jarring and swaying of the machine, above all, the feeling of

gu tur air a cur troimh-chèile. Thug mi orm fhèin creidsinn nach deigheadh agam air stad uair sam bith, agus le beadaidheachd a' bòcadh annam chuir mi romham gun stadainn anns a' bhad. Mar amadan mì-fhoighidneach, shlaod mi an luamhan, agus, gun bhacadh, chaidh an rud ag iompachadh thairis, agus chaidh mo shadadh air comhar mo chinn tron èadhar.

'Bha fuaim mar thàirneach nam chluasan. Tha teans gun robh mi ann an tuaineal fad greis. Bha clachan-meallain gun iochd a' siosarnaich mun cuairt orm, agus bha mi nam shuidhe air mòinteach bhog mu choinneamh an inneil leagte. Bha coltas glas fhathast air a h-uile rud, ach an-ceartuair mhothaich mi gun robh a' bhreisleach air falbh bhom chluasan. Sheall mi mun cuairt orm. B' ann a bha mi air rudeigin mar lèanag bheag ann an gàrradh, agus ròs-chraobhan ceithir timcheall air, agus thug mi fa-near gun robh am flùrain liath is purpaidh a' tuiteam mar fhras fo bhualadh nan clachan-meallain. Dh'fhan na clachan-meallain ann an neul beag thairis air an inneal, ag ath-leum is a' danns, agus dh'imich iad thar a' ghrunnda mar cheò. An ceann tiotan bha mi cho fliuch ri lach. "Abair aoigheachd,' arsa mise, 'don fhear a tha air siubhal fad bhliadhnaichean gun àireamh airson tadhal oirbh."

'An uair sin smaoinich mi gun robh mi nam amadan is mi air fàs fuar. Sheas mi is thug mi sùil mun cuairt orm. Bha tursa ana-mhòr, a rèir choltais snaidhte ann an clach fionn air choreigin, na sheasamh gu h-àrd is gu neo-shoilleir thar nan ròs-chraobhan tron dìle bhàite chulmach. Ach chan fhaicte dad eile den t-saoghal.

'Bhiodh e doirbh tuairisgeul a thoirt air na mothachaidhean agam. Mar a dh'fhàs colbhan nan clachan-meallain na bu tana, b' ann na bu shoilleir a chunnaic mi an tursa fionn. Bha e air leth mòr, oir bhean beith-gheal ri a ghualann. B' ann de mharbhar geal a bha e, ann an cumadh rudeigin coltach ri sfinge sgiathach, ach an àite a bhith leagte gu h-inghearach ri a chliathaichean bha na sgiathan sgapte ann an dòigh agus e coltach gun robh e a' crochadh san èadhar. Ar leam gun robh am bun-carraigh de dh'umha, agus meirg-umha tiugh air. Mar a dh'èirich gnothaichean bha an t-aodann mum choinneamh; bha e coltach gun robh na sùilean gun lèirsinn a' coimhead orm; bha fiamh fann a ghàire air na bilean. Bha fìor bhuaidh na sìde air, agus dh'fhàg sin làrach mì-chàilear tinneis air. Bha mi nam sheasamh a' coimhead air fad greiseag—leth-mhionaid, ma dh'fhaodte, no leth-uair a thìde. Chaidh e air ais 's air adhart a rèir choltais agus na clachan-meallain a' sguidsearachd roimhe. Mu dheireadh tharraing mi mo fhradharc air falbh bhuaithe fad mòmaid, agus chunnaic mi gun robh sgàil nan clachan-meallain air a lomadh gu math robach, agus gun robh an speur a' fàs soilleir le aisneis air a' ghrèin.

'Dh'amhairc mi suas a-rithist air a' chruth gheal chrùbte, agus

prolonged falling, had absolutely upset my nerve. I told myself that I could never stop, and with a gust of petulance I resolved to stop forthwith. Like an impatient fool, I lugged over the lever, and incontinently the thing went reeling over, and I was flung headlong through the air.

'There was the sound of a clap of thunder in my ears. I may have been stunned for a moment. A pitiless hail was hissing round me, and I was sitting on soft turf in front of the overset machine. Everything still seemed grey, but presently I remarked that the confusion in my ears was gone. I looked round me. I was on what seemed to be a little lawn in a garden, surrounded by rhododendron bushes, and I noticed that their mauve and purple blossoms were dropping in a shower under the beating of the hail-stones. The rebounding, dancing hail hung in a cloud over the machine, and drove along the ground like smoke. In a moment I was wet to the skin. "Fine hospitality," said I, "to a man who has travelled innumerable years to see you."

'Presently I thought what a fool I was to get wet. I stood up and looked round me. A colossal figure, carved apparently in some white stone, loomed indistinctly beyond the rhododendrons through the hazy downpour. But all else of the world was invisible.

'My sensations would be hard to describe. As the columns of hail grew thinner, I saw the white figure more distinctly. It was very large, for a silver birch-tree touched its shoulder. It was of white marble, in shape something like a winged sphinx, but the wings, instead of being carried vertically at the sides, were spread so that it seemed to hover. The pedestal, it appeared to me, was of bronze, and was thick with verdigris. It chanced that the face was towards me; the sightless eyes seemed to watch me; there was the faint shadow of a smile on the lips. It was greatly weather-worn, and that imparted an unpleasant suggestion of disease. I stood looking at it for a little space — half a minute, perhaps, or half an hour. It seemed to advance and to recede as the hail drove before it denser or thinner. At last I tore my eyes from it for a moment and saw that the hail curtain had worn threadbare, and that the sky was lightening with the promise of the sun.

'I looked up again at the crouching white shape, and the full

thàinig e a-steach orm gu h-obann dè an uiread de dhalmachd 's a bha
an sàs sa chuairt agam. Dè dh'fhaodadh nochdadh nuair a bheirte an
sgàil culmach ud gu tur air falbh? Dè idir a dh'fhaodadh a bhith air
èirigh do dhaoine? Dè ma bha an-iochd air a dhol na fhasan cumanta?
Dè ma bha mac an duine air a dhuinealas a chall, agus air a dhol
rudeigin mì-dhaonna, neo-aireachail, agus cumhachdach thar
bhacaidh? Is dòcha gun saoileadh iad gun robh mi nam leithid de
dh'ainmhidh borb às an t-sean shaoghal, ach fiù 's na bu fuathasaiche is
na bu sgreamhaile on a bha sinn cho coltach ri chèile — creutair mosach
a dh'fheumte a mharbhadh sa bhad.

'Bha mi a' faicinn cruthan ana-cuimseach mar-thà — togalaichean
ana-mhòr agus barrachan-balla ioma-lùbach is colbhan àrda annta, le
leathad coillteach a' snàgadh thugam gu neo-shoilleir tron stoirm a bha
a' lagachadh. Chaidh mo ghlacadh le breisleach de dh'eagal.
Thionndaidh mi, air chaothach, gu Inneal na Tìme, is rinn mi mo
dhìcheall a chur ceart a-rithist. Fhad 's a bha mi ga dhèanamh, bhuail
gathan na grèine tron ghaillinn. Chaidh an dìle bhàite a sguabadh don
dàrna leth is chaidh i à sealladh mar thrusgan slaodach taibhse. Os mo
chionn, ann an dian-ghuirme an adhair shamhraidh, chuir corra
sroighlig fhann dhonn de neòil car air falbh gu neoinitheachd. Sheas na
togalaichean mòra a-mach mun cuairt orm gu soilleir is gu lèir, a'
boillsgeadh le fliuchad na gaillinne, agus air an sònrachadh gu geal leis
na clachan-meallain neo-leaghta a laigh ann an cùirn nan àrainn. Bha mi
a' faireachdainn mar gum biodh lomnochd ann an saoghal àraid. Bha
mi a' faireachdainn is dòcha mar gum fairicheadh eun san èadhar
shoilleir, agus fios aige gu bheil seabhag air sgèith os a chionn air impis
tighinn le ruathar. Chaidh mi air bhoile leis an eagal. Leig mi m' anail,
theannaich mi mo chrios, agus ghleachd mi a-rithist gu fiadhaich, caol
mo dhùirn is mo ghlùin, leis an inneal. Ghèill e ri m' oidhirpean
èiginneach is chuir e car. Bhuail e mi gu cruaidh san smigead. Sheas mi,
leth làimh air an dìollaid is an tè eile air an luamhan agus m' anail nam
uchd deiseil gus dol air bòrd a-rithist.

'Ach le bhith air comas teichidh luath fhaighinn air ais, thàinig mo
mhisneachd thugam a-rithist. Choimhead mi le barrachd feòrachais is
nas lugha de dh'eagal air saoghal an ama chèin ri teachd. Ann am
fosgladh cruinn, gu h-àrd ann am balla an taighe a b' fhaisge, chunnaic
mi buidheann de daoine ann an èideadh beairteach donn. Bha iad air m'
fhaicinn-sa, agus bha an aodannan thugam.

'An uair sin, chuala mi guthan a' dèanamh orm. Chunnacas cinn
agus guailnean fhireannach a' ruith tro na preasan ri taobh na Sfinge
Gile. Thàinig aon dhiubh sin a-mach air staran a lean gu dìreach don
lèanaig bhig air an robh mi nam sheasamh lem inneal. B' e creutair beag
bìodach a bh' ann — is dòcha ceithir troighean a dh'àirde — agus tiùnaic

temerity of my voyage came suddenly upon me. What might appear when that hazy curtain was altogether withdrawn? What might not have happened to men? What if cruelty had grown into a common passion? What if in this interval the race had lost its manliness and had developed into something inhuman, unsympathetic, and overwhelmingly powerful? I might seem some old-world savage animal, only the more dreadful and disgusting for our common likeness—a foul creature to be incontinently slain.

'Already I saw other vast shapes—huge buildings with intricate parapets and tall columns, with a wooded hill-side dimly creeping in upon me through the lessening storm. I was seized with a panic fear. I turned frantically to the Time Machine, and strove hard to readjust it. As I did so the shafts of the sun smote through the thunderstorm. The grey downpour was swept aside and vanished like the trailing garments of a ghost. Above me, in the intense blue of the summer sky, some faint brown shreds of cloud whirled into nothingness. The great buildings about me stood out clear and distinct, shining with the wet of the thunderstorm, and picked out in white by the unmelted hailstones piled along their courses. I felt naked in a strange world. I felt as perhaps a bird may feel in the clear air, knowing the hawk wings above and will swoop. My fear grew to frenzy. I took a breathing space, set my teeth, and again grappled fiercely, wrist and knee, with the machine. It gave under my desperate onset and turned over. It struck my chin violently. One hand on the saddle, the other on the lever, I stood panting heavily in attitude to mount again.

'But with this recovery of a prompt retreat my courage recovered. I looked more curiously and less fearfully at this world of the remote future. In a circular opening, high up in the wall of the nearer house, I saw a group of figures clad in rich soft robes. They had seen me, and their faces were directed towards me.

'Then I heard voices approaching me. Coming through the bushes by the White Sphinx were the heads and shoulders of men running. One of these emerged in a pathway leading straight to the little lawn upon which I stood with my machine. He was a slight creature—perhaps four feet high—clad in a

phurpaidh air, cruinnichte aig a mheadhan le crios leathar. Bha cuarain
no leth-bhòtainnean — cha bu lèir dhomh cò aca — air a chasan, a bha
lom eadar sin 's a ghlùintean, agus cha robh càil air a cheann. Air
dhomh mothachadh dha sin, thug mi an aire airson a' chiad uair cho
blàth 's a bha an t-àile.

'Thug mi fa-near gum b' e creutair fìor àlainn is grinn a bh' ann, ach
cho an-fhann 's nach b' urrainn dhomh a chur an cèill. Leis gun robh
lasadh air aodann, chuimhnich mi air an fheadhainn bu bhòidhche leis
a' chaitheamh, a' bhòidhchead fhiabhrasach ud a b' àbhaist dhuinn a
bhith a' cluinntinn uiread ma deidhinn. Nuair a chunnaic mi esan,
thàinig mo mhisneachd air ais thugam gu clis. Thug mi mo làmhan
bhon inneal.

purple tunic, girdled at the waist with a leather belt. Sandals or buskins — I could not clearly distinguish which — were on his feet; his legs were bare to the knees, and his head was bare. Noticing that, I noticed for the first time how warm the air was.

'He struck me as being a very beautiful and graceful creature, but indescribably frail. His flushed face reminded me of the more beautiful kind of consumptive — that hectic beauty of which we used to hear so much. At the sight of him I suddenly regained confidence. I took my hands from the machine.

4

'An ceann mòmaid eile bha sinn nar seasamh aghaidh ri aghaidh, mi fhèin 's an rud bristeach seo às an àm ri teachd. Thàinig e dìreach thugam agus rinn e gàire a dh'ionnsaigh mo shùilean. B' e a mhothaich mi air làrach nam bonn nach robh sgeul air eagal sam bith na ghiùlan. An uair sin thionndaidh e gu dithis eile a bha ga leantainn is bhruidhinn e riutha ann an cainnt neònach is glè bhinn is siùbhlach.

'Bha feadhainn eile a' tighinn agus an ceann tiotan chaidh mo chuairteachadh le buidheann bheag de mu thuaiream ochd no deich de na creutairean brèagha seo. Bhruidhinn aonan dhiubh rium. Thàinig e gu m' inntinn, ann an dòigh àraid, gun robh mo ghuth ro chruaidh is domhainn dhaibh. Mar sin, chrath mi mo cheann, agus a' tomhadh ri mo chluasan chrath mi a-rithist e. Thàinig esan ceum na b' fhaisge, stad e greiseag, agus an uair sin bhean e dom làimh. An uair sin, dh'fhidir mi greimichean beaga boga a bharrachd air mo dhruim is mo ghuailnean. Bha iad airson dèanamh cinnteach gun robh mi da-rìribh. Cha robh dad dheth seo idir eagalach. Gu dearbh, bha rudeigin mu dheidhinn nan daoine beaga brèagha seo a bha a' toirt misneachd dhomh — caimh grinn, socair naoidheach gu ìre. Agus a thaobh dheth sin, bha coltas cho bristeach orra gun robh mi den bheachd gum b' urrainn dhomh an dusan dhiubh air fad a shadadh thall 's a-bhos mar chailisean. Ach charaich mi gu clis gus an rabhadh nuair a chunnaic mi an làmhan beaga bàn-dearg a' suathadh ri Inneal na Tìme. Gu fortanach an uair sin, nuair nach robh e ro fhadalach, smaoinich mi air a' chunnart a bha air dol às mo chuimhne ron a sin, agus a' sìneadh mo làimh thairis gu bàrran an inneil, dh'fhuasgail mi na luamhain bheaga a chuireadh a' dol e, agus chuir mi nam phòcaid iad. An uair sin thionnaidh mi air falbh feuch dè b' urrainn dhomh coileanadh a thaobh conaltraidh.

'Agus an uair sin, a' coimhead na bu ghèire nan aodannan, chunnaic mi tuilleadh de na bha sònraichte den t-seòrsa de bhòidhchead aca a

4

'In another moment we were standing face to face, I and
this fragile thing out of futurity. He came straight up to
me and laughed into my eyes. The absence from his
bearing of any sign of fear struck me at once. Then he turned to
the two others who were following him and spoke to them in a
strange and very sweet and liquid tongue.

'There were others coming, and presently a little group of
perhaps eight or ten of these exquisite creatures were about me.
One of them addressed me. It came into my head, oddly
enough, that my voice was too harsh and deep for them. So I
shook my head, and, pointing to my ears, shook it again. He
came a step forward, hesitated, and then touched my hand.
Then I felt other soft little tentacles upon my back and
shoulders. They wanted to make sure I was real. There was
nothing in this at all alarming. Indeed, there was something in
these pretty little people that inspired confidence — a graceful
gentleness, a certain childlike ease. And besides, they looked so
frail that I could fancy myself flinging the whole dozen of them
about like nine -pins. But I made a sudden motion to warn them
when I saw their little pink hands feeling at the Time Machine.
Happily then, when it was not too late, I thought of a danger I
had hitherto forgotten, and reaching over the bars of the
machine I unscrewed the little levers that would set it in
motion, and put these in my pocket. Then I turned again to see
what I could do in the way of communication.

'And then, looking more nearly into their features, I saw
some further peculiarities in their Dresden-china type of

bha mar òir-chriadh Dresden. Stad am falt, a bha gun mura-bhith dualach, dìreach aig amhach is gruaidh; cha robh sgeul air bith dheth air an aodann, agus bha na cluasan aca uile bìodach. Bha am beòil beag, le bilean soilleir dearga a bha rudeigin tana, agus goban beaga de smigeadan orra. Bha an sùilean mòr is tlàth; agus—ma dh'fhaodte gu bheil coltas fèineachd ann bhuamsa—shaoil leam fiù 's aig an àm ud gun robh cion ùidh aca annam an taca ris na bhithinn a' sùileachadh.

'Leis nach do dh'fheuch iadsan ri conaltradh rium, is sheas iad timcheall orm a' dèanamh gàire is a' bruidhinn ri càch a chèile ann am puing-fuinn mheachar dhurrghail, theann mi fhèin air còmhradh. Thomh mi ri Inneal na Tìme agus rium fhèin. Nuair sin, stad mi tiotan ann an teagamh mu ciamar a chuirinn Tìm an cèill, gus an do thomh mi ris a' ghrèin. Air ball, lean creutair beag àlainn, ann am purpaidh is geal breacte, air mo ghluasad, agus an uair sin chuir e annas orm le bhith ag atharrais fuaim an tàirneanaich.

'Fad mòmaid, bha mi tostach le iongnadh, ged a bha e follaiseach gu leòr na bha e a' ciallachadh leis na rinn e. Bha a' cheist air tighinn gu m' inntinn gu grad: am b' e glaoicean a bha sna creutairean seo? Is gann gun tuigeadh sibh mar a chuir seo air aimhreit mi. 'S ann a bha mi daonnan a' sùileachadh gum biodh muinntir na bliadhna Ochd Ceud 's a Dhà Mìle do-chreidsinneach fada air thoiseach oirnne a thaobh eòlais, ealain, a h-uile càil. Agus an sin chuir aonan dhiubh ceist orm a sheall gun robh e aig an aon ìre innleachdail agus a tha pàiste againne aig còig bliadhna a dh'aois—dh'fhaighnich e dhìom, 's e sin, an tàinig mi às a' ghrèin ann an gailleann! Thuige sin bha mi a' feuchainn gun a bhith a' breithneachadh air an cuid aodaich, am buill-bhodhaig bheaga laga, is an tuaran bristeach, ach leig seo na breithean uile ud ma sgaoil. Shruth am briseadh-dùil tro m' inntinn. Fad tiotan bha mi am beachd gum bu dìomhain a bha e Inneal na Tìme a chruthachadh.

'Chrom mi mo cheann, thomh mi ris a' ghrèin, agus dh'atharrais mi leithid de thàrnach is gun do chuir e iongnadh orra. Ghabh iad uile mu cheum air ais is lùb iad romham. An uair sin, thàinig aonan gam ionnsaigh, a' dèanamh gàire, a' giùlan sèine de fhlùraichean nach b' aithne dhomh idir, gus an cur timcheall air m' amhach. Bhuail iad am basan gu leadarra mar fhreagairt air a' bheachd sin agus anns a' bhad ruith iad uile air ais 's air adhart air tòir fhlùraichean, is gan tilgeil orm le gàire gus nach mòr nach deach mo mhùchadh le blàthan. Leis nach fhaca sibhse a leithid a-riamh, is gann gum biodh beachd agaibh air nab ha ann de fhlùraichean maotha is iongantach a bha na bliadhnaichean gun àireamh de chultar air cruthachadh. An uair sin mhol cuideigin gum bu chòir dhaibh an àillean a thaisbeanadh san togalach a b' fhaisge, agus mar sin chaidh mo stiùireadh seachad air sfinge a' mharbhair ghil, a bha a rèir choltais a' coimhead orm fad na h-ùine le

prettiness. Their hair, which was uniformly curly, came to a sharp end at the neck and cheek; there was not the faintest suggestion of it on the face, and their ears were singularly minute. The mouths were small, with bright red, rather thin lips, and the little chins ran to a point. The eyes were large and mild; and — this may seem egotism on my part — I fancied even that there was a certain lack of the interest I might have expected in them.

'As they made no effort to communicate with me, but simply stood round me smiling and speaking in soft cooing notes to each other, I began the conversation. I pointed to the Time Machine and to myself. Then hesitating for a moment how to express time, I pointed to the sun. At once a quaintly pretty little figure in chequered purple and white followed my gesture, and then astonished me by imitating the sound of thunder.

'For a moment I was staggered, though the import of his gesture was plain enough. The question had come into my mind abruptly: were these creatures fools? You may hardly understand how it took me. You see I had always anticipated that the people of the year Eight Hundred and Two Thousand odd would be incredibly in front of us in knowledge, art, everything. Then one of them suddenly asked me a question that showed him to be on the intellectual level of one of our five-year-old children — asked me, in fact, if I had come from the sun in a thunderstorm! It let loose the judgment I had suspended upon their clothes, their frail light limbs, and fragile features. A flow of disappointment rushed across my mind. For a moment I felt that I had built the Time Machine in vain.

'I nodded, pointed to the sun, and gave them such a vivid rendering of a thunderclap as startled them. They all withdrew a pace or so and bowed. Then came one laughing towards me, carrying a chain of beautiful flowers altogether new to me, and put it about my neck. The idea was received with melodious applause; and presently they were all running to and fro for flowers, and laughingly flinging them upon me until I was almost smothered with blossom. You who have never seen the like can scarcely imagine what delicate and wonderful flowers countless years of culture had created. Then someone suggested that their plaything should be exhibited in the nearest building, and so I was led past the sphinx of white marble, which had seemed to watch me all the while with a smile at my

fiamh-ghàire air adhbhar m' iongantais, a dh'ionnsaigh togalaich de chloich bhleithte. Fhad 's a chaidh mi còmhla riutha thàinig gu m' inntinn, le aighearachd do-bhacadh, a' chuimhne a bha agam air a bhith a' sùileachadh nan linntean ri teachd a bhiodh fìor throm-chùiseach is innleachdach.

'Bha inntrigeadh ana-mhòr san togalach, a bha de mheudachd anabarrach mòr. Mar a bhite an dùil b' ann bu mhotha a bha m' aire air a' ghràisg de dhaoine beaga a bha fhathast a' fàs, agus air na portalan mòra fosgailte a bha a' geòbadh le faileas is diùrrais. B' e a dhrùidh orm bu mhotha den t-saoghal a chunnaic mi thar an ceann fearann trèigte làn de phreasan 's flùraichean bòidheach, gàrradh a bha fada air fhàgail mu làr ach gun luibheanaichean. Chunnaic mi beagan bhioran àrda de fhlùraichean geala neònach, is na bileagan cèireach aca is dòcha troigh a leud. Chinn iad sgapte, mar gum biodh fiadhaich, am measg nam preasan diofraichte, ach, mar a thuirt mi, cha do sgrùdaich mi gu dlùth iad aig an àm seo. Chaidh Inneal na Tìme fhàgail air ais air an fheur am measg nan ròs-craobhan.

'Bha bogha an dorais air a ghràbhaladh gu h-ioma-lùbach, ach mar bu dual, cha do choimhead mi gu geur air an snaidheadh gu dlùth, ged a bha mi den bheachd gum faca mi làrach seann sgeadachaidhean Pheniceach agus mi a' dol troimhe, agus thàinig e thugam gun robh iad air an droch bhriseadh is air am bleith leis an aimsir. Choinnich mi ri grunn dhaoine eile ann an aodach soilleir aig an doras, agus sin mar a chaidh sinn a-steach, mi fhèin a' cosg trusgain doilleir an naoidheamh linn deug, coltas suaicheanta gu leòr orm, fleasgan de fhlùraichean mum amhach, agus air mo chuairteachadh le maoim fhabhraidh de ròbaichean soilleir bog-dathte agus buill-bhodhaig lainnireach geala, ann am faochag cheòlmhor de lachanaich is cainnt ghàireach.

'Dh'fhosgail an doras mòr gu talla a bha a cheart cho mòr le crochadain-bhalla donna. Bha sgàil a' còmhdach a' mhullaich, cha do leig na h-uinneagan ach beagan solais a-steach, glainne dhathte anns an dàrna cuid dhiubh is cuid eile gun ghlainne idir. B' e làr de bhlocaichean ana-mhòr a bh' ann, de mheatailt gheal fìor chruaidh air choreigin, is cha b' e leacan no slabaidean — blocaichean, agus e cho bleithte, mar a mheas mi tro thighinn is falbh nan iomadach ginealach den ùine chaithte, agus gun robh cladhain dhomhainn ann air na slighean a bha tathaichte bu mhotha. Air fhiaradh ris an fhaid, bha bùird gun àireamh air an dèanamh à leacan de chloich lìomhte, ag èirigh, is dòcha, troigh bhon làr, agus bha tòrr mheasan air an càrnadh orra seo. Dh'aithnich mi cuid dhiubh mar shùbhan-craobh is orains tana, ach bha a' chuid mhòr annasach.

'Eadar na bùird chaidh cuiseanan lìonmhor a sgaoileadh. Shuidh mo threòirichean orra seo, a' comharrachadh gum bu chòir dhomh fhèin an

astonishment, towards a vast grey edifice of fretted stone. As I
went with them the memory of my confident anticipations of a
profoundly grave and intellectual posterity came, with
irresistible merriment, to my mind.

'The building had a huge entry, and was altogether of
colossal dimensions. I was naturally most occupied with the
growing crowd of little people, and with the big open portals
that yawned before me shadowy and mysterious. My general
impression of the world I saw over their heads was a tangled
waste of beautiful bushes and flowers, a long neglected and yet
weedless garden. I saw a number of tall spikes of strange white
flowers, measuring a foot perhaps across the spread of the
waxen petals. They grew scattered, as if wild, among the
variegated shrubs, but, as I say, I did not examine them closely
at this time. The Time Machine was left deserted on the turf
among the rhododendrons.

'The arch of the doorway was richly carved, but naturally I
did not observe the carving very narrowly, though I fancied I
saw suggestions of old Phoenician decorations as I passed
through, and it struck me that they were very badly broken and
weather-worn. Several more brightly clad people met me in the
doorway, and so we entered, I, dressed in dingy nineteenth-
century garments, looking grotesque enough, garlanded with
flowers, and surrounded by an eddying mass of bright, soft-
colored robes and shining white limbs, in a melodious whirl of
laughter and laughing speech.

'The big doorway opened into a proportionately great hall
hung with brown. The roof was in shadow, and the windows,
partially glazed with coloured glass and partially unglazed,
admitted a tempered light. The floor was made up of huge
blocks of some very hard white metal, not plates nor slabs—
blocks, and it was so much worn, as I judged by the going to
and fro of past generations, as to be deeply channelled along the
more frequented ways. Transverse to the length were
innumerable tables made of slabs of polished stone, raised
perhaps a foot from the floor, and upon these were heaps of
fruits. Some I recognized as a kind of hypertrophied raspberry
and orange, but for the most part they were strange.

'Between the tables was scattered a great number of cushions.
Upon these my conductors seated themselves, signing for me to

aon rud a dhèanamh. Às aonais ghnathasan àrd-nòsach sam bith
thòisich iad ag ithe nam measan len làmhan, a' tilgeil rùsgan is
ghaisean, is an leithid, ann am fosglaidhean cruinn nam bòrd. Cha bu
leisg leam leantainn air an eisimpleir aca, oir bha an t-acras is am
pathadh orm. Fhad 's a bha mi ga dhèanamh, thug mi sùil athaiseach
air an talla.

'Agus is dòcha gum b' e a dhrùidh orm bu mhotha cho robach 's a
bha e a' coimhead. Bha a' ghlainne dhathte sna h-uinneagan, air nach
robh ach snaidheadh geòimeatrach, briste ann an iomadh àite, agus bha
an duslach na laighe tiugh air na cùirtearan a bha a' crochadh sa cheann
a b' ìsle. Agus thug mi an aire gun robh còrnair a' bhùird mharbhair
faisg orm bloighichte. A dh'aindeoin sin, san fharsaingeachd, bha
buaidh ann de bheartas is bòidhchead air leth. Bha, ma dh'fhaodte, dà
cheud duine ag ithe san talla agus a' mhòr-chuid dhiubh, nan suidhe
cho faisg orm agus a b' urrainn dhaibh, a' coimhead orm le ùidh, na
sùilean beaga aca a' boillsgeadh thar nam measan a bha iad a' gabhail.
Bha iad uile a' cosg aodach den aon stuth, bog ach làidir is sìodach.

'Eadar dà sgeul, cha robh iad ag ithe ach measan. B' e feòil-
sheachnairean daingeann a bha sna daoine seo den àm fada ri teachd
agus, cho fad 's a bha mi còmhla riutha, ged a bu mhiann leam rudeigin
feòlmhor a ghabhail, thàinig ormsa cumail ri measan a-mhàin
cuideachd. Gu dearbh, dh'ionnsaich mi an dèidh sin gun robh eich,
crodh, caoraich, is coin air leantainn air an arc-iasg is air dol à bith. Ach
bha na measan gu math fhèin tlachdmhor; bha aon dhiubh a bha, a rèir
choltais, san àm cho fad 's a bha mi ann—rud mineach le cochall trì-
taobhach—a bha fìor mhath, is b' e sin am bun-bhiadh agam. Aig an
toiseach, bha mi troimh-chèile a' faicinn nan iomadh meas àraid seo,
agus nam flùraichean neònach, ach an ceann greis theann mi air
tuigsinn dè a b' adhbhar dhaibh.

'Ach, 's ann a tha mi ag innse dhuibh an-dràsta mu dhinnear nam
measan agam sna bliadhnaichean fada air thoiseach oirnn. Cho luath 's
a chaidh nàdar de chasg a chur air mo chàil, chuir mi romham mo
dhìcheall a dhèanamh cainnt nan daoine ùra agam ionnsachadh. Bha e
soilleir gum b' e sin an ath rud a dh'fheumainn dèanamh. Thàinig e a-
steach orm gum biodh e goireasach tòiseachadh air na measan agus, a'
togail aon dhiubh an àirde, thòisich mi air sreath de dh'fhuaimean is
gluasadan ceasnachail. Bha duilgheasan mòra agam na bha san amharc
dhomh a chur an cèill. Aig an toiseach, fhreagair iad air m' oidhirpean
le bhith a' dùr-choimhead orm ann an iongantas no a' dèanamh gàire
gun stad, ach an-ceartuair b' ann a thuig creutair beag bàn na bha air m'
aire agus thuirteadh ainm. B' uilear leotha cabadaich is na bha romhpa
a mhìneachadh do chàch a chèile fad ùine mòire, agus nuair a theann
mi air fuaimean beaga tlàtha an cànan fheuchainn, dh'adhbharaicheadh

do likewise. With a pretty absence of ceremony they began to eat the fruit with their hands, flinging peel and stalks, and so forth, into the round openings in the sides of the tables. I was not loath to follow their example, for I felt thirsty and hungry. As I did so I surveyed the hall at my leisure.

'And perhaps the thing that struck me most was its dilapidated look. The stained-glass windows, which displayed only a geometrical pattern, were broken in many places, and the curtains that hung across the lower end were thick with dust. And it caught my eye that the corner of the marble table near me was fractured. Nevertheless, the general effect was extremely rich and picturesque. There were, perhaps, a couple of hundred people dining in the hall, and most of them, seated as near to me as they could come, were watching me with interest, their little eyes shining over the fruit they were eating. All were clad in the same soft and yet strong, silky material.

'Fruit, by the by, was all their diet. These people of the remote future were strict vegetarians, and while I was with them, in spite of some carnal cravings, I had to be frugivorous also. Indeed, I found afterwards that horses, cattle, sheep, dogs, had followed the Ichthyosaurus into extinction. But the fruits were very delightful; one, in particular, that seemed to be in season all the time I was there—a floury thing in a three-sided husk—was especially good, and I made it my staple. At first I was puzzled by all these strange fruits, and by the strange flowers I saw, but later I began to perceive their import.

'However, I am telling you of my fruit dinner in the distant future now. So soon as my appetite was a little checked, I determined to make a resolute attempt to learn the speech of these new men of mine. Clearly that was the next thing to do. The fruits seemed a convenient thing to begin upon, and holding one of these up I began a series of interrogative sounds and gestures. I had some considerable difficulty in conveying my meaning. At first my efforts met with a stare of surprise or inextinguishable laughter, but presently a fair-haired little creature seemed to grasp my intention and repeated a name. They had to chatter and explain the business at great length to each other, and my first attempts to make the exquisite little sounds of their language caused an immense amount of

tòrr àbhachdas a bha fìor ach mì-chneasta. B' ann a bha mi mar
mhaighstir-sgoile am measg cloinne, ge-tà, agus lean mi orm, is an
ceann greis, bha grèim agam air mu fhichead ainmear co-dhiù; agus an
uair sin thàinig mi gu riochdairean comharraidh agus fiù 's an
gnìomhair 'ithe'. Ach b' e obair shlaodach a bh' ann, agus cha b' fhada
gus an robh na daoine beaga sgìth is ag iarraidh cuidhteas fhaighinn de
mo cheistean, mar sin, chuir mi romham gum biodh e riatanach leigeil
leotha na leasanan a thoirt seachad mean air mhean nuair a thogradh
iad. Agus ann an ùine gun a bhith idir fada, thug mi an aire gum b' ann
mean air mhean dha-rìribh a bha seo, oir cha do thachair mi riamh ri
daoine a bha cho dìomhain no cho buailteach a bhith claoidhte.

'B' e rud àraid a dh'ionnsaich mi gu luath mu na h-aoighean beaga
agam gun robh cion ùidh aca. Thigeadh iad thugam le glaodhan beaga
de dh'iongantas, mar chlann ach, coltach ri clann, sguireadh iad gam
sgrùdadh a dh'aithghearr, is dh'fhalbhadh iad air seachran air tòir
dèideige eile. An dèidh don dinneir agus bunaitean còmhraidh agam
tighinn gu crìch, thug mi fa-near airson a' chiad uair nach mòr nach
robh gach duine de na bha gam cuairteachadh aig an toiseach uile air
falbh. Nach neònach, cuideachd, cho luath 's a thòisich mi air
dìmeasadh nan daoine beaga seo. Chaidh mi a-mach a-rithist tron doras
do shaoghal solas na grèine cho luath 's a bha mi air an t-acras a
shàsachadh. Bha mi a' coinneachadh gun sgur ris na daoine seo den àm
ri teachd, a bhiodh a' cabadaich is a' gàireachdainn rium agus, an dèidh
snodha-gàire a dhèanamh is gluasad ann an dòigh chàirdeil, a bhiodh
gam fhàgail uair eile nam aonar.

'Bha socair an fhionnaraidh san t-saoghal agus mi a' tighinn a-mach
às an talla mhòr, agus shoilleirich luisne laighe na grèine an sealladh
blàth. Aig an toiseach, bha cùisean gu math troimh-chèile. Bha a h-uile
càil cho buileach eadar-dhealaichte bhon t-saoghal a b' aithne
dhòmhsa — fiù 's na flùraichean. B' ann air bruthach sratha-aibhne
leathann a bha an togalach mòr a dh'fhàg mi suidhichte, ach bha an
Thames air mùthachadh, is dòcha, mìle bho far a bheil i an-diugh. Chuir
mi romham dìreadh gu mullach barra a bha, ma dh'fhaodte, mìle gu
leth air falbh, bhon a gheibhinn sealladh na b' fharsaing den chruinne-
cè seo againn sa bhliadhna Ochd Ceud 's a Dhà Mìle, Seachd Ceud 's a
h-Aon A.C. Oir b' e sin, mar bu chòir dhomh a mhìneachadh, an deit a
bha na daithealan beaga air clàradh.

'Fhad 's a bha mi a' coiseachd chùm mi sùil a-mach airson aisneis
sam bith a dh'fhaodadh mìneachadh cor a' ghreadhnais sgriosail san
robh an saoghal air an robh mi a' tadhal — oir b' ann a bha e sgriosail.
Mar eisimpleir, pìos beag shuas an cnoc, bha càrn mòr de chloich-
ghràin, air a nasgadh le tòrr de dh'alùmanum, ioma-shlighe ana-mhòr
de bhallachan corrach is meallan briste, agus eatarra bha badan tiugha

amusement. However, I felt like a schoolmaster amidst children, and persisted, and presently I had a score of noun substantives at least at my command; and then I got to demonstrative pronouns, and even the verb "to eat." But it was slow work, and the little people soon tired and wanted to get away from my interrogations, so I determined, rather of necessity, to let them give their lessons in little doses when they felt inclined. And very little doses I found they were before long, for I never met people more indolent or more easily fatigued.

'A queer thing I soon discovered about my little hosts, and that was their lack of interest. They would come to me with eager cries of astonishment, like children, but like children they would soon stop examining me and wander away after some other toy. The dinner and my conversational beginnings ended, I noted for the first time that almost all those who had surrounded me at first were gone. It is odd, too, how speedily I came to disregard these little people. I went out through the portal into the sunlit world again as soon as my hunger was satisfied. I was continually meeting more of these men of the future, who would follow me a little distance, chatter and laugh about me, and, having smiled and gesticulated in a friendly way, leave me again to my own devices.

'The calm of evening was upon the world as I emerged from the great hall, and the scene was lit by the warm glow of the setting sun. At first things were very confusing. Everything was so entirely different from the world I had known—even the flowers. The big building I had left was situated on the slope of a broad river valley, but the Thames had shifted perhaps a mile from its present position. I resolved to mount to the summit of a crest, perhaps a mile and a half away, from which I could get a wider view of this our planet in the year Eight Hundred and Two Thousand Seven Hundred and One A.D. For that, I should explain, was the date the little dials of my machine recorded.

'As I walked I was watching for every impression that could possibly help to explain the condition of ruinous splendour in which I found the world—for ruinous it was. A little way up the hill, for instance, was a great heap of granite, bound together by masses of aluminium, a vast labyrinth of precipitous walls and crumpled heaps, amidst which were thick heaps of very

de lusan glè bhrèagha is coltas pagòdathan orra—ma dh'fhaodte
deanntagan—ach dathte gu h-iongantach ruadh air na duilleagan, agus
gun comas guinidh. Bha e follaiseach gum b' e seo làrach thrèigte
structair ana-mhòir air choreigin, ach cha b' urrainn dhomh tomhas air
fàth a thogail. B' ann an seo a bha e san dàn dhomh, latha eile, a bhith
an sàs ann an rudeigin gu math neònach—a' chiad aisneis agam de lorg
fiù 's na bu neònaiche—air nì mi iomradh air sin san àite iomchaidh.

'A' coimhead mun cuairt is beachd beag a' tighinn thugam, bho
dh'uchdan air an do leig mi m' anail fad greis, thug mi an aire nach
robh taighean beaga sam bith rim faicinn. A rèir choltais, bha an taigh fa
leth, fiù 's is dòcha an teaghlach fhèin, air a dhol à bith. An siud 's an
seo am measg na planntraise, bha togalaichean mar lùchairtean, ach bha
an taigh is am bothan, a tha nam feartan cho samhlachail de dhealbh na
tìre Sasannaich againne, air falbh à sealladh.

'"Comannachas," arsa mise rium fhèin.

'Agus thàinig beachd eile air bonnan an fhir ud. Sheall mi air an leth-
dhusan neach bheag a bha gam leantainn. An uair sin, le grad-smuain,
mhothaich mi gun robh an aon seòrsa trusgain orra uile, agus an aon
ghnùis bhog gun fhalt, agus an aon chruinne caileanta sna casan is
gàirdeanan. Is dòcha gum meas sibh annasach nach robh for agam air
seo roimhe. Ach bha a h-uile càil cho àraid. A-nis, chunnaic mi soilleir
gu leòr e. Ann an trusgan agus gach eadar-dhealachadh a tha an latha
an-diugh a' sgaradh nan gnèithean bho chàch a chèile ann an nòs is
giùlan, bha muinntir an ama ri teachd seo coltach ri chèile. Agus nam
shùilean-sa, bha a' chlann coltach ri meanbh-shamhailean dem
pàrantan. Shaoil leam gun robh clann an ama gu math fhèin luath-
aireach, air an taobh corporra co-dhiù, agus an dèidh làimhe lorg mi gu
leòr fianais a dhearbhaich na beachdan agam.

'A' faicinn na socaire is na sàbhailteachd san robh na daoine seo beò,
thàinig e thugam gur e a bhite an dùil gum biodh na gnèithean cho
coltach ri chèile; oir chan eil ann an neart an fhir is buige a'
bhoireannaich, nòs an teaghlaich, agus eadar-sgaradh nan dreuchdan
ach riatanasan catharra linn ainneirt fiosaigiche. Far a bheil an àireamh-
shluaigh cothromaiche is lìonmhor, thèid mòran torrachais na èis don
Stàit an àite na bhuannachd: far nach nochd fòirneart ach tearc agus far
a bheil an sliochd sàbhailte, chan eil uiread de dh'uilear—gu dearbh
chan eil uilear ann—air teaghlach èifeachdach, agus thèid
speisealachadh nan gnèithean a thaobh feumalachdan na cloinne à bith.
Chì sinn toiseach tòiseachaidh seo fiù san latha againn fhèin, agus anns
an linn ri teachd seo bha e air tighinn gu buil. Feumaidh mi cur nur
cuimhne gum b' e seo an tomhas a rinn mi aig an àm. An dèidh làimhe,
thug mi fa-near cho fada ceàrr 's a bha mi an taca ris an da-rìribh.

beautiful pagoda-like plants — nettles possibly — but wonderfully tinted with brown about the leaves, and incapable of stinging. It was evidently the derelict remains of some vast structure, to what end built I could not determine. It was here that I was destined, at a later date, to have a very strange experience — the first intimation of a still stranger discovery — but of that I will speak in its proper place.

'Looking round with a sudden thought, from a terrace on which I rested for a while, I realized that there were no small houses to be seen. Apparently the single house, and possibly even the household, had vanished. Here and there among the greenery were palace-like buildings, but the house and the cottage, which form such characteristic features of our own English landscape, had disappeared.

'"Communism," said I to myself.

'And on the heels of that came another thought. I looked at the half-dozen little figures that were following me. Then, in a flash, I perceived that all had the same form of costume, the same soft hairless visage, and the same girlish rotundity of limb. It may seem strange, perhaps, that I had not noticed this before. But everything was so strange. Now, I saw the fact plainly enough. In costume, and in all the differences of texture and bearing that now mark off the sexes from each other, these people of the future were alike. And the children seemed to my eyes to be but the miniatures of their parents. I judged, then, that the children of that time were extremely precocious, physically at least, and I found afterwards abundant verification of my opinion.

'Seeing the ease and security in which these people were living, I felt that this close resemblance of the sexes was after all what one would expect; for the strength of a man and the softness of a woman, the institution of the family, and the differentiation of occupations are mere militant necessities of an age of physical force; where population is balanced and abundant, much childbearing becomes an evil rather than a blessing to the State; where violence comes but rarely and off-spring are secure, there is less necessity — indeed there is no necessity — for an efficient family, and the specialization of the sexes with reference to their children's needs disappears. We see some beginnings of this even in our own time, and in this future age it was complete. This, I must remind you, was my speculation at the time. Later, I was to appreciate how far it fell short of the reality.

'Fhad 's a bha mi a' cnuasachadh air na gnothaichean seo, ghabh
structar beag brèagha m' aire, coltach ri tobar fo phùla-mhullach. Ann
an dòigh shealach, smaoinich mi air cho neònach 's a bha e gun robh
tobraichean fhathast ann, agus an uair sin chaidh mi air ais gu brìgh mo
smuaintean. Cha robh togalaichean mòra idir faisg air mullach a' chnuic
agus, leis gun robh mo chomasan coiseachd a rèir choltais
mìorbhaileach, chaidh m' fhàgail nam aonar aig an àm sin airson a'
chiad uair. A' faireachdainn gu h-annasach saor is dàna, lean mi orm
chun a' mhullaich.

'Ann an siud lorg mi suidheachan de mheatailt bhuidhe air choreigin
nach b' aithne dhomh, air bleith ann an corra àite le seòrsa de mheirg
bhàn-dhearg agus leth dheth còmhdaichte le còinneach, na taicean-uilne
air am mòlltachadh is faidhleadh ann cruth ceann ghrìbheanan. Shuidh
mi air, agus dh'amhairc mi air sealladh farsaing ar saoghail aosta aig
dol fodha grian an latha fhada ud. B' e sealladh cho tlachdmhor,
taitneach agus a chunnaic mi riamh. Bha a' ghrian a-cheana air dol fon
fhàire agus bha an àirde iar a' lasadh gu h-òrach, measgaichte le beagan
bhàrraichean purpaidh is crò-dhearg còmhnard. Fodha, bha srath na
Thames, anns an robh an abhainn sìnte mar bhann de stàilinn lìomhte.
Bhruidhinn mi mar-thà mu na lùchairtean mòra sgapte thall 's a-bhos
am measg nan lusan diofraichte, an dàrna cuid dhiubh nan
tobhtaichean agus a' chuid eile fhathast le daoine a' còmhnaidh annta.
An siud 's an seo dh'èirich cruth geal no airgeadach ann an gàrradh fàs
na talmhainn, an siud 's an seo nochd an loidhne gheur inghearach de
phùla-mhullach no tursa air choreigin. Cha robh callaidean ann, no
comharra de chòraichean sheilbh, no fianais air àiteachas; bha an
saoghal air fad air a dhol na ghàrradh.

'Ann a bhith a' coimhead mar seo, thòisich mi air mo thuigse a chur
air na rudan a bha mi air fhaicinn, agus mar a thàinig cruth air seo san
fhionnairidh ud, b' ann coltach ri seo a bha mi ga mhìneachadh dhomh
fhèin. (An dèidh làimhe, dh'ionnsaich mi nach robh ach leth phàirt den
fhìrinn agam — no faiteal de aon taobh den fhìrinn):

'Shaoil mi gun robh mi air tachairt air a' chinne-daonna a' seargadh
às. Bho bhith a' coimhead air dol fodha na grèine ruaidhe, thòisich mi
air smaoineachadh air dol fodha a' chinne-daonna. Airson a' chiad uair,
thàinig e thugam gun robh toradh neònach den oidhirp shòisealta sa
bheil sinn an sàs an-ceartuair. Ach, nuair a thig e gu h-aon 's gu dhà, 's e
toradh ciallach a th' ann. Leanaidh neart air feumalachd: tha
sàbhailteachd a' prìomhachadh laigse. Bha obair feabhasachadh cor
beatha — am pròiseas fìor de shìobhalachadh a tha a' sìor fhàgail na
beatha nas tèarainte — air cumail a' dol gu cunbhalach gu aona-cheann.
Bha an cinne-daonna aonaichte air làmh-an-uachdair fhaighinn air
Nàdar uair an dèidh uair. Bha rudan nach eil ach nan aislingean an-

'While I was musing upon these things, my attention was attracted by a pretty little structure, like a well under a cupola. I thought in a transitory way of the oddness of wells still existing, and then resumed the thread of my speculations. There were no large buildings towards the top of the hill, and as my walking powers were evidently miraculous, I was presently left alone for the first time. With a strange sense of freedom and adventure I pushed on up to the crest.

'There I found a seat of some yellow metal that I did not recognize, corroded in places with a kind of pinkish rust and half smothered in soft moss, the arm-rests cast and filed into the resemblance of griffins' heads. I sat down on it, and I surveyed the broad view of our old world under the sunset of that long day. It was as sweet and fair a view as I have ever seen. The sun had already gone below the horizon and the west was flaming gold, touched with some horizontal bars of purple and crimson. Below was the valley of the Thames, in which the river lay like a band of burnished steel. I have already spoken of the great palaces dotted about among the variegated greenery, some in ruins and some still occupied. Here and there rose a white or silvery figure in the waste garden of the earth, here and there came the sharp vertical line of some cupola or obelisk. There were no hedges, no signs of proprietary rights, no evidences of agriculture; the whole earth had become a garden.

'So watching, I began to put my interpretation upon the things I had seen, and as it shaped itself to me that evening, my interpretation was something in this way. (Afterwards I found I had got only a half-truth — or only a glimpse of one facet of the truth):

'It seemed to me that I had happened upon humanity upon the wane. The ruddy sunset set me thinking of the sunset of mankind. For the first time I began to realize an odd consequence of the social effort in which we are at present engaged. And yet, come to think, it is a logical consequence enough. Strength is the outcome of need; security sets a premium on feebleness. The work of ameliorating the conditions of life — the true civilizing process that makes life more and more secure — had gone steadily on to a climax. One triumph of a united humanity over Nature had followed another. Things that are now mere dreams had become projects

dràsta air an gabhail os làimh mar phròiseactan a chaidh an toirt gu buil a dh'aona ghnothach. Agus b' e an toradh na chunnaic mi!

'Tha fhios gu bheil slàintealachd agus àiteachas an latha an-diugh fhathast aig ìre bhunaiteach. Cha tug saidheans ar tìme-ne ionnsaigh ach air roinn bheag de ghalaran a' chinne-daonna ach, a dh'aindeoin sin, thathar a' sgaoileadh a ghnìomhachdan gu riaghailteach is gu cunbhalach. Cha mhill ar n-àiteachas is ar tuathanas leasa ach corra luibheanach an siud 's an seo agus a' cinntinn mu fhichead lus fallain, a' fàgail na codach as motha strì airson cothromachd far an urrainn dhaibh. Bheir sinn piseach air na lusan is beathaichean as fheàrr leinn — agus abair cho beag an àireamh dhiubh — mean air mhean tro shìoladh ròghnach; a-nis peitseag ùr nas fheàrr, a-nis fìon-dhearc gun shìol, a-nis flùr nas tlachdmhoire is nas motha, a-nis seòrsa nas goireasaiche de chrodh. Bheir sinn piseach orra mean air mhean, oir tha na san amharc dhuinn neo-shoilleir is faoin, agus chan eil ach beagan eòlais againn; oir tha Nàdar cuideachd coimheach is mall nar làmhan liobasta. Thig latha sam bi gach rud a tha seo air a chur air dòigh nas fheàrr agus as fheàrr buileach. Sin cùrsa an t-srutha a dh'aindeoin nan cuairteagan. Bidh an saoghal air fad toinisgeil, foghlaimte, agus a' co-obrachadh; bidh ceannsachadh Nàdair a' sìor thighinn nas luaithe thugainn. Aig deireadh ghnothaichean, gu glic is gu faiceallach atharraichidh sinn meidh beatha nam beathaichean is nan lusan gus freagairt air ar feumalachdan daonna.

'Canaidh mi gum feum gun deach an t-atharrachadh seo a thoirt gu buil san tràth de Thìm thar na leum an t-inneal agamsa. Cha robh mialtagan san èadhar, no luibheanaich is fungas san talamh; bha measan is flùraichean tlachdmhor tarraingeach sa h-uile àite; sgiathalaich dealanan-dè iongantach a-null 's a-nall. Bhathar air leigheas dìonadach a thoirt gu buil. Chaidh a chur às do ghalaran. Chan fhaca mi fianais air tinneas gabhaltach sam bith fhad 's a bha mi ann. Agus thig orm fhathast innse dhuibh gun do dh'fhàgadh buaidh dhomhainn air fiù 's pròiseasan an lobhaidh is a' ghrodaidh leis na h-atharrachaidhean seo.

'Bha buaidh air coileanaidhean sòisealta cuideachd. Chunnaic mi gun robh an cinne-daonna a' fuireach ann am fàrdaichean mìorbhaileach, agus aodach òirdheirc orra, agus cha robh mi air gin aca fhaicinn fhathast an sàs ann an saothair sam bith. Cha robh sgeul air strì, co-dhiù sòisealta gus eaconamach. Bha a' bhùth, an sanas-reic, trafaig, agus a' mhalairt air fad a tha aig bunait susbaint ar saoghail-ne, air falbh. Bu dual dhomh air an fheasgar òrach ud co-dhùnadh gun robh pàrras sòisealta ann. Bhathar air dèiligeadh ri duilgheadas fàs san àireimh-shluaigh, chreid mi, agus cha robh an àireamh-shluaigh tuilleadh a' meudachadh.

deliberately put in hand and carried forward. And the harvest was what I saw!

'After all, the sanitation and the agriculture of to-day are still in the rudimentary stage. The science of our time has attacked but a little department of the field of human disease, but even so, it spreads its operations very steadily and persistently. Our agriculture and horticulture destroy a weed just here and there and cultivate perhaps a score or so of wholesome plants, leaving the greater number to fight out a balance as they can. We improve our favourite plants and animals—and how few they are—gradually by selective breeding; now a new and better peach, now a seedless grape, now a sweeter and larger flower, now a more convenient breed of cattle. We improve them gradually, because our ideals are vague and tentative, and our knowledge is very limited; because Nature, too, is shy and slow in our clumsy hands. Some day all this will be better organized, and still better. That is the drift of the current in spite of the eddies. The whole world will be intelligent, educated, and co-operating; things will move faster and faster towards the subjugation of Nature. In the end, wisely and carefully we shall readjust the balance of animal and vegetable life to suit our human needs.

'This adjustment, I say, must have been done, and done well: done indeed for all Time, in the space of Time across which my machine had leaped. The air was free from gnats, the earth from weeds or fungi; everywhere were fruits and sweet and delightful flowers; brilliant butterflies flew hither and thither. The ideal of preventive medicine was attained. Diseases had been stamped out. I saw no evidence of any contagious diseases during all my stay. And I shall have to tell you later that even the processes of putrefaction and decay had been profoundly affected by these changes.

'Social triumphs, too, had been effected. I saw mankind housed in splendid shelters, gloriously clothed, and as yet I had found them engaged in no toil. There were no signs of struggle, neither social nor economical struggle. The shop, the advertisement, traffic, all that commerce which constitutes the body of our world, was gone. It was natural on that golden evening that I should jump at the idea of a social paradise. The difficulty of increasing population had been met, I guessed, and population had ceased to increase.

'Ach leis an atharrachadh staid seo, tha e do-sheachanta gum bithear ag ath-riochdachadh gus freagairt ris an atharrachadh. Ach, mura h-eil saidheans bith-eòlach làn mhearachdan, cò às a thig innleachd is lùths a' chinne-daonna? Cruadal is saorsa: àrainneachdan anns am bi an fheadhainn èasgaidh, làidir is slìogach a' mairsinn agus an fheadhainn as laige a' fàilligeadh; àrainneachdan far a bheil co-chòrdadh dìleas dhaoine chomasaich, measarrachd, foighidinn, agus daingneachd gu h-àraidh cudromach. Agus b' ann air sgàth làthaireachd chunnartan don fheadhainn òig a dh'èirich adhbhar is taic don teaghlach mar ghnothach, agus na faireachaidhean a tha na lùib, an t-eud colgarra, a' bhàidh don t-sliochd, agus am fèin-fhathamas pàrantach. *A-nis*, càit a bheil làthaireachd nan cunnartan seo? Tha beachd ùr ann, agus fàsaidh e, gu bheil eud pòsaidh ceàrr, gu bheil màthrachas colgarra ceàrr, gu bheil boile de gach seòrsa ceàrr; rudan nach eil feumach a-nis, agus rudan a tha gar fàgail mì-chofhurtail, rudan borba a tha fhathast ann, aimhreitean ann am beatha chaoin-bheusach is chàilear.

'Smaoinich mi air anfhannachd chorporra nan daoine, an dìth innleachd, agus na tobhtaichean mòra pailt ud, agus dhaingnich e mo bheachd gun robhar air làmh an uachdair fhaighinn a-muigh 's a-mach air Nàdar. Oir an dèidh a' chatha, thig Sàmhchair. Bha an cinne-daonna air a bhith làidir, èasgaidh, agus tuigseach, agus bha e air a làn spionnaidh a chur gu feum gus piseach a thoirt air an staid san robh e beò. Agus a-nis thàinig an dà latha air sgàth na staide atharraichte.

'San staid ùir de chofhurt is sàbhailteachd gun mura-bhith, dheigheadh an togarrachd luaisgeanach ud na laigse, a tha na neart dhuinne. Fiù 's nar latha fhèin, tha cuid de bhuailteachdan is miannan, a bha uair riatanach airson mairsinn beò, an-còmhnaidh nan cùis fhàillidh. Mar eisimpleir, chan eil treuntachd chorporra is dèine chatha uabhasach cuideachail—agus dh'fhaodadh iad a bhith nan cnapan-starra don fhear shìobhalaichte. Agus ann an suidheachadh le co-chothrom is sàbhailteachd chorporra, bhiodh cumhachd innleachdach agus chorporra fìor annasach. Rinn mi tomhas nach robh cunnart cogaidh no fòirneirt don duine fhèin, nach robh cunnart ro bheathaichean fiadhaich, nach robh galar caitheimh a dh'fhàgadh gum feumadh aorabh làidir a bhith aca, is nach robh saothair a dhìth, fad bhliadhnaichean gun àireamh. Ann am beatha den leithid, tha an fheadhainn a mheasamaid lag a cheart cho freagarrach 's a tha an fheadhainn làidir, agus gu dearbh 's ann nach eil iad lag ann. 'S ann a tha iad nas fheàrr dheth, oir bhiodh an fheadhainn làidir air aimhreit air sgàth lùths nach b' urrainn dhaibh cur gu feum sam bith. Bha mi cinnteach gun robh àilleachd shònraichte nan toglaichean a chunnaic mi nan toradh air a' bhalgachadh mu dheireadh de lùths a' chinne-daonna a bha a-nis gun fheum mus do shocraich e ann an co-rèir foirfe leis an

'But with this change in condition comes inevitably adaptations to the change. What, unless biological science is a mass of errors, is the cause of human intelligence and vigour? Hardship and freedom: conditions under which the active, strong, and subtle survive and the weaker go to the wall; conditions that put a premium upon the loyal alliance of capable men, upon self-restraint, patience, and decision. And the institution of the family, and the emotions that arise therein, the fierce jealousy, the tenderness for offspring, parental self-devotion, all found their justification and support in the imminent dangers of the young. *Now*, where are these imminent dangers? There is a sentiment arising, and it will grow, against connubial jealousy, against fierce maternity, against passion of all sorts; unnecessary things now, and things that make us uncomfortable, savage survivals, discords in a refined and pleasant life.

'I thought of the physical slightness of the people, their lack of intelligence, and those big abundant ruins, and it strengthened my belief in a perfect conquest of Nature. For after the battle comes Quiet. Humanity had been strong, energetic, and intelligent, and had used all its abundant vitality to alter the conditions under which it lived. And now came the reaction of the altered conditions.

'Under the new conditions of perfect comfort and security, that restless energy, that with us is strength, would become weakness. Even in our own time certain tendencies and desires, once necessary to survival, are a constant source of failure. Physical courage and the love of battle, for instance, are no great help — may even be hindrances — to a civilized man. And in a state of physical balance and security, power, intellectual as well as physical, would be out of place. For countless years I judged there had been no danger of war or solitary violence, no danger from wild beasts, no wasting disease to require strength of constitution, no need of toil. For such a life, what we should call the weak are as well equipped as the strong, are indeed no longer weak. Better equipped indeed they are, for the strong would be fretted by an energy for which there was no outlet. No doubt the exquisite beauty of the buildings I saw was the outcome of the last surgings of the now purposeless energy of mankind before it settled down into perfect harmony with the

àrainneachd san robh e beò — blàthachadh na buaidh a thòisich an t-sìth mhòr dheireannach. B' e seo daonnan a dh'èirich do lùths nuair a bha sàbhailteachd ann; thèid e gu ealain is earotaigeachd, is an uair sin thig fainne is crìonadh.

'Sheargadh fiù 's an sraon ealanta às mu dheireadh thall — cha mhòr nach robh e air seargadh às san Tràth a chunnaic mise. Iad fhèin a sgeadachadh le flùraichean, a dhannsadh, a sheinn ann an solas na gealaich; sin a-mhàin a bha air fhàgail den aigne ealanta, agus cha robh an còrr. Sheargadh fiù 's sin às aig deireadh ghnothaichean gu dìomhanas riaraichte. Thathar ar cumail geur air clach-lìomhraidh na pèin is na h-èiginn, agus ar leam gun robh a' chlach-lìomhraidh fhuathach ud briste mu dheireadh!

'Fhad 's a bha mi nam sheasamh an sin agus e a' fàs dorcha, smaoinich mi gun robh mi air fuasgladh fhaighinn air cuistean an t-saoghail leis a' mhìneachadh shìmplidh seo — gun robh mi air fuasgladh fhaighinn air sgeul-rùn air fad nan daoine baidhbheil seo. Is dòcha gun do shoirbhich leotha ro mhath leis na bacaidhean a chuir iad an gnìomh gus nach meudaicheadh an àireamh-shluaigh, agus gun robh na h-àireamhan aca air laghdachadh an àite fuireach mar a bha iad. Sin bu choireach gun robh na tobhtaichean trèigte ann. B' ann gu math sìmplidh a bha mo mhìneachadh, agus a cheart cho dòcha — mar a tha a' chuid as motha de theòiridhean a tha ceàrr!

conditions under which it lived — the flourish of that triumph which began the last great peace. This has ever been the fate of energy in security; it takes to art and to eroticism, and then come languor and decay.

'Even this artistic impetus would at last die away — had almost died in the Time I saw. To adorn themselves with flowers, to dance, to sing in the sunlight: so much was left of the artistic spirit, and no more. Even that would fade in the end into a contented inactivity. We are kept keen on the grindstone of pain and necessity, and, it seemed to me, that here was that hateful grindstone broken at last!

'As I stood there in the gathering dark I thought that in this simple explanation I had mastered the problem of the world — mastered the whole secret of these delicious people. Possibly the checks they had devised for the increase of population had succeeded too well, and their numbers had rather diminished than kept stationary. That would account for the abandoned ruins. Very simple was my explanation, and plausible enough — as most wrong theories are!

5

Nuair a bha mi nam sheasamh an sin a' cnuasachadh air buaidh ro fhoirfe seo a' chinne-daonna, nochd a' ghealach shlàn, buidhe is crotach, a-mach à solas airgeadach taosgach san àird an ear-thuath. Sguir na daoine beaga soilleir a ghluasad mun cuairt fodham, dh'fhalbh cailleach-oidhche seachad, agus bha crith-fhuachd na h-oidhche orm. Chuir mi romham dol sìos is àite fhaighinn far an caidlinn.

'Lorg mi an togalach a b' aithne dhomh. An uair sin dh'aom mo shùil air adhart gu cruth na Sfinge Gile air a' bhun-carraigh umha, a' fàs follaiseach agus solas na gealaich èirigh a' fàs na bu shoilleire. Bu lèir dhomh a' bheith-gheal ri taobh. Sin an doirean de ròs-chraobh, dubh fon t-solas fhann, agus sin lèanag bheag. Thug mi sùil eile air an lèanaig. Chaidh mo shomaltachd fuar le teagamh neònach. "Chan e," arsa mise gu deimhinnte rium fhèin, "chan e sin an lèanag."

'Ach b' e sin an lèanag. Oir bha aodach geal lobharach na sfinge a' coimhead oirre. An tuig sibh ciamar a bha mi a' faireachdainn nuair a mhothaich mi dha seo? Ach cha thuig. Cha robh Inneal na Tìme ann!

'Air ball, mar sgailc air m' aodann, thàinig e thugam gun robh e comasach gun caillinn mo thràth fhèin, gum bithinn air m' fhàgail gun chòmhnadh san t-saoghal ùr àraid seo. 'S e faireachadh fiosaigeach a bha san smuain fhèin. Dh'fhidir mi mar a ghreimich i air mo sgòrnan is chuir i casg air m' anail. An ceann mòmaid a bharrachd bha mi air bhoile leis an eagal, agus ruith mi gu searragach leumnach sìos an leathad. Aon thriop thuit mi an comhair mo chinn is gheàrr mi m' aghaidh; cha do stad mi airson an fhuil a chasgadh, ach dh'èirich mi gu grad is lean mi orm, agus boinneagan blàth a' sileadh sìos mo ghruaidh is mo smigead. Cho fad 's a bha mi a' ruith bha mi ag ràdh rium fhèin, "Charaich iad e rud beag, phut iad fo na preasan e gus am biodh e mach às an rathad." A dh'aindeoin sin b' ann a bha mi nam dheann-ruith. Fad an t-siubhail, leis a' chinnt a thig uaireannan le uabhann aibhseach, bha fhios agam nach b' e ach faoineas a bha sa leithid de mhisneachadh, bha

5

'A s I stood there musing over this too perfect triumph of man, the full moon, yellow and gibbous, came up out of an overflow of silver light in the north-east. The bright little figures ceased to move about below, a noiseless owl flitted by, and I shivered with the chill of the night. I determined to descend and find where I could sleep.

'I looked for the building I knew. Then my eye travelled along to the figure of the White Sphinx upon the pedestal of bronze, growing distinct as the light of the rising moon grew brighter. I could see the silver birch against it. There was the tangle of rhododendron bushes, black in the pale light, and there was the little lawn. I looked at the lawn again. A queer doubt chilled my complacency. "No," said I stoutly to myself, "that was not the lawn."

'But it was the lawn. For the white leprous face of the sphinx was towards it. Can you imagine what I felt as this conviction came home to me? But you cannot. The Time Machine was gone!

'At once, like a lash across the face, came the possibility of losing my own age, of being left helpless in this strange new world. The bare thought of it was an actual physical sensation. I could feel it grip me at the throat and stop my breathing. In another moment I was in a passion of fear and running with great leaping strides down the slope. Once I fell headlong and cut my face; I lost no time in stanching the blood, but jumped up and ran on, with a warm trickle down my cheek and chin. All the time I ran I was saying to myself: "They have moved it a little, pushed it under the bushes out of the way." Nevertheless, I ran with all my might. All the time, with the certainty that sometimes comes with excessive dread, I knew that such

fhios agam nam chom gun robhar air an t-inneal a chur ann am badeigin far nach fhaighinn e. Thàinig m' anail le pian. Tha mi a' creidsinn gun d' ràinig mi an lèanag bheag bho mhullach a' chnuic, dà mhìle a dh'astar air fad, taobh a-staigh, ma dh'fhaodte, deich mionaidean. Agus chan e fear òg a th' annam. Mhionnaich mi os àirde, fhad 's a bha mi a' ruith, mum amaideas bhragail ann a bhith a' fàgail an inneil, agus deagh chnap dem anail a' dol a dholaidh mar sin. Ghlaodh mi os àirde, ach cha do fhreagair duine. Bha e coltach nach robh creutair a' carachadh san t-saoghal ud fo sholas na gealaich.

'Nuair a ràinig mi an lèanag, chunnaic mi gun robh mi ceart leis an eagal a bha orm. Cha robh sgeul air an rud ann. Bha mi fuar agus cuairt a' tighinn orm nuair a dh'amhairc mi air an àite fhalamh, am measg doirean dubh nam preasan. Ruith mi timcheall air ann an caothach, mar gum biodh an nì am falach ann an oisean, agus an uair sin stad mi gu h-obann, agus mo làmhan a' greimeachadh m' fhuilt. Sheas an t-sfinge gu h-àrd os mo chionn, air a' bhun-carraigh umha, geal, lainnireach, lobharach, ann an solas èirigh na gealaich. Shaoil leam gun d' rinn i gàire is i a' fanaid air m' iomagain.

'Dh'fhaodte gun robh mi air furtachadh fhaighinn le bhith a' creidsinn gun robh na daoine beaga air an t-inneal a chur ann am fasgadh air choreigin air mo sgàth, mura b' e gun robh mi cinnteach nach robh iad comasach gu fiosaigeach no gu h-innleachdach. B' e seo a bha gam mhì-mhisneachadh: an smuain gun robh ùghdarras air choreigin ann nach do mhothaich mi roimhe agus a bha làmh aige ann an dol à sealladh m' innleachd-sa. Ach bha mi cinnteach às aon rud: mura b' e gun robh tràth air choreigin eile air an dearbh nì a chruthachadh a-rithist, cha b' urrainn don inneal a bhith air gluasad tron tìm. Seallaidh mi dhuibh fhathast mar a chuirear na luamhain air, ach chuir sin casg air duine sam bith ga chleachdadh mar sin nuair a chaidh an toirt air falbh. Bha e air gluasad, agus am falach, ann an àite a-mhàin. Ach a-rèist, càit am biodh e?

'Tha mi a' smaoineachadh gun robh mi air bhoile gu ìre. Tha cuimhne agam air ruith gu colgarra a-steach 's a-mach sna preasan fo sholas na gealaich agus ceithir timcheall air an t-sfinge, agus a' cur clisgeadh air ainmhidh geal air choreigin, is ghabh mi ris, san duibhreachd, gum b' e fiadh beag a bh' ann. A bharrachd, tha cuimhne agam gun do bhuail mi na preasan, anmoch air an oidhche ud, le mo dhùirn dhùinte gus an robh mo rùdain peasgach is a' cur fala air adhbhar nam meanganan briste uile. An uair sin, ag ochanaich is glan às mo chiall, chaidh mi sìos don togalach mhòr chloiche. Bha an talla mòr dorcha, sàmhach, is falamh. Shleamhnaich mi air an làr mhì-chòmhnard, agus thuit mi thar aon de na bùird mhalachait, is theab mi mo lurgann a bhriseadh. Las mi maids agus lean mi orm seachad air na

assurance was folly, knew instinctively that the machine was removed out of my reach. My breath came with pain. I suppose I covered the whole distance from the hill crest to the little lawn, two miles perhaps, in ten minutes. And I am not a young man. I cursed aloud, as I ran, at my confident folly in leaving the machine, wasting good breath thereby. I cried aloud, and none answered. Not a creature seemed to be stirring in that moonlit world.

'When I reached the lawn my worst fears were realized. Not a trace of the thing was to be seen. I felt faint and cold when I faced the empty space among the black tangle of bushes. I ran round it furiously, as if the thing might be hidden in a corner, and then stopped abruptly, with my hands clutching my hair. Above me towered the sphinx, upon the bronze pedestal, white, shining, leprous, in the light of the rising moon. It seemed to smile in mockery of my dismay.

'I might have consoled myself by imagining the little people had put the mechanism in some shelter for me, had I not felt assured of their physical and intellectual inadequacy. That is what dismayed me: the sense of some hitherto unsuspected power, through whose intervention my invention had vanished. Y et, for one thing I felt assured: unless some other age had produced its exact duplicate, the machine could not have moved in time. The attachment of the levers — I will show you the method later — prevented any one from tampering with it in that way when they were removed. It had moved, and was hid, only in space. But then, where could it be?

'I think I must have had a kind of frenzy. I remember running violently in and out among the moonlit bushes all round the sphinx, and startling some white animal that, in the dim light, I took for a small deer. I remember, too, late that night, beating the bushes with my clenched fist until my knuckles were gashed and bleeding from the broken twigs. Then, sobbing and raving in my anguish of mind, I went down to the great building of stone. The big hall was dark, silent, and deserted. I slipped on the uneven floor, and fell over one of the malachite tables, almost breaking my shin. I lit a match and

cùirtearan stùrach air d' rinn mi iomradh roimhe.

'Ann an siud, lorg mi dàrna talla mòr agus e loma-làn chuiseanan, le mu fhichead de na daoine beaga nan cadal orra. Chan eil teagamh sam bith gun robh e annasach gu leòr dhaibh nuair a nochd mi an dàrna turas, a' tighinn gu grad às an dorchadas le amaladh de dh'fhuaimean agus spliutadh is lasan maids. Oir bha iad air dìochuimhneachadh mu dheidhinn mhaidsichean. "Càit a bheil Inneal na Tìme agam?" thòisich mi, ag èigheachd mar phàist feargach, a' cur làmhan orra agus gan crathadh ri càch a chèile. Feumaidh gun robh e fìor annasach dhaibh. Rinn cuid dhiubh gàire, ach bha coltas eagail mhòir air a' chuid bu mhotha dhiubh. Nuair a chunnaic mi iad nan seasamh mun cuairt orm, thàinig e a-steach orm gun robh mi ri rudeigin cho gòrach 's a b' urrainn dhomh dèanamh san t-suidheachadh, a' feuchainn ri mothachadh de dh'eagal ath-dhùsgadh. Oir, is mi ga dhèanamh dheth bhon ghiùlan aca air an latha, smaoinich mi gun robh iad air eagal a dhìochuimhneachadh.

'Gu grad, shad mi sìos am maids, agus a' leagail aon de na daoine san dol seachad, chaidh mi gu tuisleach thar an talla-ithidh mhòir a-rithist, is a-mach fo sholas na gealaich. Chuala mi glaodhan uabhais agus na casan beaga aca a' ruith is a' tuisleachadh thall 's a-bhos. Chan eil cuimhne agam idir air gach rud a rinn mi fhad 's a dhìrich a' ghealach san speur. Saoilidh mi gum b' e a chuir air aimhreit mi gun robh an call gu tur gun sùil. B' ann gun dòchas a bha mi air mo glasadh air falbh bho mo cho-leithidean—beathach neònach ann an saoghal gun fhios dhomh. Feumaidh gun deach mi air ais 's air adhart air an dearg-chaothach, a' sgreuchail is ag èigheachd ri Dia is Freastal. Tha cuimhne agam air a bhith uabhasach claoidhte, agus an oidhche fhada gun dòchas a' seargadh às; air a bhith a' sireadh san àite dho-dhèanta seo is san àite dho-dhèanta ud; air sporghail am measg thobhtaichean ann an solas na gealaich agus a' beantainn do chreutairean neònach sna faileasan dubha; mu dheireadh thall, air mo shìneadh air an talamh faisg air an t-sfinge, agus a' gul is mi buileach truagh, is bha fiù 's m' fhearg air cho amaideach 's a bha mi a' fàgail an inneil air traoghadh lem neart. Cha robh càil air fhàgail dhomh ach an truaighe. An uair sin, chaidil mi, agus nuair a dhùisg mi a-rithist bha an latha ann, agus bha corra gealbhonn a' bocadaich timcheall orm air an fheur faisg gu leòr airson beantainn dhaibh.

'Shuidh mi suas ann an ùrachd na maidne, a' feuchainn ri cuimhneachadh air ciamar a thàinig mi gu bhith ann, agus carson a bha mi a' faireachdainn cho trèigte is eu-dòchasach. An dèidh sin, thòisich cùisean a shoilleireachadh nam inntinn. Ann an solas lom, reusanta an latha, b' urrainn dhomh coimhead air an t-suidheachadh agam mar gum biodh aghaidh ri aghaidh. Chunnaic mi cho eagallach faoin 's a bha mo

went on past the dusty curtains, of which I have told you.

'There I found a second great hall covered with cushions, upon which, perhaps, a score or so of the little people were sleeping. I have no doubt they found my second appearance strange enough, coming suddenly out of the quiet darkness with inarticulate noises and the splutter and flare of a match. For they had forgotten about matches. "Where is my Time Machine?" I began, bawling like an angry child, laying hands upon them and shaking them up together. It must have been very queer to them. Some laughed, most of them looked sorely frightened. When I saw them standing round me, it came into my head that I was doing as foolish a thing as it was possible for me to do under the circumstances, in trying to revive the sensation of fear. For, reasoning from their daylight behaviour, I thought that fear must be forgotten.

'Abruptly, I dashed down the match, and, knocking one of the people over in my course, went blundering across the big dining-hall again, out under the moonlight. I heard cries of terror and their little feet running and stumbling this way and that. I do not remember all I did as the moon crept up the sky. I suppose it was the unexpected nature of my loss that maddened me. I felt hopelessly cut off from my own kind — a strange animal in an unknown world. I must have raved to and fro, screaming and crying upon God and Fate. I have a memory of horrible fatigue, as the long night of despair wore away; of looking in this impossible place and that; of groping among moon-lit ruins and touching strange creatures in the black shadows; at last, of lying on the ground near the sphinx and weeping with absolute wretchedness. I had nothing left but misery. Then I slept, and when I woke again it was full day, and a couple of sparrows were hopping round me on the turf within reach of my arm.

'I sat up in the freshness of the morning, trying to remember how I had got there, and why I had such a profound sense of desertion and despair. Then things came clear in my mind. With the plain, reasonable daylight, I could look my circumstances fairly in the face. I saw the wild folly of my frenzy overnight, and I

bhàinidh tron oidhche, agus b' urrainn dhomh reusanachadh. Mas e is gu
bheil an rud as miosa air tachairt? Arsa mise. Is fheàirrde dhomh a bhith
socair is foighidneach, gus dòighean nan daoine ionnsachadh, gus
beachd soilleir fhaighinn air ciamar a chailleadh m' inneal, agus mar a
gheibhinn stuthan is buill-acainn; gus an cuirinn fear eile ri chèile aig
deireadh ghnothaichean, is dòcha. B' e sin an aon dhòchas agam, agus
dòchas fann, ma dh'fhaodte, ach na b' fheàrr na bhith gun dòchas idir.
Agus, biodh sin mar a bhiodh, b' e saoghal àlainn is iongantach a bh' ann.
  'Ach dh'fhaodte gum b' ann a chaidh an t-inneal a thoirt air falbh.
Mar sin, dh'fheumainn a bhith air mo shocair is foighidneach, àite-
falaich a lorg, agus fhaighinn air ais tro neart no seòltachd. Agus leis a
sin, sgràmalaich mi gu mo chasan is thug mi sùil mun cuairt orm, a'
sireadh àite ionnlaid. Bha mi a' faireachdainn airtnealach, rag is loireach
bhon t-siubhal. Bha ùrachd na maidne air toirt orm ùrachd ionann
iarraidh dhomh fhèin. Bha mo ghluasad-inntinn air ruith a-mach.
Seadh, fhad 's a bha mi ri mo ghnothaichean, ghabh mi iongantas de mo
bhoile cho dian air an oidhche. Sgrùdaich mi an talamh mun lèanaig
bhig gu mionaideach. Chaith mi beagan tìde le ceasnachadh dìomhain,
ga chur an cèill, cho math 's a b' urrainn dhomh, ris na bh' ann de na
daoine beaga san dol seachad. Dh'fhairtlich orra mo ghluasadan a
thuigsinn: bha feadhainn dhiubh nach robh ach socrach; smaoinich
feadhainn gun robh mi ri fealla-dhà, agus rinn iad gàire orm. Thàinig
orm mo dhìcheall a dhèanamh gun a bhith a' cur mo làmhan air an
aodannan brèagha gàireachdainn. B' e baog ghòrach a bh' ann, ach bu
ghann gun cuirinn casg air an olc a dh'èirich às eagal is fearg dall, agus
e a' dèanamh air brath a ghabhail air m' imcheist. Fhuaras comhairle na
b' fheàrr bhon sgrath. Lorg mi claisean air a reubadh ann, mu letheach
slighe eadar bun-carraigh na sfinge agus comharran mo chasan far an
do ghleac mi leis an inneal leagta air dhomh ruighinn. Bha comharran
eile san àrainn a sheall gun deach rudeigin a ghluasad, le lorgan-coise
caola àraid coltach ris na dh'fhàgadh lunndaire-craoibhe, shaoilinn.
Thug seo m' aire na b' fhaisge air a' bhun-carraigh. Tha mi a'
smaoineachadh gun tuirt mi gum b' ann à umha a chaidh a dhèanamh.
Cha b' e bloca sìmplidh a bh' ann, ach bha e air a sgeadachadh gu grinn
le panailean domhainn frèamte air gach taobh. Chaidh mi a-null is
ghnog mi orra seo. B' ann a bha am bun-carraigh lagach. Choimhead mi
gu dlùth air na panailean is dh'ionnsaich mi nach robh iad co-shìnte leis
na frèaman. Cha robh làmhrachain no tuill-iuchrach ann, ach bu dòcha
gun obraichean na panailean bhon taobh a-staigh, nam b' e dorsan a bh'
annta mar a chreid mi. Bha aon rud soilleir gu leòr nam inntinn-sa. Cha
tàinig orm dian-smaoineachadh a bhith a' dèanamh tomhas gun robh
Inneal na Tìme agam am broinn a' bhun-carraigh ud. Ach b' e cuistean
eadar-dhealaichte a bh' ann am faighneachd ciamar a fhuair e a-steach

could reason with myself. "Suppose the worst?" I said. "Suppose the machine altogether lost — perhaps destroyed? It behoves me to be calm and patient, to learn the way of the people, to get a clear idea of the method of my loss, and the means of getting materials and tools; so that in the end, perhaps, I may make another." That would be my only hope, perhaps, but better than despair. And, after all, it was a beautiful and curious world.

'But probably, the machine had only been taken away. Still, I must be calm and patient, find its hiding-place, and recover it by force or cunning. And with that I scrambled to my feet and looked about me, wondering where I could bathe. I felt weary, stiff, and travel-soiled. The freshness of the morning made me desire an equal freshness. I had exhausted my emotion. Indeed, as I went about my business, I found myself wondering at my intense excitement overnight. I made a careful examination of the ground about the little lawn. I wasted some time in futile questionings, conveyed, as well as I was able, to such of the little people as came by. They all failed to understand my gestures; some were simply stolid, some thought it was a jest and laughed at me. I had the hardest task in the world to keep my hands off their pretty laughing faces. It was a foolish impulse, but the devil begotten of fear and blind anger was ill curbed and still eager to take advantage of my perplexity. The turf gave better counsel. I found a groove ripped in it, about midway between the pedestal of the sphinx and the marks of my feet where, on arrival, I had struggled with the overturned machine. There were other signs of removal about, with queer narrow footprints like those I could imagine made by a sloth. This directed my closer attention to the pedestal. It was, as I think I have said, of bronze. It was not a mere block, but highly decorated with deep framed panels on either side. I went and rapped at these. The pedestal was hollow. Examining the panels with care I found them discontinuous with the frames. There were no handles or keyholes, but possibly the panels, if they were doors, as I supposed, opened from within. One thing was clear enough to my mind. It took no very great mental effort to infer that my Time Machine was inside that pedestal. But how it got there was a different problem.

ann.

'Chunnaic mi cinn dithis dhaoine ann an aodach orains a' tighinn tro na preasan agus fo beagan chraobhan-ubhail gam ionnsaigh. Thionndaidh mi thuca a' dèanamh gàire, agus smèid mi orra a thighinn thugam. Thàinig iad, agus an uair sin, a' tomhadh ris a' bhun-carraigh umha, dh'fheuch mi ri cur an cèill gun robh mi airson fhosgladh. Ach cho luath 's a ghluais mi ga ionnsaigh, charaich iad ann an dòigh gu math neònach. Chan eil fhios agam ciamar a dh'innseas mi dhuibh cò ris a bha iad coltach. Saoilibh nan gluaiseadh sibh ann an dòigh eagallach neo-iomchaidh a dh'ionnsaigh boireannaich a bha meacharra na dol a-mach — b' ann coltach ri seo a bhiodh i. Dh'fhalbh iad mar gun robh iad air an tàmailt bu mhiosa a ghabhail. Dh'fheuch mi fear de choltas càilear ann an aodach geal an dèidh sin, agus chrìochnaich sin mar an ceudna. Air dòigh air choreigin, dh'fhàg fhiamh-san nàire orm fhèin. Ach, mar a tha fhios agaibh, bha mi ag iarraidh Inneal na Tìme, agus dh'fheuch mi leis-san aon uair eile. Nuair a dh'imich esan, mar an fheadhainn eile, ghabh mi caothach. Ann an trì ceumannan ruith mi às a dhèidh, ghabh mi grèim air a' phàirt shlopach de ròb mun amhach, agus thòisich mi ga shlaodadh a dh'ionnsaigh na sfinge. An uair sin chunnaic mi na bh' ann de dh'uabhann is cronachd air aodann, agus air ball leig mi ma sgaoil e.

'Ach cha d' rinneadh a' chùis orm fhathast. Bhuail mi lem dhòrn air na panailean umha. Smaoinich mi gun cuala mi rudeigin a' sporghail na bhroinn — leis an fhìrinn innse, shaoil leam gum b' e fuaim mar thriutan gàire a chuala mi — ach feumaidh gun robh mi ceàrr. An uair sin, fhuair mi molag mhòr bhonn abhainn, is thàinig mi agus bhuail mi leatha mar òrd gus an robh mi air lùb a leathnachadh san sgeadachadh, agus thuit a' mheirg-umha dheth ann am bleideagan mìn. Feumaidh gun cuala na daoine beaga meacharra mi a' lamaisteachadh gu grad bho àm gu àm mìle air falbh air gach taobh, ach cha do dh'èirich càil às. Chunnaic mi grunn dhiubh air na leathadan, a' coimhead orm gu cèillidh. Mu dheireadh, agus mi teth is sgìth, shuidh mi sìos airson faire a chumail air an àite. Ach bha mi ro ain-fhoiseil coimhead ro fhada; 's ann a tha mi ro Shiarach airson caithris fhada. B' urrainn dhomh obair air ceist fad bhliadhnaichean, ach 's e cùis gu tur eadar-dhealaichte a th' ann a bhith a' feitheamh gun càil a dhèanamh fad ceithir uairean air fhichead.

'Dh'èirich mi an dèidh greis, agus thòisich mi a choiseachd gu mì-chuimseach tro na preasan a dh'ionnsaigh a' chnuic a-rithist. "Foighidinn," arsa mise rium fhèin. "Ma tha thu ag iarraidh d' inneil a-rithist, feumaidh tu an t-sfinge fhàgail ann am fois. Ma tha iad airson d' inneal a thoirt air falbh, chan fhiach na panailean umha aca a mhilleadh, agus mur eil, gheibh thu air ais e cho luath 's a thèid agad air iarraidh. Tha e gun fheum a bhith nad shuidhe am measg gach rud neo-

'I saw the heads of two orange-clad people coming through the bushes and under some blossom-covered apple-trees towards me. I turned smiling to them and beckoned them to me. They came, and then, pointing to the bronze pedestal, I tried to intimate my wish to open it. But at my first gesture towards this they behaved very oddly. I don't know how to convey their expression to you. Suppose you were to use a grossly improper gesture to a delicate-minded woman—it is how she would look. They went off as if they had received the last possible insult. I tried a sweet-looking little chap in white next, with exactly the same result. Somehow, his manner made me feel ashamed of myself. But, as you know, I wanted the Time Machine, and I tried him once more. As he turned off, like the others, my temper got the better of me. In three strides I was after him, had him by the loose part of his robe round the neck, and began dragging him towards the sphinx. Then I saw the horror and repugnance of his face, and all of a sudden I let him go.

'But I was not beaten yet. I banged with my fist at the bronze panels. I thought I heard something stir inside—to be explicit, I thought I heard a sound like a chuckle—but I must have been mistaken. Then I got a big pebble from the river, and came and hammered till I had flattened a coil in the decorations, and the verdigris came off in powdery flakes. The delicate little people must have heard me hammering in gusty outbreaks a mile away on either hand, but nothing came of it. I saw a crowd of them upon the slopes, looking furtively at me. At last, hot and tired, I sat down to watch the place. But I was too restless to watch long; I am too Occidental for a long vigil. I could work at a problem for years, but to wait inactive for twenty-four hours— that is another matter.

'I got up after a time, and began walking aimlessly through the bushes towards the hill again. "Patience," said I to myself. "If you want your machine again you must leave that sphinx alone. If they mean to take your machine away, it's little good your wrecking their bronze panels, and if they don't, you will get it back as soon as you can ask for it. To sit among all those unknown things before a puzzle like that is hopeless. That way

fhiosraichte mar gum b' e tòimhseachan a bh' ann. 'S ann a thèid do
bheò-ghlacadh mar sin. Cuir d' aghaidh ris an t-saoghal seo fhèin.
Ionnsaich cò ris a tha e coltach, cùm sùil air, bi faiceallach ro tuilleadh 's
a chòir tomhasan aithghearrach mu chiall. Aig deireadh ghnothaichean
gheibh thu lorg air aisneisean mun a h-uile rud." An uair sin, gu h-
obann, thàinig e thugam cho àbhachdach 's a bha an suidheachadh: agus
mi a' smaoineachadh air uiread de bhliadhnaichean a chuir mi seachad
ann an rannsachadh is saothair gus dèanamh air tràth ri teachd, agus a-
nis cho dìorrasach iomcheisteach 's a bha mi dol às fhaighinn. Bha mi air
ribe a dhèanamh dhomh fhèin a bha cho toinnte is cho eu-dòchasach
agus a dhealbhaich fear a-riamh. Ged a b' ann orm fhèin a bha mi a'
magadh, cha b' urrainn dhomh a sheachnadh. Ghàirich mi os àirde.

'Nuair a bha mi a' dol tron lùchairt mhòir, ar leam gun do sheachain
na daoine beaga mi. Dh'fhaodte nach robh e ach ruith mo mhac-
meanmna a bh' ann, no dh'fhaodte gun robh gnothach aige ri mise a'
lamaisteachadh nan geatan umha. Ach bha mi cianail cinnteach às gun
robhar gam sheachnadh. Bha mi faiceallach, ge-tà, gun a bhith a'
sealltainn coltas dragha sam bith, agus gun a bhith a' ruith às an dèidh,
agus an dèidh latha no dhà bha cùisean a-rithist mar a bha iad roimhe.
Rinn mi na b' urrainn dhomh de dh'adhartas leis a' chànan, agus, a
bharrachd air sin, rùraich mi na b' fhaide an siud 's an seo. Is dòcha gun
do chaill mi mion-phuing, no is dòcha gun robh an cànan aca air leth
sìmplidh — cha mhòr gun robh càil ann ach ainmearan concrait agus
gnìomhairean. A rèir choltais cha robh mòran teirmean eas-chruthach
ann, no cainnt meataforach air a chleachdadh, ma bha gin ann idir. Mar
bu trice, bha na seantansan aca sìmplidh, dà fhacal a-mhàin annta, agus
dh'fhairtlich orm cur an cèill no tuigsinn roimhearan idir a bharrachd
air an fheadhainn bu shìmplidh. Chuir mi romham smuaintean mu
Inneal na Tìme agam a chur ann an oisean mo chuimhne, agus ceist nan
dorsan umha fon t-sfinge cuideachd, uiread 's a ghabhadh, gus an
stiùireadh m' eòlas ùr mi air ais thuca ann an dòigh nàdarrach. Ach is
dòcha gun tuig sibh gun robh faireachadh mar bhacan gam chumail
taobh a-staigh cearcall de beagan mhìltean mun cuairt air an àite far an
d' ràinig mi.

'Cho fad 's bu lèir dhomh, bha an saoghal air fad a cheart cho torach
agus a bha srath na Thames. Bho gach cnoc a dhìrich mi chunnaic mi an
aon phailteas de thogalaichean mìorbhaileach, gun crìch san eug-
samhlachd de dh'adhbharan-togail agus stoidhle; bha na h-aon badan is
duis de chraobhan sìor-ghorm is na h-aon chraobhan trom le blàthan
agus raineach ann. Thall 's a-bhos lainnir uisge mar airgead, agus na b'
fhaide air falbh, dh'èirich am fearann le cnuic ghorma tonnach, agus le
sin shearg e gus an do cho-measg e le ciùinead an speura. An-ceartuair,
thug mi an aire do rud annasach, agus b' e sin gun robh àireamh de

lies monomania. Face this world. Learn its ways, watch it, be careful of too hasty guesses at its meaning. In the end you will find clues to it all." Then suddenly the humour of the situation came into my mind: the thought of the years I had spent in study and toil to get into the future age, and now my passion of anxiety to get out of it. I had made myself the most complicated and the most hopeless trap that ever a man devised. Although it was at my own expense, I could not help myself. I laughed aloud.

'Going through the big palace, it seemed to me that the little people avoided me. It may have been my fancy, or it may have had something to do with my hammering at the gates of bronze. Yet I felt tolerably sure of the avoidance. I was careful, however, to show no concern and to abstain from any pursuit of them, and in the course of a day or two things got back to the old footing. I made what progress I could in the language, and in addition I pushed my explorations here and there. Either I missed some subtle point or their language was excessively simple — almost exclusively composed of concrete substantives and verbs. There seemed to be few, if any, abstract terms, or little use of figurative language. Their sentences were usually simple and of two words, and I failed to convey or understand any but the simplest propositions. I determined to put the thought of my Time Machine and the mystery of the bronze doors under the sphinx as much as possible in a corner of memory, until my growing knowledge would lead me back to them in a natural way. Yet a certain feeling, you may understand, tethered me in a circle of a few miles round the point of my arrival.

'So far as I could see, all the world displayed the same exuberant richness as the Thames valley. From every hill I climbed I saw the same abundance of splendid buildings, endlessly varied in material and style, the same clustering thickets of evergreens, the same blossom-laden trees and tree-ferns. Here and there water shone like silver, and beyond, the land rose into blue undulating hills, and so faded into the serenity of the sky. A peculiar feature, which presently attracted my attention, was the presence of certain circular wells, several,

thobraichean cruinn ann, grunn dhiubh, shaoil leam, a bha uabhasach fhèin domhainn. Bha aon dhiubh sin ri taobh an starain suas an cnoc, a chleachd mi air a' chiad chuairt agam. Mar an fheadhainn eile, bha oir umha air an fhear seo, àraid air a dhèanamh, agus le pùla-mhullach beag ga dhìon bhon uisge. Shuidh mi ri taobh nan tobraichean seo, agus dhùr-choimhead mi sìos do dhorchadas an t-sluic, ach chan fhaca mi lainnir uisge, no faileas bho mhaids lasta. Ach nam broinn uile chuala mi fuaim shònraichte: brag — brag — brag, mar bualadh einnsein mhòir air choreigin; agus dh'ionnsaich mi, bho lasair mo mhaidsichean, gun deach sruth cunbhalach èadhair sìos na tuill. A bharrachd, thilg mi pìos pàipeir ann an sgòrnan fhir dhiubh; agus, an àite a bhith a' plapail gu mall sìos, chaidh a shùghadh air ball is dh'fhalbh e gu luath à sealladh.

'An dèidh greis, cuideachd, thug mi fa-near gun robh ceangal eadar na tobraichean seo agus tùir àrda a sheas an siud 's an seo air na leathaidean; oir os an cionn gu tric chunnacas an dearbh seòrsa priobaidh san èadhar agus a chithear air latha teth os cionn tràghad a tha a' losgadh fon ghrèin. Le bhith a' cur cùisean ri chèile, thàinig e làidir nam inntinn gum b' e siostam farsaing de ghaothrachadh fo thalamh a bh' ann, agus bha e doirbh a smaoineachadh dè am fàth a bh' aige ann an da-rìribh. An toiseach, bha mi den bheachd gun robh e ceangailte ri acainn slàinteil nan daoine seo. B' e co-dhùnadh làn-fhollaiseach a bh' ann, ach b' ann a bha e a-muigh 's a-mach ceàrr.

'Agus an seo feumaidh mi aideachadh gum bu ghann na dh'ionnsaich mi mu dheidhinn dhrèanaichean is clagan is modhan còmhdhail, agus goireasan den leithid, fhad 's a bha mi an làthair san fhìor àm ri teachd a bha seo. Ann an cuid de na h-aislingean de dh'Utòipia is den àm ri teachd a tha mi air leughadh, tha an t-uabhas mòr de mhion-fhiosrachadh mu dheidhinn togail, gnothaichean sòisealta, is mar sin air adhart. Ach ged a tha mion-fhiosrachadh mar seo furasta gu leòr fhaighinn nuair a tha an saoghal air fad taobh a-staigh a' mhic-mheanmna, tha iad uile-gu-lèir do-ruighinn don neach-siubhal fhìor an teis-meadhan a h-uile càil a lorg mi an seo. Smaoinichibh air sgeul Lunnainn a bheireadh neach dubh, agus e air ùr thighinn à Meadhan-Afraga, air ais leis don treubh aige! Dè am fios a bhiodh aige air companaidhean rèile, air gluasad sòisealta, air a' fòn is air uèirichean teileagraif, air Companaidh Lìbhrigeadh nam Parsailean, air òrduighean-puist agus a leithid? Ach co-dhiù nach biodh sinne deònach gu leòr na rudan seo a mhìneachadh dha! Agus fiù 's ged a thuigeadh e cuid, ciamar a bheireadh e air a charaid nach robh air siubhal dad dheth a thuigsinn no a chreidsinn? Mar sin, smaoinichibh air cho beag bìodach 's a tha an diofar eadar an neach dubh is an neach geal den tràth againn fhèin, agus cho anabarrach mòr 's a bha an diofar eadar mise agus na daoine seo san Linn Òr! Bha mi mothachail gun

as it seemed to me, of a very great depth. One lay by the path up the hill, which I had followed during my first walk. Like the others, it was rimmed with bronze, curiously wrought, and protected by a little cupola from the rain. Sitting by the side of these wells, and peering down into the shafted darkness, could see no gleam of water, nor could I start any reflection with a lighted match. But in all of them I heard a certain sound: a thud-thud—thud, like the beating of some big engine; and I discovered, from the flaring of my matches, that a steady current of air set down the shafts. Further, I threw a scrap of paper into the throat of one, and, instead of fluttering slowly down, it was at once sucked swiftly out of sight.

'After a time, too, I came to connect these wells with tall towers standing here and there upon the slopes; for above them there was often just such a flicker in the air as one sees on a hot day above a sun-scorched beach. Putting things together, I reached a strong suggestion of an extensive system of subterranean ventilation, whose true import it was difficult to imagine. I was at first inclined to associate it with the sanitary apparatus of these people. It was an obvious conclusion, but it was absolutely wrong.

'And here I must admit that I learned very little of drains and bells and modes of conveyance, and the like conveniences, during my time in this real future. In some of these visions of Utopias and coming times which I have read, there is a vast amount of detail about building, and social arrangements, and so forth. But while such details are easy enough to obtain when the whole world is contained in one's imagination, they are altogether inaccessible to a real traveller amid such realities as I found here. Conceive the tale of London which a negro, fresh from Central Africa, would take back to his tribe! What would he know of railway companies, of social movements, of telephone and telegraph wires, of the Parcels Delivery Company, and postal orders and the like? Yet we, at least, should be willing enough to explain these things to him! And even of what he knew, how much could he make his untravelled friend either apprehend or believe? Then, think how narrow the gap between a negro and a white man of our own times, and how wide the interval between myself and these of the Golden Age! I was sensible of much which was unseen,

robh tòrr nach bu lèir dhomh, agus a bha a' cur ris a' chofhurtachd a bh'
ann; ach, a thaobh den bheachd fharsaing a fhuair mi gun robh
eagrachadh fèin-gluasadach air choreigin ann, tha mi duilich a ràdh gur
gann a thèid agam air an diofar a chur nur n-inntinnean.

'A thaobh tìodhlacaidh, mar eisimpleir, chan fhaca mi sgeul air
taighean-losgaidh no càil a bha coltach ri tuaman. Ach thàinig e thugam
gum bu dòcha gum biodh cladhan (no taighean-losgaidh) ann am
badeigin na b' fhaide air falbh bho na cuairtean rannsachaidh agam. A-
rithist, b' e ceist a bha seo a chuir mi orm fhèin a dh'aona ghnothach,
agus dh'fhairtlich orm a' phuing a fhreagairt aig an àm. Dh'fhàg a'
chùis troimh-chèile mi, agus thug mi an aire do rud a bharrachd a bha
fiù 's na bu dhoirbhe a thuigsinn: cha robh gin de na daoine seo aosta
no euslainteach.

'Feumaidh mi aideachadh nach b' fhada a mhair mo làn-bharail gun
robh sìobhaltas fèin-obrachail agus cinne-daonna dìomhain ann. Ach
tàinig mìneachadh eile thugam. Leigibh leam cunntas a thoirt air mo
dhuilgheadasan. B' e àiteachan-fuirich a-mhàin a bha anns na grunn de
lùchairtean mòra a rùraich mi, tallachan-ithidh mòra agus
seòmraichean-cadail. Chan fhaca mi sgeul air innealradh no acainn sam
bith. Ach bha aodach tarraingeach air na daoine seo a bhiodh feumach
air ùrachadh bho àm gu àm, agus ged nach robh sgeadachadh air na
cuarain aca, b' ann de mheatailt fhillte a bha iad dèanta. Air dòigh air
choreigin, feumar rudan den leithid a dhèanamh. Agus cha do nochd na
daoine beaga lorg de bhuailteachd chruthachail. Cha robh bùithtean,
bùithtean-obrach, no sgeul air ion-mhalairt nam measg. Chuir iad
seachad an tìde ri mire, ri ionnlaid san abhainn, ri feis leth-shùgrach, ag
ithe mheasan agus nan cadal. Cha do thuig mi ciamar a chumadh
cùisean a' dol.

'Air an làimh eile, dè mu Inneal na Tìme: thug rudeigin, cha robh
fhios agam dè, sin a-steach do bhun-carraigh lag na Sfinge-Gile. *Carson?*
Cha robh càil a dh'fhios agam. Agus na tobraichean gun uisge, is na
colbhan lainnireach. Bha aisneis a dhìth orm. Bha mi den bheachd —
ciamar a chuireas mi seo? Canaibh gun do lorg sibh snaidh-sgrìobhadh,
le seantansan an siud 's an seo ann am Beurla àbhaisteach agus,
eatarrasan, feadhainn eile air an cur ri chèile le faclan, eadhon
litrichean, nach b' aithne dhuibh idir? Seadh, b' ann mar sin a nochd
saoghal Ochd Ceud 's a Dà Mhìle, Seachd Ceud 's a h-Aon riumsa!

'Air an latha ud, cuideachd, rinn mi caraid — air choreigin! Mar a
dh'èirich gnothaichean, agus mi a' coimhead air cuid de na daoine
beaga ag ionnlaid ann an abhainn eu-domhainn, ghabhadh tè dhiubh le
forca, agus thòisich i a' drioftadh sìos leis an t-sruth. B' ann an ìre mhath

and which contributed to my comfort; but save for a general impression of automatic organization, I fear I can convey very little of the difference to your mind.

'In the matter of sepulture, for instance, I could see no signs of crematoria nor anything suggestive of tombs. But it occurred to me that, possibly, there might be cemeteries (or crematoria) somewhere beyond the range of my explorings. This, again, was a question I deliberately put to myself, and my curiosity was at first entirely defeated upon the point. The thing puzzled me, and I was led to make a further remark, which puzzled me still more: that aged and infirm among this people there were none.

'I must confess that my satisfaction with my first theories of an automatic civilization and a decadent humanity did not long endure. Yet I could think of no other. Let me put my difficulties. The several big palaces I had explored were mere living places, great dining-halls and sleeping apartments. I could find no machinery, no appliances of any kind. Yet these people were clothed in pleasant fabrics that must at times need renewal, and their sandals, though undecorated, were fairly complex specimens of metalwork. Somehow such things must be made. And the little people displayed no vestige of a creative tendency. There were no shops, no workshops, no sign of importations among them. They spent all their time in playing gently, in bathing in the river, in making love in a half-playful fashion, in eating fruit and sleeping. I could not see how things were kept going.

'Then, again, about the Time Machine: something, I knew not what, had taken it into the hollow pedestal of the White Sphinx. *Why?* For the life of me I could not imagine. Those waterless wells, too, those flickering pillars. I felt I lacked a clue. I felt— how shall I put it? Suppose you found an inscription, with sentences here and there in excellent plain English, and interpolated therewith, others made up of words, of letters even, absolutely unknown to you? Well, on the third day of my visit, that was how the world of Eight Hundred and Two Thousand Seven Hundred and One presented itself to me!

'That day, too, I made a friend—of a sort. It happened that, as I was watching some of the little people bathing in a shallow, one of them was seized with cramp and began drifting downstream. The main current ran rather swiftly, but not too

luath a bha am prìomh shruth, ach cha robh e idir cus do shnàmhaiche leth-chomasach. Bheir sibh fa-near, mar sin, gun robh easbhaidheachd neònach sna creutairean seo, nuair a dh'innseas mi dhuibh nach do charaich gin aca làmh gus an tè bheag a theasairginn, ged a bha i a' gul gu lag agus a' bàthadh fan comhair. Nuair a thug mi an aire dha seo, ghreis mi orm is chuir mi dheth m' aodach, agus, a' grunnachadh a-steach ann am badeigin na b' ìsle, rug mi air an truaghan, agus tharraing mi gu sàbhailteachd na tìre. Air dhomh suathadh ri a buill beagan, thàinig i thuice fhèin, bha mi toilichte fhaicinn gun robh i ceart gu leòr mus do dh'fhàg mi i. Bha mo mheas air a leithidean air ìsleachadh gu ìre agus nach robh mi a' sùileachadh buidheachas bhuaipe idir. B' ann a bha mi ceàrr, ge-tà.

'Thachair seo sa mhadainn. San fheasgar, choinnich mi ri mo bhoireannach bheag, mar a tha mi a' creidsinn, nuair a bha mi a' tilleadh gu m' ionad-sa an dèidh cuairt rannsachaidh: chuir i fàilte chridheil orm, ag èigheachd le aoibhneas, agus thug i dhomh fleasg mhòr de fhlùraichean—a rinneadh, a rèir choltais, dhòmhsa is cha b' ann do dhuine eile. Dhrùidh seo orm. Tha e coltach gun robh mi air a bhith a' faireachdainn aonaranach. Co-dhiù rinn mi mo dhìcheall a shealltainn dhi gun robh mi toilichte leis a' ghibht. Cha b' fhada gus an robh sinn nar suidhe còmhla ann an sgaoil-bhothan beag cloiche, ri còmhradh, a' dèanamh gàire airson a' mhòir-chuid. Bha an aon sheòrsa buaidh aig dàimhealachd a' chreutair agus a bhiodh nam b' e pàiste a bh' innte. Thug sinn flùraichean gu càch a chèile, agus phòg i mo làmhan. Rinn mi an ceudna. Nuair a dh'fheuch mi ri bruidhinn, dh'ionnsaich mi gum b' e Bhìona a bh' oirre, agus, ged nach robh fhios agam dè bha sin a' ciallachadh, bha e ga freagairt math gu leòr. Sin agaibh toiseach tòiseachaidh càirdeis a mhair seachdain, agus a thàinig gu crìch—mar a dh'innseas mi dhuibh!

'B' ann a bha i gu tur coltach ri pàiste. Bha i airson a bhith còmhla rium fad na h-ùine. Dh'fheuch i ri mo leantainn anns a h-uile àite, agus air an ath chuairt agam air falbh bha e cianail dhomh nuair a dh'fhàs i uabhasach sgìth, is dh'fhàg mi i mu dheireadh, claoidhte is ag èigheachd rium gu tiamhaidh. Ach b' fheudar dhomh trioblaidean an t-saoghail a cheannasachadh. Cha tàinig mi, thuirt mi rium fhèin, don àm ri teachd airson miochuis bheag a dhèanamh. Ach nuair a dh'fhàg mi i, b' ann a bha i fìor bhrònach, agus bhiodh i uaireannan ag argamaid ann an dòigh fhiabhrasach aig amannan an sgaraidh, agus uile-gu-lèir bha uiread de dhuilgheadas agam agus de fhurtachd bhon ghràdh aice. A dh'aindeoin sin, b' e furtachd mhòr mhòr a bh' innte ann an dòigh. Shaoil leam nach b' e ach bàidh leanabail a bha a' toirt oirre leantainn rium. Gus an robh e ro fhadalach, cha robh fhios agam gu soilleir dè bha mi air adhbharachadh dhi nuair a dh'fhàg mi i. Cha b' ann gus an

strongly for even a moderate swimmer. It will give you an idea, therefore, of the strange deficiency in these creatures, when I tell you that none made the slightest attempt to rescue the weakly crying little thing which was drowning before their eyes. When I realized this, I hurriedly slipped off my clothes, and, wading in at a point lower down, I caught the poor mite and drew her safe to land. A little rubbing of the limbs soon brought her round, and I had the satisfaction of seeing she was all right before I left her. I had got to such a low estimate of her kind that I did not expect any gratitude from her. In that, however, I was wrong.

'This happened in the morning. In the afternoon I met my little woman, as I believe it was, as I was returning towards my centre from an exploration, and she received me with cries of delight and presented me with a big garland of flowers—evidently made for me and me alone. The thing took my imagination. Very possibly I had been feeling desolate. At any rate I did my best to display my appreciation of the gift. We were soon seated together in a little stone arbour, engaged in conversation, chiefly of smiles. The creature's friendliness affected me exactly as a child's might have done. We passed each other flowers, and she kissed my hands. I did the same to hers. Then I tried talk, and found that her name was Weena, which, though I don't know what it meant, somehow seemed appropriate enough. That was the beginning of a queer friendship which lasted a week, and ended—as I will tell you!

'She was exactly like a child. She wanted to be with me always. She tried to follow me everywhere, and on my next journey out and about it went to my heart to tire her down, and leave her at last, exhausted and calling after me rather plaintively. But the problems of the world had to be mastered. I had not, I said to myself, come into the future to carry on a miniature flirtation. Yet her distress when I left her was very great, her expostulations at the parting were sometimes frantic, and I think, altogether, I had as much trouble as comfort from her devotion. Nevertheless she was, somehow, a very great comfort. I thought it was mere childish affection that made her cling to me. Until it was too late, I did not clearly know what I

robh e ro fhadalach, na bu mhotha, a thuig mi cho brìoghmhor 's a bha i
dhòmhsa. Oir, dìreach tro bhith a' nochdadh bàidh dhomh, agus a'
sealltainn na dòigh laig, fhaoin gun robh mi cudromach dhi, anns a'
bhad dh'fhàg an doile bheag de chreutair mi a' faireachdainn mar gun
robh mi a' tighinn dhachaigh nuair a thill mi gu àrainneachd na Sfinge
Gile; agus shirinn a corp beag bìodach de gheal is òr cho luath 's a
thiginn thar a' chnuic.

'B' ann bhuaithese cuideachd a dh'ionnsaich mi nach robh an t-eagal
air an saoghal fhàgail fhathast. Bha ise gun eagal ceart gu leòr ann an
solas an latha, agus bha i misneachail mum dheidhinn-sa gu ìre àraid;
oir bha uair, agus mi gòrach, a chuir mi drèin bhagradh oirre, agus b'
ann a rinn i gàire. Ach bha i ag aognachadh an dorchadais, faileasan,
rudan dubha. Dhìse, b' e an dorchadas an aon rud uabhasach. B' e
mothachadh air leth domhainn a bh' ann, agus thug e orm
smaoineachadh agus amharc. Dh'ionnsaich mi an uair sin, am measg
rudan eile, gum biodh na daoine beaga seo a' cruinneachadh sna
taighean mòra nuair a bha e dorcha, agus bhiodh iad a' cadal ann an
grunnan. Nan tiginn faisg orra gun solas chuirinn air aimhreit iad leis
an eagal. Chan fhaca mi gin aca a-muigh, no nan cadal nan aonar a-
staigh, nuair a bha e dorcha. Ach b' e a leithid de bhumalair a bh'
annam gun do chaill mi leasan an eagail ud, agus, a dh'aindeoin cho
èiginneach 's a bha Bhìona, chuir mi an ìre cadal air falbh bhon ghràisg
shuaineach seo.

'Dh'fhàg e gu math troimh-chèile i, ach aig deireadh ghnothaichean
fhuair a bàidh dhòmhsa làmh-an-uachdair, agus airson còig de na h-
oidhcheannan a bha sinn eòlach air a chèile, nam measg an oidhche mu
dheireadh, chaidil i le a ceann air mo ghàirdean mar chluasag. Ach ann
a bhith a' bruidhinn ma deidhinn-sa, tha mi a' leigeil ma sgaoil mo
sgeulachd. Feumaidh gum b' e an oidhche mus do shàbhail mi i a
chaidh mo dhùsgadh mu àm èirigh na grèine. Bha mi air a bhith an-
fhoiseil, le bruadar gu math mì-chàilear anns an do bhàth mi, agus gun
robh cìochan-mara a' suathadh ri m' aodann air fad, leis na gasgan boga
aca. Dhùisg mi le clisgeadh, agus le faireachadh neònach gun robh
ainmhidh caran glas air choreigin air ùr theicheadh às an t-seòmar.
Dh'fheuch mi ri cadal a-rithist, ach bha mi a' faireachdainn an-fhoiseil is
mì-chofhurtail. B' e an uair dhoilleir ghlas a bh' ann nuair a tha
creutairean dìreach a' snàigeadh às an dorchadas, nuair a tha a h-uile
rud gun dathan is nochdte, agus gun a bhith rèalta. Dh'èirich mi, agus
chaidh mi sìos don talla mhòr, agus bhon a sin a-mach gu na leacan air
beulaibh na lùchairt. Smaoinich mi gun gabhainn brath den t-
suidheachadh agus èirigh na grèine fhaicinn.

'Bha a' ghealach a' dol fodha, agus bha solas seargadh na gealaich
agus a' chiad bhoillsgeadh den chamhanaich a' measgachadh ann an

had inflicted upon her when I left her. Nor until it was too late did I clearly understand what she was to me. For, by merely seeming fond of me, and showing in her weak, futile way that she cared for me, the little doll of a creature presently gave my return to the neighbourhood of the White Sphinx almost the feeling of coming home; and I would watch for her tiny figure of white and gold so soon as I came over the hill.

It was from her, too, that I learned that fear had not yet left the world. She was fearless enough in the daylight, and she had the oddest confidence in me; for once, in a foolish moment, I made threatening grimaces at her, and she simply laughed at them. But she dreaded the dark, dreaded shadows, dreaded black things. Darkness to her was the one thing dreadful. It was a singularly passionate emotion, and it set me thinking and observing. I discovered then, among other things, that these little people gathered into the great houses after dark, and slept in droves. To enter upon them without a light was to put them into a tumult of apprehension. I never found one out of doors, or one sleeping alone within doors, after dark. Yet I was still such a blockhead that I missed the lesson of that fear, and in spite of Weena's distress I insisted upon sleeping away from these slumbering multitudes.

'It troubled her greatly, but in the end her odd affection for me triumphed, and for five of the nights of our acquaintance, including the last night of all, she slept with her head pillowed on my arm. But my story slips away from me as I speak of her. It must have been the night before her rescue that I was awakened about dawn. I had been restless, dreaming most disagreeably that I was drowned, and that sea anemones were feeling over my face with their soft palps. I woke with a start, and with an odd fancy that some greyish animal had just rushed out of the chamber. I tried to get to sleep again, but I felt restless and uncomfortable. It was that dim grey hour when things are just creeping out of darkness, when everything is colourless and clear cut, and yet unreal. I got up, and went down into the great hall, and so out upon the flagstones in front of the palace. I thought I would make a virtue of necessity, and see the sunrise.

'The moon was setting, and the dying moonlight and the first pallor of dawn were mingled in a ghastly half-light. The bushes

leth-shoillse aognaidh. Bha na preasan cho dubh ri inc, an talamh glas gruamach, an speur gun dath is mì-shuilbhir. Agus shuas air a' chnoc smaoinich mi gum faca mi taibhsean. An sin, iomadh uair, agus mi a' coimhead air an leathad, chunnaic mi cruthan geala. Dà thriop, ar leam gum faca mi creutair geal mar apa na aonar, a' ruith caran luath suas an cnoc, agus uair faisg air na tobhtaichean chunnaic mi gràisg dhiubh a' giùlan cuirp dhorcha air choreigin. Rinn iad cabhag. Cha bu lèir dhomh dè dh'èirich dhaibh. Bha e coltach gun deach iad à sealladh am measg nam preasan. Bha a' mhochthrath fhathast neo-shoilleir, mar a tha sibh a' tuigsinn. B' e am faireachadh fuar, neo-chinnteach, moch-èirigh a bha orm agus feumaidh gu bheil sibh eòlach air. Cha robh mi a' creidsinn na bha mi a' faicinn.

'Nuair a shoilleirich an speur san ear, agus thàinig solas an latha air adhart, is thill na dathan follaiseach don t-saoghal a-rithist, sgrùdaich mi an sealladh gu mionaideach. Ach chan fhaca mi sgeul air na cruthan geala. Cha b' e ach creutairean an leth-shoillse a bh' annta. "Feumaidh gum b' e taibhsean a bh' annta," arsa mise; "Saoil cuin a bha iad beò." Oir nochd nòisean annasach aig Grant Allen nam cheann, agus thug e àbhachd dhomh. Ma dh'eugas gach ginealach is ma dh'fhàgas iad taibhsean, bheachdaich e, cuiridh an saoghal a-mach air a bheul leotha aig deireadh ghnothaichean. A rèir na teòiridh ud, bhiodh iad do-àireamh an ceann Ochd Ceud Mìle bliadhna às a seo, agus cha b' iongnadh orm idir ceathrar dhiubh fhaicinn còmhla. Ach cha do chòrd am fealla-dhà rium, agus bha mi ri smaoineachadh mu na daoine seo fad na maidne, gus an do chuir teasairginn Bhìona ruaig orra às mo cheann. Rinn mi ceangal eatarra agus am beathach geal air an do chuir mi clisg nuair a bha mi air chaothach a' sireadh Inneal na Tìme a' chiad uair. Ach b' e neach-ionaid càilear a bh' ann an Uìne. Ach a dh'aindeoin sin, cha b' fhada gus an do ghabh iad thairis air m' inntinn ann an dòigh fada na bu mharbhtaiche.

'Saoilidh mi gun tuirt mi gun robh sìde an Linn Òir seo gu math fhèin na bu teotha na an linn againn fhèin. Chan eil mìneachadh agam air a shon. Ma dh'fhaodte gun robh a' ghrian na bu teotha, no an talamh na b' fhaisge air a' ghrèin. Is àbhaist dhuinn dèanamh dheth gun lean a' ghrian oirre a' fuarachadh mean air mhean san àm ri teachd. Ach bidh daoine nach eil eòlach air a leithid de bheachdachadh agus a bha aig an Darwin na b' òige a' dìochuimhneachadh gum feum na planaidean tuiteam air ais tè seach tè do chorp a' phàrant aig deireadh na cùise. Nuair a thachras na dunaidhean seo, losgaidh a' ghrian le lùths às ùr; agus dh'fhaodadh e bhith gun robh planaid air choreigin bhon taobh na b' fhaisge air seo fhulang. Às bith dè bu choireach, tha e fìor gun robh a' ghrian fada fada na bu teotha na tha i againne.

'Seadh, air aon mhadainn fìor theth — an ceathramh agam, saoilidh

were inky black, the ground a sombre grey, the sky colourless
and cheerless. And up the hill I thought I could see ghosts.
There several times, as I scanned the slope, I saw white figures.
Twice I fancied I saw a solitary white, ape-like creature running
rather quickly up the hill, and once near the ruins I saw a leash
of them carrying some dark body. They moved hastily. I did not
see what became of them. It seemed that they vanished among
the bushes. The dawn was still indistinct, you must understand.
I was feeling that chill, uncertain, early-morning feeling you
may have known. I doubted my eyes.

'As the eastern sky grew brighter, and the light of the day
came on and its vivid colouring returned upon the world once
more, I scanned the view keenly. But I saw no vestige of my
white figures. They were mere creatures of the half light. "They
must have been ghosts," I said; "I wonder whence they dated."
For a queer notion of Grant Allen's came into my head, and
amused me. If each generation die and leave ghosts, he argued,
the world at last will get overcrowded with them. On that
theory they would have grown innumerable some Eight
Hundred Thousand Years hence, and it was no great wonder to
see four at once. But the jest was unsatisfying, and I was
thinking of these figures all the morning, until Weena's rescue
drove them out of my head. I associated them in some indefinite
way with the white animal I had startled in my first passionate
search for the Time Machine. But Weena was a pleasant
substitute. Yet all the same, they were soon destined to take far
deadlier possession of my mind.

'I think I have said how much hotter than our own was the
weather of this Golden Age. I cannot account for it. It may be
that the sun was hotter, or the earth nearer the sun. It is usual to
assume that the sun will go on cooling steadily in the future.
But people, unfamiliar with such speculations as those of the
younger Darwin, forget that the planets must ultimately fall
back one by one into the parent body. As these catastrophes
occur, the sun will blaze with renewed energy; and it may be
that some inner planet had suffered this fate. Whatever the
reason, the fact remains that the sun was very much hotter than
we know it.

'Well, one very hot morning — my fourth, I think — as I was

mi—fhad 's a bha mi a' sireadh fasgadh bhon teas is bhon deàrrsadh
ann an tobhta ana-mhòr faisg air an taigh mhòr far am bithinn a' cadal
is ag ithe, thachair an rud àraid seo. Ann a bhith a' sreapaireachd am
measg nan càrn de chlachaireachd seo, lorg mi gailearaidh cumhang,
agus an ceann dheth is uinneagan cliathaich air an casgadh le torran de
chlachan a bha air tuiteam. An taca ri soillse an taobh a-muigh, bha e an
toiseach cho dorcha 's nach bu lèir dhomh càil. Chaidh mi a-steach ann,
a' sporghail, oir leis an atharrachadh bho sholas gu duibhe bha
spotagan dathte a' snàmh romham. Gu h-obann stad mi air mo bheò-
ghlacadh. Bha paidhear shùilean, lainnireach mu choinneamh solas an
latha a-muigh, a' coimhead orm às an dorchadas.

'Chaidh mo ghlacadh leis an t-seann uabhann nàdarrach ro
bheathaichean fiadhaich. Dhùin mi mo dhùirn agus choimhead mi gu
daingeann air na clachan-sùla sgeannach. Bha eagal orm ro thionndadh.
An uair sin smaoinich mi air an làn shàbhailteachd anns an robh an
cinne-daonna beò a rèir choltais. Is an uair sin chuimhnich mi air an
uabhas neònach ud ron dorchadas. A' ceannsachadh m' eagail gu ìre,
ghabh mi ceum air adhart is bhruidhinn mi. Feumaidh mi aideachadh
gun robh mo ghuth garg is gann de smachd. Chuir mi a-mach mo làmh
is bhean mi do rudeigin bog. Anns a' bhad chaidh na sùilean gu clis don
dàrna taobh, agus ruith rudeigin geal seachad orm. Thionndaidh mi
agus mo chridhe nam bheul, agus chunnaic mi nì beag neònach mar
apa, a cheann air a chumail sìos ann an dòigh annasach, a' ruith thar an
àite air mo chùlaibh ann an solas na grèine. Thuislich e an aghaidh
bloca cloiche-ghràin, chaidh e mu seach, agus an ceann mòmaid bha e
am falach ann am faileas dubh fo chàrn eile de chlachaireachd mhillte.

'Tha mo chuimhne air neo-iomlan, tha fhios; ach tha fhios agam gun
robh e dorcha geal, agus sùilean mòra glas-dhearg àraid ann; agus gun
robh falt bàn air a cheann agus sìos a dhruim. Ach, mar a thuirt mi,
dh'fhalbh e ro luath airson fhaicinn gu soilleir. Chan urrainn dhomh a
ràdh fiù 's an do ruith e air mhàgaran, no dìreach le a ruighean gan
cumail gu math ìseal. An dèidh fantainn tiotan, lean mi air a-steach don
dàrna càrn de na tobhtaichean. Cha b' urrainn dhomh a lorg an
toiseach; ach, an dèidh greis san doilleireachd dhubh, thàinig mi thairis
air aon de na fosglaidhean cruinn mar thobraichean a tha mi air innse
dhuibh mu dheidhinn roimhe, leth dhùinte le colbh a bha air tuiteam.
Thàinig smuain thugam gu h-obann. Am b' urrainn e bhith gun robh an
Nì seo air falbh sìos an sloc? Las mi maids agus, a' coimhead sìos,
chunnaic mi creutair beag geal a' gluasad, agus sùilean mòra soilleir
ann a bha a' sealltainn rium gu daingeann fhad 's a theich e. Chuir e
gairisinn orm. B' ann a bha e cho coltach ri damhan-allaidh daonna! Bha
e a' sreapaireachd sìos am balla, agus a-nis chunnaic mi airson a' chiad
uair àireamh de tharsannanan-cois is làimhe meatailt a bha mar sheòrsa

seeking shelter from the heat and glare in a colossal ruin near the great house where I slept and fed, there happened this strange thing. Clambering among these heaps of masonry, I found a narrow gallery, whose end and side windows were blocked by fallen masses of stone. By contrast with the brilliancy outside, it seemed at first impenetrably dark to me. I entered it groping, for the change from light to blackness made spots of colour swim before me. Suddenly I halted spellbound. A pair of eyes, luminous by reflection against the daylight without, was watching me out of the darkness.

'The old instinctive dread of wild beasts came upon me. I clenched my hands and steadfastly looked into the glaring eyeballs. I was afraid to turn. Then the thought of the absolute security in which humanity appeared to be living came to my mind. And then I remembered that strange terror of the dark. Overcoming my fear to some extent, I advanced a step and spoke. I will admit that my voice was harsh and ill-controlled. I put out my hand and touched something soft. At once the eyes darted sideways, and something white ran past me. I turned with my heart in my mouth, and saw a queer little ape-like figure, its head held down in a peculiar manner, running across the sunlit space behind me. It blundered against a block of granite, staggered aside, and in a moment was hidden in a black shadow beneath another pile of ruined masonry.

'My impression of it is, of course, imperfect; but I know it was a dull white, and had strange large greyish-red eyes; also that there was flaxen hair on its head and down its back. But, as I say, it went too fast for me to see distinctly. I cannot even say whether it ran on all-fours, or only with its forearms held very low. After an instant's pause I followed it into the second heap of ruins. I could not find it at first; but, after a time in the profound obscurity, I came upon one of those round well-like openings of which I have told you, half closed by a fallen pillar. A sudden thought came to me. Could this Thing have vanished down the shaft? I lit a match, and, looking down, I saw a small, white, moving creature, with large bright eyes which regarded me steadfastly as it retreated. It made me shudder. It was so like a human spider! It was clambering down the wall, and now I saw for the first time a number of metal foot and hand rests

de dh'fhàradh sìos an sloc. An uair sin loisg an solas mo chorragan is
thuit e a-mach às mo làimh, ga mhùchadh fhad 's a dh'fhalbh e sìos,
agus mus robh mi air fear eile a lasadh bha a' bhiast bheag air a dhol à
sealladh.

'Chan eil fhios agam dè cho fad 's a shuidh mi a' goradaich sìos an
tobar ud. Cha b' ann airson greis mhòir a chaidh agam air ìmpidh a
chur orm fhèin creidsinn gum b' e rud daonna a bha mi air fhaicinn.
Ach, beag air bheag, thug mi fa-near don fhìrinn: cha robh Mac-an-
duine fhathast na aon chineal, ach bha e air a dhol ann an dà ainmhidh
sgaraichte: nach b' e a' chlann ghrinn agam den t-Saoghal Uarach an
aon shliochd a-mhàin den ghinealach againne, ach gum b' e oighre do
na linntean uile cuideachd a bh' san Nì ghealta, dhrabasta, oidhcheach
seo a bha air teicheadh seachad orm.

'Chnuasaich mi air na colbhan priobach agus air an teòiridh agam
gun robh gaothrachadh fo thalamh ann. Thòisich mi air a bhith
amharasach mu na bha air an cùlaibh. Agus dè, smaoinich mi, a bha an
Lìomar seo a' dèanamh nam sgeama de dh'eagrachadh a bha air a
chothromachadh gu foirfe? Ciamar a bha e a' buntainn do shoineantas
dìomhain Muinntir bhrèagha an t-Saoghail Uaraich? Agus dè bha am
falach shìos an siud, aig bun an t-sluic ud? Shuidh mi air oir an tobair
ag ràdh rium fhèin nach robh adhbhar eagail, co-dhiù, agus b' ann an
sin a dh'fheumainn dìreadh airson fuasgladh mo dhuilgheadasan. Agus
a thuilleadh air sin bha eagal mo bheatha orm a dhol ann! Fhad 's a shòr
mi, thàinig dithis de mhuinntir bhrèagha an t-saoghail uaraich a' ruith
thar solas an latha do na faileasan agus iad ri mire gaolach. Chaidh am
fireannach air tòir air a' bhoireannach, a' sadail fhlùraichean thuice agus
e a' ruith.

'Bha e coltach gun robh iad troimh-chèile tighinn thairis orm, mo
ghàirdean an tacsa ris a' cholbh a bha air a leagail, a' coimhead sìos an
tobar. A rèir choltais bhathar ga mheasadh mar dhroch ghiùlain an aire
an thoirt do na beòil seo; oir nuair a thomh mi ris an fhear seo, agus a
dh'fheuch mi ri ceist a chur ma dheidhinn sa chànan aca fhèin, bha
coltas fiù 's na b' imcheistiche agus thionndaidh iad air falbh. Ach bha
ùidh aca sna maidsichean agam agus las mi beagan dhiubh airson an
aire a ghlacadh. Dh'fheuch mi a-rithist ri faighneachd dhiubh mun
tobar, agus dh'fhairtlich orm uair eile. Mar sin an-ceartuair dh'fhàg mi
iad, an dùil tilleadh gu Bhìona, feuch dè gheibhinn bhuaipe. Ach bha m'
inntinn mar-thà a' cur car; bha mo thomhasan is aislingean a'
sleamhnachadh 's a' spèileadh a dh'ionnsaigh tuigse ùire. A-nis bha
aisneis agam mu cho cudromach 's a bha na tobraichean seo, na tùir
ghaothrachaidh, agus dìomhaireachd nan taibhsean: gun smid a ràdh
air an aisneis a bh' agam de na bha sna geataichean umha agus dè bha
air èirigh do dh'Inneal na Tìme! Agus thàinig smuain gu math fann

forming a kind of ladder down the shaft. Then the light burned my fingers and fell out of my hand, going out as it dropped, and when I had lit another the little monster had disappeared.

'I do not know how long I sat peering down that well. It was not for some time that I could succeed in persuading myself that the thing I had seen was human. But, gradually, the truth dawned on me: that Man had not remained one species, but had differentiated into two distinct animals: that my graceful children of the Upper-world were not the sole descendants of our generation, but that this bleached, obscene, nocturnal Thing, which had flashed before me, was also heir to all the ages.

'I thought of the flickering pillars and of my theory of an underground ventilation. I began to suspect their true import. And what, I wondered, was this Lemur doing in my scheme of a perfectly balanced organization? How was it related to the indolent serenity of the beautiful Upper-worlders? And what was hidden down there, at the foot of that shaft? I sat upon the edge of the well telling myself that, at any rate, there was nothing to fear, and that there I must descend for the solution of my difficulties. And withal I was absolutely afraid to go! As I hesitated, two of the beautiful Upper-world people came running in their amorous sport across the daylight in the shadow. The male pursued the female, flinging flowers at her as he ran.

'They seemed distressed to find me, my arm against the overturned pillar, peering down the well. Apparently it was considered bad form to remark these apertures; for when I pointed to this one, and tried to frame a question about it in their tongue, they were still more visibly distressed and turned away. But they were interested by my matches, and I struck some to amuse them. I tried them again about the well, and again I failed. So presently I left them, meaning to go back to Weena, and see what I could get from her. But my mind was already in revolution; my guesses and impressions were slipping and sliding to a new adjustment. I had now a clue to the import of these wells, to the ventilating towers, to the mystery of the ghosts: to say nothing of a hint at the meaning of the bronze gates and the fate of the Time Machine! And very

thugam air fuasgladh don cheist eaconamach a bha gam bhuaireadh.

'B' e seo an sealladh ùr. Bha e follaiseach gun robh dàrna cineal a' Chinne-daonna seo fo-thìreach. Thug trì suidheachaidhean orm gu h-àraidh smaoineachadh gum b' ann mar thoradh air a bhith cleachdte ri fuireach fon talamh a bha an nochdadh tearc dheth shuas. Sa chiad àite, bha coltas gealta orra a tha cumanta anns a' chuid mhòr de dh'ainmhidhean a tha beò gu ìre mhòr san dorchadas—na h-èisg gheala sna h-uamhan an Kentucky, mar eisimpleir. A bharrachd, tha na sùilean mòra ud, comasach air an solas ath-shoillseachadh, nam feartan cumanta ann an rudan oidhcheach—leithid a' chailleach-oidhche is an cat. Agus an rud mu dheireadh, leis gun robhar gu soilleir troimh-chèile ann an solas na grèine, gun robhar a' sporghail gu cabhagach is a' teicheadh gu liobasta a dh'ionnsaigh nam faileasan dorcha—neartaich a h-uile càil a bha seo an teòiridh agam gun robh cùl na sùla ro mhothachail aca.

'Fo mo chasan, mar sin, feumaidh gun robh tunailean ana-mhòr tron talamh, agus b' ann an sin a bha an Cineal Ùr a' fuireach. Thuig mi meud is farsaingeachd seo bhon a bha na slocan-gaothrachaidh is tobraichean air feadh leathadan nan cnoc—sa h-uile àite, gu dearbh, ach ann an srath na h-aibhne. Mar sin, nach biodh e nàdarrach gu leòr dèanamh dheth gum b' ann anns an t-Saoghal fhuadan Fo Thalamh seo a rinneadh na bha a dhìth de dh'obair airson cofhurt a bhuileachadh air muinntir solas an latha? Bha an nòisean cho creideasach agus gun do ghabh mi ris sa bhad, agus lean mi orm a' dèanamh tomhas air *ciamar* a sgar an cinne-daonna mar seo. Cuiridh mi geall gum bi beachd agaibh air cruth na teòiridh agam, ach, dhòmhsa dheth, cha b' fhada gus an robh mi den bharail gun robh i fada bhon fhìrinn.

'Aig an toiseach, a' leantainn air duilgheadasan ar linn fhèin, bha e cho follaiseach dhomh ri solas an latha gum b' e cnag na cùise leudachadh mean air mhean den eadar-sgaradh shòisealta bhon latha an-diugh eadar an Calpaire agus an Saothraiche. Is cinnteach gum bi e na chùis mhagaidh dhuibhse—agus gu tur do-chreidsinneach! —ach fiù 's a-nis tha àrainneachd ann a tha a' stiùireadh a' chùrsa sin. Thathar buailteach àitichean fo thalamh a chleachdadh airson gnothaichean sìobhaltais nach eil cho sgeadachail; mar eisimpleir, tha an Rathad-iarainn Prìomh-bhailteach ann an Lunnainn, tha rathaidean-iarainn ùra dealanach, tha fo-rèilean, tha bùithtean-obrach is taighean-bìdh fo thalamh, agus tha iad seo a' sìor fhàs is a' sìor iomadachadh. Gu follaiseach, smaoinich mi, mheudaich a' bhuailteachd seo gus an do chaill Gnìomhachas, beag air bheag, a bhuntainneas dualach don speur. 'S e a tha mi a' ciallachadh gun deach e na bu doimhne is na bu doimhne gu factoraidhean na bu mhotha is na bu mhotha fo thalamh, a'

vaguely there came a suggestion towards the solution of the economic problem that had puzzled me.

'Here was the new view. Plainly, this second species of Man was subterranean. There were three circumstances in particular which made me think that its rare emergence above ground was the outcome of a long-continued underground habit. In the first place, there was the bleached look common in most animals that live largely in the dark—the white fish of the Kentucky caves, for instance. Then, those large eyes, with that capacity for reflecting light, are common features of nocturnal things—witness the owl and the cat. And last of all, that evident confusion in the sunshine, that hasty yet fumbling awkward flight towards dark shadow, and that peculiar carriage of the head while in the light—all reinforced the theory of an extreme sensitiveness of the retina.

'Beneath my feet, then, the earth must be tunnelled enormously, and these tunnellings were the habitat of the new race. The presence of ventilating shafts and wells along the hill slopes—everywhere, in fact, except along the river valley—showed how universal were its ramifications. What so natural, then, as to assume that it was in this artificial Underworld that such work as was necessary to the comfort of the daylight race was done? The notion was so plausible that I at once accepted it, and went on to assume the *how* of this splitting of the human species. I dare say you will anticipate the shape of my theory; though, for myself, I very soon felt that it fell far short of the truth.

'At first, proceeding from the problems of our own age, it seemed clear as daylight to me that the gradual widening of the present merely temporary and social difference between the Capitalist and the Labourer, was the key to the whole position. No doubt it will seem grotesque enough to you—and wildly incredible!—and yet even now there are existing circumstances to point that way. There is a tendency to utilize underground space for the less ornamental purposes of civilization; there is the Metropolitan Railway in London, for instance, there are new electric railways, there are subways, there are underground workrooms and restaurants, and they increase and multiply. Evidently, I thought, this tendency had increased till Industry had gradually lost its birthright in the sky. I mean that it had gone deeper and deeper into larger and ever larger

cur seachad barrachd is barrachd tìde nam broinn, gus, aig an deireadh—! Fiù 's an-dràsta, nach eil saothraiche san taobh an Ear a' fuireach ann an àrainneachd cho fuadan agus nach eil e air a ghearradh dheth bho uachdar nàdarrach na talmhainn?

'A thuilleadh, tha buailteachd às-dùnach nan daoine beairteach — gun teagamh mar thoradh air còrr is còrr grinneas san fhoghlam aca, agus a' bheàrn a tha a' leudachadh eadar iad fhèin agus ainneart borb nam bochd — a-cheana a' fàgail gu bheilear a' dùnadh, air an sgàth-san, cuibhreannan mòra de dh'uachdar an fhearainn. Air feadh Lunnainn, mar eisimpleir, ma dh'fhaodte gu bheil leth den dùthaich as brèagha air a gearradh agus inntrigeadh toirmisgte. Agus ri linn na h-aon beàirn leudachaidh seo — a thàinig gu bhith air sgàth cho fada is cho cosgail 's a tha pròiseas an fhoghlaim àrd-ìre agus an leudachadh ann an goireasan is cùisean-buairidh do chleachdaidhean grinn airson na feadhna a tha beairteach — bidh an cleamhnas ud eadar clas is clas, bidh an t-adhartachadh tro eadar-phòsadh, a tha an-dràsta a' bacadh sgaradh ar seòrsa a rèir filleadaireachd shòisealta, a' sìor fhàs nas ainneimhe. Mar sin, aig deireadh ghnothaichean, air uachdar na talmhainn bidh an Luchd-seilbh, air tòir tlachd is cofhurt is àilleachd, agus fon talamh bidh an Luchd-ainnis; na Saothraichean a' sìor fhàs cleachdte ri àrainneachd an obrach. Aon uair is gun robh iad ann, dh'fheumadh iad, gun teagamh, màl a phàigheadh, agus mòran dheth, airson gaothrachadh an uamhan; agus nan diùltadh iad, chuirte gu bàs iad le gort no dheigheadh am mùchadh air sgàth nam fiachan. Gheibheadh na bha ann dhiubh a bha gu nàdarrach truagh is reubaltach bàs; agus, aig deireadh ghnothaichean, le cothrom buan, dh'fhàsadh an fheadhainn a mhair cho cleachdte ri suidheachadh beatha fo thalmhainn, agus cho riaraichte nan dòigh fhèin, agus a bha an fheadhainn air an t-Saoghal Uarach nam beathannan-san. Mar a shaoil leam, bha e nàdarrach gu leòr gun do lean a' bhòidhchead ghrinn is a' ghile dhuainidh.

'Thàinig cumadh eadar-dhealaichte nam inntinn air buaidh mhòr a' Chinne-daonna a bha mi air bruadrachadh. Cha b' e buaidh foghlaim beusalachd is co-obrachaidh choitchinn a bh' ann, mar a chreid mi. An àite sin, chunnaic mi fìor iar-fhlaitheachd, agus saidheans barraichte agus ag obair siostaim gnìomhachais an latha an-diugh a dh'ionnsaigh co-dhùnaidh tùrail. Cha b' e buaidh shìmplidh thar nàdair a bha seo, ach buaidh thar nàdair agus thar mac-an-duine eile. Feumaidh mi innse dhuibh gum b' e seo an teòiridh a bh' agam aig an àm. Cha robh neach-iùl goireasach agam mar a th' anns na leabhraichean Iutòpanach. Dh'fhaodadh mo mhìneachadh a bhith gu tur ceàrr. Tha mi fhathast am beachd gur e am fear as creideasaiche. Ach fiù 's a rèir a' bheachd seo

underground factories, spending a still-increasing amount of its time therein, till, in the end—! Even now, does not an East-end worker live in such artificial conditions as practically to be cut off from the natural surface of the earth?

'Again, the exclusive tendency of richer people-due, no doubt, to the increasing refinement of their education, and the widening gulf between them and the rude violence of the poor—is already leading to the closing, in their interest, of considerable portions of the surface of the land. About London, for instance, perhaps half the prettier country is shut in against intrusion. And this same widening gulf—which is due to the length and expense of the higher educational process and the increased facilities for and temptations towards refined habits on the part of the rich—will make that exchange between class and class, that promotion by intermarriage which at present retards the splitting of our species along lines of social stratification, less and less frequent. So, in the end, above ground you must have the Haves, pursuing pleasure and comfort and beauty, and below ground the Have-nots, the Workers getting continually adapted to the conditions of their labour. Once they were there, they would no doubt have to pay rent, and not a little of it, for the ventilation of their caverns; and if they refused, they would starve or be suffocated for arrears. Such of them as were so constituted as to be miserable and rebellious would die; and, in the end, the balance being permanent, the survivors would become as well adapted to the conditions of underground life, and as happy in their way, as the Upper-world people were to theirs. As it seemed to me, the refined beauty and the etiolated pallor followed naturally enough.

'The great triumph of Humanity I had dreamed of took a different shape in my mind. It had been no such triumph of moral education and general co-operation as I had imagined. Instead, I saw a real aristocracy, armed with a perfected science and working to a logical conclusion the industrial system of to-day. Its triumph had not been simply a triumph over Nature, but a triumph over Nature and the fellow-man. This, I must warn you, was my theory at the time. I had no convenient cicerone in the pattern of the Utopian books. My explanation may be absolutely wrong. I still think it is the most plausible

feumaidh gun deach latha a' choin ghlais o shean don t-sìobhaltas chothromaichte a fhuaras mu dheireadh thall, agus bha e air a dhol a dholaidh. Bha muinntir an t-Saoghail Uaraich air a bhith a' meathachadh gu mall mar thoradh air tuilleadh 's a chòir sàbhailteachd, gus an do chaith iad am meud, neart is tuigse. Sin a chunnaic mi follaiseach gu leòr mar-thà. Na bha air èirigh don Fheadhainn Fo Thalamh cha robh sgot agam fhathast; ach, bhon a bha mi air fhaicinn de na Mòrlogan — sin, eadar dà sgeul, an t-ainm a bh' air na creutairean seo — chaidh agam air measadh gun robh mùthadh an t-seòrsa dhaonna fiù 's fada na bu dhoimhne na am measg nan "Eloi", an cineal brèagha a b' aithne dhomh mar-thà.

'An uair sin thàinig teagamhan buaireasach. Carson a thug na Mòrlogan Inneal na Tìme air falbh? Oir bha mi cinnteach às gum b' iad a bha air a thoirt leotha. Carson, a bharrachd, nach b' urrainn do na h-Eloi an t-inneal a thoirt air ais dhomh, nam b' iadsan na maighstirean? Agus carson a bha eagal cho cianail orra ron dorchadas? Lean mi orm, mar a thuirt mi, le bhith a' ceasnachadh Bhìona mun t-Saoghal Fo Thalamh seo, agus bha briseadh dùil orm an seo cuideachd. Aig an toiseach, cha thuigeadh i na ceistean agam, agus an-ceartuair dhiùlt i am freagairt. Chriothnaich i mar gun robh an cuspair do-sheasamh. Agus nuair a dh'fheuch mi ri toirt oirre freagairt, is dòcha rudeigin cruaidh, thòisich i a' rànail. B' iad na h-aon deòir, ach an fheadhainn agam fhèin, a chunnaic mi riamh san Linn Òrach ud. Nuair a chunnaic mi iad, sguir mi sa bhad de bhith a' gabhail dragh mu na Mòrlogan, agus b' e an aon rud nam amharc cuidhteas fhaighinn de na lorgan seo de dhìleab mhac-an-duine bho shùilean Bhìona. Agus cha b' fhada idir gus an robh i a' dèanamh gàire agus a' bualadh a basan, fhad 's a las mi maids gu sòlaimte.

one. But even on this supposition the balanced civilization that
was at last attained must have long since passed its zenith, and
was now far fallen into decay. The too-perfect security of the
Upper-worlders had led them to a slow movement of
degeneration, to a general dwindling in size, strength, and
intelligence. That I could see clearly enough already. What had
happened to the Under-grounders I did not yet suspect; but
from what I had seen of the Morlocks — that, by the by, was the
name by which these creatures were called — I could imagine
that the modification of the human type was even far more
profound than among the "Eloi," the beautiful race that I
already knew.

'Then came troublesome doubts. Why had the Morlocks
taken my Time Machine? For I felt sure it was they who had
taken it. Why, too, if the Eloi were masters, could they not
restore the machine to me? And why were they so terribly
afraid of the dark? I proceeded, as I have said, to question
Weena about this Under- world, but here again I was
disappointed. At first she would not understand my questions,
and presently she refused to answer them. She shivered as
though the topic was unendurable. And when I pressed her,
perhaps a little harshly, she burst into tears. They were the only
tears, except my own, I ever saw in that Golden Age. When I
saw them I ceased abruptly to trouble about the Morlocks, and
was only concerned in banishing these signs of the human
inheritance from Weena's eyes. And very soon she was smiling
and clapping her hands, while I solemnly burned a match.

6

'Ma dh'fhaodte gum meas sibh àraid e, ach bha e dà latha mus deach agam air leantainn air an aisneis ùir san dòigh a bha gu follaiseach ceart. Ann an dòigh annasach bha mi sgeunach mu na bodhaigean fionna ud. Bha iad dìreach an dath leth-ghealta de na boiteagan is rudan a chithear taisgte ann an spiorad ann an taigh-tasgaidh ainmh-eòlach. Agus bha iad millteach fuar beantainn dhaibh. Is iongantach mura robh mo neo-thoil mar thoradh air buaidh cho-fhaireachail nan Eloi, agus mi a-nis a' tòiseachadh air tuigsinn carson a bha na Mòrlogan a' cur sgreamh orra.

'Cha do chaidil mi gu math air an ath oidhche. Is dòcha gun robh mo shlàinte caran troimh-chèile. Bha mi air mo bhruideadh le imcheist is teagamh. Uair no dhà dh'fhidir mi dian-eagal ged nach do mhothaich mi do dh'adhbhar cinnteach. Tha cuimhne agam a' liùgadh gu sàmhach don talla mhòr far an robh na daoine beaga nan cadal ann an solas na gealaich—an oidhche ud bha Bhìona nam measg—agus a' fairreachdainn air mo mhisneachadh leis gun robh iad ann. Fiù 's an uair sin, thàinig e a-steach orm gum biodh a' ghealach a' dol tro a cairteal mu dheireadh taobh a-staigh beagan làithean, agus gum fàsadh na h-oidhcheannan dorcha, is an sin gun nochdadh na creutairean mì-chàilear bho shìos, na Lìomaran gealta seo, na frìdean ùra seo a bha air àite na seann feadhna a ghabhail, na bu trice. Agus air an dà latha ud bha mi a' faireachdainn an-fhoiseil mar chuideigin a tha leisg mu choinneamh dleastanas do-sheachnadh. Bha mi cinnteach nach robh agam ach ri dol an sàs gu calma ann an dìomhaireachdan seo na fo-thalmhainn mus lorgainn Inneal na Tìme. Ach cha robh mi airson dèiligeadh ris an dìomhaireachd. Nam b' e gun robh companach agam bha e air a bhith diofraichte. Ach bha mi cho cianail aonaranach, agus chuir e gaoir tromham fiù 's smaoineachadh air dìreadh sìos do dhorchadas an tobair. Chan eil fhios agam an tuig sibh mar a bha mi a' faireachdainn, ach cha robh mi riamh a' measadh gun robh mi sàbhailte air mo chùlaibh.

6

'It may seem odd to you, but it was two days before I could
follow up the new-found clue in what was manifestly the
proper way. I felt a peculiar shrinking from those pallid
bodies. They were just the half-bleached colour of the worms
and things one sees preserved in spirit in a zoological museum.
And they were filthily cold to the touch. Probably my shrinking
was largely due to the sympathetic influence of the Eloi, whose
disgust of the Morlocks I now began to appreciate.

'The next night I did not sleep well. Probably my health was
a little disordered. I was oppressed with perplexity and doubt.
Once or twice I had a feeling of intense fear for which I could
perceive no definite reason. I remember creeping noiselessly
into the great hall where the little people were sleeping in the
moonlight—that night Weena was among them—and feeling
reassured by their presence. It occurred to me even then, that in
the course of a few days the moon must pass through its last
quarter, and the nights grow dark, when the appearances of
these unpleasant creatures from below, these whitened Lemurs,
this new vermin that had replaced the old, might be more
abundant. And on both these days I had the restless feeling of
one who shirks an inevitable duty. I felt assured that the Time
Machine was only to be recovered by boldly penetrating these
underground mysteries. Yet I could not face the mystery. If only
I had had a companion it would have been different. But I was
so horribly alone, and even to clamber down into the darkness
of the well appalled me. I don't know if you will understand my
feeling, but I never felt quite safe at my back.

'B' e an ain-fhois seo, a' mhì-shàbhailteachd, is dòcha, a phut mi na b' fhaide is na b' fhaide air falbh sna cuairtean rannsachaidh agam. A' dol don àird an iar-dheas a dh'ionnsaigh an fhearainn àrd air a bheil san latha againne Coille Combe, mhothaich mi, fad às, ann an àrainn Banstead on naoidheamh linn deug, structar ana-mhòr uaine, eadar-dhealaichte na fheartan bho gin a chunnaic mi roimhe. Bha e na bu mhotha na an lùchairt no tobhta bu mhotha a b' aithne dhomh, agus bha coltas Oirthireach air an aghaidh: bha lìth gorm-uaine air an aghaidh, agus fiamh-dhath soilleir uaine, mar a chithear air seòrsa de phòrsalan Sìonach. Leis gun robh coltas eadar-dhealaichte air, bha e follaiseach gun robhar ga chleachdadh airson rudeigin eadar-dhealaichte, agus bha dùil agam a dhol air adhart is a rannsachadh. Ach bha an latha a' fàs anmoch, agus bha mi air an àite fhaicinn an dèidh cuairt fhada is sgìtheachail; mar sin chuir mi romham an driodfhortan a chur don dàrna taobh chun an ath latha, agus thill mi gu fàilte is tàladh Bhìona bige. Ach an ath mhadainn dh'fhidir mi gu soilleir nach b' e san ùidh agam ann an Lùchairt a' Phòrsalain Uaine ach pìos eile de fèin-mhealladh, gus am b' urrainn dhomh seachnadh, fad latha a bharrachd, rud a bha a' cur oillt orm. Chur mi romham gun deighinn sìos gun an còrr tìde a chur a dholaidh, agus dh'fhalbh mi tràth sa mhadainn a dh'ionnsaigh tobair faisg air tobhtaichean cloiche-ghràin is alùmanum.

'Ruith Bhìona bheag còmhla rium. Dhanns i rim thaobh chun an tobair, ach nuair a chunnaic i mi a' crùbadh thar a' bheòil is a' coimhead sìos, bha coltas àraid air aimhreit oirre. "Beannachd leat, Bhìona bheag," arsa mise, ga pògadh; agus an uair sin, ga cur sìos, thòisich mi a' sireadh ghreimeannan-làimhe thar uchd a' bhalla. Caran cabhagach, feumaidh mi aideachadh, oir bha eagal orm gun seargadh mo mhisneachd às! Aig an toiseach sheall i orm agus coltas an iongantais oirre. An uair sin ghlaodh i gu fìor thruagh agus, a' ruith thugam, thòisich i air mo shlaodadh le a làmhan beaga. Saoilidh mi gum b' e an t-àicheadh aice a thug dhomh misneachd a dhol air adhart. Chrath mi i airson cuidhteas fhaighinn dhith, is dòcha beagan ro chruaidh, agus an ceann mòmaid a bharrachd bha mi am broinn an tobair. Chunnaic mi a h-aodann uabhasaichte thar uchd a' bhalla, agus rinn mi gàire airson a h-inntinn a chur aig fois. An uair sin b' fheudar dhomh coimhead sìos air na greimeannan-làimhe cugallach air an robh mo ghrèim.

'Bha agam ri dìreadh sìos sloc a bha is dòcha dà cheud slat a dh'fhaid. Bha e comasach a dhol sìos oir bha bàraichean meatailt a' stobadh a-mach bho chliathaichean an tobair, agus iad air an cur air dòigh airson creutair a bha fada na bu lugha is na b' aotruime na mi fhèin. Gu luath, bha mi nam loircean is sgìth bhon teàrnadh. Agus cha

'It was this restlessness, this insecurity, perhaps, that drove me further and further afield in my exploring expeditions. Going to the south-westward towards the rising country that is now called Combe Wood, I observed far off, in the direction of nineteenth-century Banstead, a vast green structure, different in character from any I had hitherto seen. It was larger than the largest of the palaces or ruins I knew, and the facade had an Oriental look: the face of it having the lustre, as well as the pale-green tint, a kind of bluish-green, of a certain type of Chinese porcelain. This difference in aspect suggested a difference in use, and I was minded to push on and explore. But the day was growing late, and I had come upon the sight of the place after a long and tiring circuit; so I resolved to hold over the adventure for the following day, and I returned to the welcome and the caresses of little Weena. But next morning I perceived clearly enough that my curiosity regarding the Palace of Green Porcelain was a piece of self-deception, to enable me to shirk, by another day, an experience I dreaded. I resolved I would make the descent without further waste of time, and started out in the early morning towards a well near the ruins of granite and aluminium.

'Little Weena ran with me. She danced beside me to the well, but when she saw me lean over the mouth and look downward, she seemed strangely disconcerted. "Good-bye, little Weena," I said, kissing her; and then putting her down, I began to feel over the parapet for the climbing hooks. Rather hastily, I may as well confess, for I feared my courage might leak away! At first she watched me in amazement. Then she gave a most piteous cry, and running to me, she began to pull at me with her little hands. I think her opposition nerved me rather to proceed. I shook her off, perhaps a little roughly, and in another moment I was in the throat of the well. I saw her agonized face over the parapet, and smiled to reassure her. Then I had to look down at the unstable hooks to which I clung.

'I had to clamber down a shaft of perhaps two hundred yards. The descent was effected by means of metallic bars projecting from the sides of the well, and these being adapted to the needs of a creature much smaller and lighter than myself, I was speedily cramped and fatigued by the descent. And not

b' ann sgìth a-mhàin! Lùb aon de na bàraichean fom chuideam gu h-obann, agus theab e mo luasgadh air falbh don dorchadas shìos. Fad mhòmaid, chùm mi grèim ach le leth-làimh, agus an dèidh sin a thachairt, cha bu dùraig dhomh m' anail a leigeil a-rithist. Ged a bha mo ghàirdeanan is mo dhruim an-ceartuair fìor ghoirt, chùm mi orm a' streapaireachd sìos an teàrnadh inghearach cho luath 's a b' urrainn dhomh. A' toirt sùil an àirde, chunnaic mi am fosgladh, diosg beag gorm, agus bu lèir dhomh rionnag ann, is ceann Bhìona bige a' nochdadh mar cumadh cruinn dubh. Dh'fhàs fuaim slacadh inneil shìos na b' àirde is na b' èiginnich. Bha a h-uile rud ach an diosg beag ud shuas gu tur dorcha, agus nuair a choimhead mi suas a-rithist bha ceann Bhìona air falbh.

'Bha mi ann an dòlas de mhì-chofhurt. Bheachdaich mi air feuchainn ri dol suas an sloc a-rithist, agus an Saoghal Fo Thalamh fhàgail mar a bha e. Ach fiù 's fhad 's a bha mi a' cnuasachadh air sin nam inntinn chùm mi orm a' teàrnadh. Mu dheireadh thall, agus faochadh air leth orm, chunnaic mi beàrn chaol a' tighinn thugam gu neo-shoilleir troigh air falbh air an taobh dheas. Gam luasgadh a-steach, dh'ionnsaich mi gum b' e fosgladh a bh' ann do thunail chumhang chòmhnnard anns am b' urrainn dhomh mo shìneadh is fois a ghabhail. Cha bu luaithe e na an t-àm. Bha gaoir nam ghàirdeanan, loirc nam dhruim, agus bha mi air chrith an dèidh leithid de dh'eagal a bhith orm cho fada gun tuitinn. A thaobh de seo, bha buaidh athainneach aig an dorchadas gun chrìch air mo shùilean. Bha an t-àile làn buille is dranndan acainn a' tarraing èadhair sìos an sloc.

'Chan eil fhios agam dè cho fad 's a bha mi nam laighe ann. Chaidh mo dhùsgadh le làmh a' suathadh ri m' aodann. Le clisg san dorchadas, thog mi mo mhaidseachan agus, ann an cabhag, las mi aon dhiubh, nuair a chunnaic mi trì creutairean geala crùbte coltach ris an fhear a bha mi air fhaicinn air an talamh shuas san tobhta, a' greasad orra air ais bhon t-solas. Leis gun robh iad a' fuireach ann an dorchadas iomlan, bha an sùilean gu h-àraidh mòr is mothachail, dìreach mar a tha dubhan-sùla èisg an aiginn, agus thilg iad faileas den t-solas san aon dòigh. Chan eil teagamh agam gun robh iad gam fhaicinn san duibhre gun aiteal ud, agus bha e coltach nach robh eagal orra romham a thaobh den t-solas. Ach, cho luath 's a las mi maids airson am faicinn, theich iad gun bhacadh, a' falbh à sealladh ann an claisean is tunailean dorcha, às an robh an tug iad sùil fhiadhaich orm san dòigh as àraid.

'Dh'fheuch mi ri èigheachd riutha, ach a rèir choltais bha an cànan acasan eadar-dhealaichte bhon fhear aig muinntir an t-saoghail uaraich; mar sin, b' fhuilear leam m' oidhirpean fhèin a dhèanamh gun chobhair, agus fiù 's an uair sin bha mi a' beachdachadh air teicheadh seach

simply fatigued! One of the bars bent suddenly under my weight, and almost swung me off into the blackness beneath. For a moment I hung by one hand, and after that experience I did not dare to rest again. Though my arms and back were presently acutely painful, I went on clambering down the sheer descent with as quick a motion as possible. Glancing upward, I saw the aperture, a small blue disk, in which a star was visible, while little Weena's head showed as a round black projection. The thudding sound of a machine below grew louder and more oppressive. Everything save that little disk above was profoundly dark, and when I looked up again Weena had disappeared.

'I was in an agony of discomfort. I had some thought of trying to go up the shaft again, and leave the Under-world alone. But even while I turned this over in my mind I continued to descend. At last, with intense relief, I saw dimly coming up, a foot to the right of me, a slender loophole in the wall. Swinging myself in, I found it was the aperture of a narrow horizontal tunnel in which I could lie down and rest. It was not too soon. My arms ached, my back was cramped, and I was trembling with the prolonged terror of a fall. Besides this, the unbroken darkness had had a distressing effect upon my eyes. The air was full of the throb and hum of machinery pumping air down the shaft.

'I do not know how long I lay. I was roused by a soft hand touching my face. Starting up in the darkness I snatched at my matches and, hastily striking one, I saw three stooping white creatures similar to the one I had seen above ground in the ruin, hastily retreating before the light. Living, as they did, in what appeared to me impenetrable darkness, their eyes were abnormally large and sensitive, just as are the pupils of the abysmal fishes, and they reflected the light in the same way. I have no doubt they could see me in that rayless obscurity, and they did not seem to have any fear of me apart from the light. But, so soon as I struck a match in order to see them, they fled incontinently, vanishing into dark gutters and tunnels, from which their eyes glared at me in the strangest fashion.

'I tried to call to them, but the language they had was apparently different from that of the Over-world people; so that I was needs left to my own unaided efforts, and the thought of flight before exploration was even then in my mind. But I said

rùrachd. Ach thuirt mi rium fhèin, "Tha thu an sàs ann a-nis," agus, a' suathadh ris an tunail fhad 's a chaidh mi troimhpe, mhothaich mi gun robh fuaim na h-acainne a' fàs na b' àirde. An-ceartuair thuit na ballachan air falbh bhuam, agus thàinig mi àite mòr fosgailte, agus, a' lasadh maids eile, chunnaic mi gun robh mi air inntrigeadh ann an uamh ana-mhòr stuadhach, a shìn san dorchadas iomlan seachad air cuairt-thomhas mo sholais. B' e a chunnaic mi dhith uiread 's a chìte ann an lasadh maids.

'Gun dol às tha mo chuimhne neo-shoilleir. Dh'èirich cruthan aibheiseach mar innealan mòra às an duibhre, agus thilg iad faileasan dubha gràineil anns an robh Mòrlogan neo-shoilleir taibhseach ri fasgadh bhon bhoillsgeadh. Eadar dà sheanchas, bha an t-àite fìor mhùchach is teanntach, agus bha fàileadh fann fala air ùr-shileadh san àile. Pìos beag shìos san lèireas mheadhanach bha bòrd beag de mheatailt gheal, agus rudeigin coltach ri biadh air a chur air. Ach coma co-dhiù bha na Mòrlogan feòil-itheach! Fiù 's aig an àm tha cuimhne agam a' faighneachd dhìom dè an t-ainmhidh mòr a bha fhathast ann airson 's gum biodh an spòlt dearg a chunnaic mi aca. Cha robh dad dheth follaiseach: am fàileadh trom, na cruthan mòra gun chiall, na daoine drabasta am falach sna faileasan, agus dìreach a' feitheamh ris an dorchadas airson ionnsaigh a thoirt ormsa a-rithist! An uair sin las am maids gu cheann is ghoin e mo chorragan agus thuit e, ball dearg lùbairnich san duibhe.

'Bhon uair sin tha mi air beachdachadh air cho droch-uidheamaichte 's a bha mi airson a leithid de chuairt. Nuair a theann mi le Inneal na Tìme, thòisich mi leis an ro-bheachd ghòrach gum biodh daoine an Ama ri Teachd gun tomhas air thoiseach oirnne leis na h-acainnean uile aca. Bha mi air tighinn às aonais bhall-airm, gun chungaidhean-leigheis, gun càil idir airson smocaidh—aig amannan bha mi gu cianail ag ionndrainn tombaca!—fiù 's gun gu leòr mhaidsichean. Nam b' e gun robh mi air smaoineachadh air Kodak! Dh'fhaodainn a bhith air am faiteal ud den t-Saoghal Fo Thalamh a thogail ann an diog, agus sin a sgrùdadh air mo shocair. Ach, mar a dh'èirich gnothaichean, bha mi nam sheasamh an sin gun ach na buill-airm is comasan a bhuil Nàdar orm—làmhan, casan is fiaclan; iad seo, agus ceithir maidsichean sàbhailte a bha air fhàgail agam fhathast.

'Bha eagal orm ro phutadh a-steach am measg na h-acainn uile a bha seo san dorchadas, agus cha b' e ach san dreannadh mu dheireadh de mo shoillse a mhothaich mi gun robh stòras mo mhaidsichean air fàs cho beag. Cha robh e air tighinn a-steach orm gus an uair sin fhèin gum feumainn an caomhnadh, agus cha mhòr nach robh mi air leth den bhogsa a chaitheamh a' cur iongnadh air Muinntir na Talmhainn Uaraich, agus teine na annas dhaibh. A-nis, mar a thuirt mi, bha ceithir

to myself, "You are in for it now," and, feeling my way along the tunnel, I found the noise of machinery grow louder. Presently the walls fell away from me, and I came to a large open space, and striking another match, saw that I had entered a vast arched cavern, which stretched into utter darkness beyond the range of my light. The view I had of it was as much as one could see in the burning of a match.

'Necessarily my memory is vague. Great shapes like big machines rose out of the dimness, and cast grotesque black shadows, in which dim spectral Morlocks sheltered from the glare. The place, by the by, was very stuffy and oppressive, and the faint halitus of freshly shed blood was in the air. Some way down the central vista was a little table of white metal, laid with what seemed a meal. The Morlocks at any rate were carnivorous! Even at the time, I remember wondering what large animal could have survived to furnish the red joint I saw. It was all very indistinct: the heavy smell, the big unmeaning shapes, the obscene figures lurking in the shadows, and only waiting for the darkness to come at me again! Then the match burned down, and stung my fingers, and fell, a wriggling red spot in the blackness.

'I have thought since how particularly ill-equipped I was for such an experience. When I had started with the Time Machine, I had started with the absurd assumption that the men of the Future would certainly be infinitely ahead of ourselves in all their appliances. I had come without arms, without medicine, without anything to smoke—at times I missed tobacco frightfully—even without enough matches. If only I had thought of a Kodak! I could have flashed that glimpse of the Underworld in a second, and examined it at leisure. But, as it was, I stood there with only the weapons and the powers that Nature had endowed me with—hands, feet, and teeth; these, and four safety-matches that still remained to me.

'I was afraid to push my way in among all this machinery in the dark, and it was only with my last glimpse of light I discovered that my store of matches had run low. It had never occurred to me until that moment that there was any need to economize them, and I had wasted almost half the box in astonishing the Upper-worlders, to whom fire was a novelty. Now, as I say, I had four left, and while I stood in the dark, a

air fhàgail agam, agus fhad 's a sheas mi san dorchadas, bhean làmh dom thè-sa, thàinig corragan seanga a' suathadh rim aodann, agus bha mi mothachail gun robh boltradh mì-chàilear ann. Bha mi den bheachd gun cuala mi analachadh de ghràisg de na creutairean beaga fuathasach ud mun cuairt orm. Dh'fhidir mi bogsa nam maidsichean nam làimh ga tharraing gu socair, agus làmhan eile air mo chùlaibh a' spìonadh m' aodaich. Cha ghabhte tuairisgeul a thoirt air cho mì-chàilear 's a bha e a' faireachdainn nan creutairean do-fhaicsinneach gam sgrùdadh. Gu h-obann san dorchadas thàinig e a-steach orm gu math follaiseach cho aineolach 's a bha mi mu an dòighean smaoineachaidh is dèanaimh. Dh'èigh mi orra cho àrd 's a b' urrainn dhomh. Chlisg iad air falbh, agus an uair sin dh'fhidir mi iad a' tighinn faisg a-rithist. Ghreimich iad orm na bu dàna, a' cagairt fuaimean neònach ri càch a chèile. Chrath mi gu h-ainneartach, agus dh'èigh mi a-rithist — caran neo-bhinn. An triop seo cha robh uiread de chlisgeadh orra, agus rinn iad fuaim neònach ghàire agus iad a' dèanamh orm a-rithist. Feumaidh mi aideachadh gun robh eagal mo bheatha orm. Chuir mi romham maids eile a lasadh agus dèanamh às fo dhìon a bhoillsgidh. Siud a rinn mi, agus a' toirt uidh às an lainnir le pìos pàipeir bho mo phòcaid, fhuair mi air dol-às don tunail chumhaing. Ach b' ann air èiginn gun robh mi air inntrigeadh innte nuair a chaidh mo sholas a mhùchadh agus, san duibhre, chluinninn na Mòrlogan a' sporghail mar a' ghaoth sna duilleagan, agus a' dèanamh goileam mar uisge a' sileadh, agus iad a' greasad orra nam dhèidh.

'An ceann mòmaid, chaidh mo ghreimeachadh le iomadh làimh, agus cha robh teagamh ann gun robh iad a' feuchainn rim shlaodadh air ais. Las mi maids eile, agus choinnealaich mi e nan aghaidhean am flò. Is gann gum biodh beachd agaibh air cho sgreamhail mì-dhaonna 's a bha an coltas — na h-aodannan bàna gun smigeadan agus na sùilean mòra leth-phinc, leth-ghlas gun ruisg! — agus iad a' dùr-choimhead nan doille is nam brath-cheò. Ach cha do dh'fhan mi fada a' sealltainn, tha fhios: theich mi a-rithist, agus nuair a thàinig an dàrna maids agam gu crìch, las mi an treas fear. Cha mhòr nach robh e air crìochnachadh nuair a ràinig mi am fosgladh don t-sloc. Shìn mi air an oir, seach gun robh plosgadh an taomaire mhòir fodha gam fhàgail tuainealach. An uair sin chuir mi mo làmhan don taobh a' sireadh nan greimichean a stob a-mach agus, nuair a bha mi ri sin, ghreimicheadh mo chasan bhon chùl agus chaidh mo tharraing air ais gu fòirneartach. Las mi am maids mu dheireadh agam... agus gu grad chaidh e às. Ach bha mo làmh air na bàrraichean dìridh a-nis agus, a' breabadh gu borb, fhuair mi mi fhèin ma sgaoil bho ghrèim nam Mòrlogan, agus bha mi gu clis a' sreapaireachd suas an sloc, fhad 's a dh'fhan iadsan a' cìcearachd is a' priobadh suas gam ionnsaigh: iad uile ach aon thruaghan a lean mi

hand touched mine, lank fingers came feeling over my face, and I was sensible of a peculiar unpleasant odour. I fancied I heard the breathing of a crowd of those dreadful little beings about me. I felt the box of matches in my hand being gently disengaged, and other hands behind me plucking at my clothing. The sense of these unseen creatures examining me was indescribably unpleasant. The sudden realization of my ignorance of their ways of thinking and doing came home to me very vividly in the darkness. I shouted at them as loudly as I could. They started away, and then I could feel them approaching me again. They clutched at me more boldly, whispering odd sounds to each other. I shivered violently, and shouted again—rather discordantly. This time they were not so seriously alarmed, and they made a queer laughing noise as they came back at me. I will confess I was horribly frightened. I determined to strike another match and escape under the protection of its glare. I did so, and eking out the flicker with a scrap of paper from my pocket, I made good my retreat to the narrow tunnel. But I had scarce entered this when my light was blown out and in the blackness I could hear the Morlocks rustling like wind among leaves, and pattering like the rain, as they hurried after me.

'In a moment I was clutched by several hands, and there was no mistaking that they were trying to haul me back. I struck another light, and waved it in their dazzled faces. You can scarce imagine how nauseatingly inhuman they looked—those pale, chinless faces and great, lidless, pinkish-grey eyes!—as they stared in their blindness and bewilderment. But I did not stay to look, I promise you: I retreated again, and when my second match had ended, I struck my third. It had almost burned through when I reached the opening into the shaft. I lay down on the edge, for the throb of the great pump below made me giddy. Then I felt sideways for the projecting hooks, and, as I did so, my feet were grasped from behind, and I was violently tugged backward. I lit my last match ... and it incontinently went out. But I had my hand on the climbing bars now, and, kicking violently, I disengaged myself from the clutches of the Morlocks and was speedily clambering up the shaft, while they stayed peering and blinking up at me: all but one little wretch who followed me for some way, and well-nigh secured my boot

airson greis, agus a theab mo bhòtann a chumail mar thriathach.

'Ar leam gun robh mi a' sreap gu bràth. Sna fichead no deich air
fhichead troigh mu dheireadh ghabh òrrais dhiabhlaidh mi. Bha e cho
fìor dhoirbh grèim a chumail. B' fheudar dhomh strì cho eagalach
cruaidh an aghaidh an fhanntais seo. Mu dheireadh thall, ge-tà, fhuair
mi thairis air beul an tobair air dòigh air choreigin agus, a' dol thuige is
uaithe, dh'fhalbh mi bhon tobhta do sholas dalladh na grèine. Thuit mi
an comhair mo chinn. Bha fàileadh milis is glan fiù 's san ùir. An uair
sin chuimhnich mi Bhìona a' pògadh mo làmhan is mo chluasan, agus
guthan cuid de na h-Eloi eile. An uair sin, fad greis, bha mi am preathal.

as a trophy.

'That climb seemed interminable to me. With the last twenty or thirty feet of it a deadly nausea came upon me. I had the greatest difficulty in keeping my hold. The last few yards was a frightful struggle against this faintness. Several times my head swam, and I felt all the sensations of falling. At last, however, I got over the well-mouth somehow, and staggered out of the ruin into the blinding sunlight. I fell upon my face. Even the soil smelt sweet and clean. Then I remember Weena kissing my hands and ears, and the voices of others among the Eloi. Then, for a time, I was insensible.

7

'Nise, gu dearbh, bha e coltach gun robh mi ann an staing na bu mhiosa na roimhe. Thuige seo, ach rè àmhghar na h-oidhche air dhomh Inneal na Tìme a chall, bha dòchas leantainneach agam gum faighinn às aig deireadh ghnothaichean, ach thug na lorgan ùra seo buille don dòchas sin. Thuige seo cha robh mi ach am beachd gum b' e sìmplidheachd leanabail nan daoine beaga a bha gam bhacadh, agus buaidhean neo-aithnichte air choreigin a dh'fheumainn tuigsinn thar ùine airson làmh an uachdair fhaighinn orra; ach bha eileamaid gu tur ùr ann am buadhan sgreamhail nam Mòrlogan — rudeigin mì-dhaonna is ana-chneasta. Gun bheachdachadh air, bha gràin agam orra. Roimhe bha mi a' faireachdainn mar a dh'fhaodadh duine faireachdainn a bha air tuiteam ann an sloc: b' ann air an t-sloc a bha m' aire, agus air mar a gheibhinn às. A-nis, bha mi a' faireachdainn mar biast ann an ribe, agus gun tigeadh a nàmhaid thairis air an tiotan.

'Ma dh'fhaodte gun cuireadh e iongnadh oirbh cò an nàmhaid a bha a' cur uabhann orm. B' e dorchadas na gealaich ùire a bh' ann. Bha Bhìona air seo a chur nam cheann le bhith ag aithris rudeigin nach do thuig mi an toiseach mu na h-Oidhcheannan Dorcha. Cha b' e duilgheadas cho mòr a bh' ann a-nis tomhas a dhèanamh air dè dh'fhaodadh a bhith sna h-Oidhcheannan Dorcha ri thighinn. Bha a' ghealach a' traoghadh: gach oidhche bha treis na b' fhaide de dhorchadas ann. Agus a-nis thuig mi gu ìre bheag co-dhiù dè as coireach gun robh eagal air daoine beaga an t-saoghail uaraich ron dorchadas. Dh'fhaighnich mi dhìom fhèin dè an t-olcas gràineil a bhiodh na Mòrlogan ris fon ghealaich ùir. Bha mi an ìre mhath cinnteach a-nis gun robh an dàrna beachd agam a-muigh 's a-mach ceàrr. Dh'fhaodte gum b' e iar-fhlaitheachd shochairichte a bha ann an daoine an t-saoghail uaraich uair a bha siud, agus na Mòrlogan nan searbhantan saoghalta aca; ach b' fhada bho dh'fhalbh sin is thàinig seo. Bha an dà chineal a dh'èirich à tàrmachadh-ghnè a' chinne-daonna a' sleamhnachadh a dh'ionnsaigh, no a-cheana air ruigsinn, dàimh gu tur

7

'Now, indeed, I seemed in a worse case than before. Hitherto, except during my night's anguish at the loss of the Time Machine, I had felt a sustaining hope of ultimate escape, but that hope was staggered by these new discoveries. Hitherto I had merely thought myself impeded by the childish simplicity of the little people, and by some unknown forces which I had only to understand to overcome; but there was an altogether new element in the sickening quality of the Morlocks—a something inhuman and malign. Instinctively I loathed them. Before, I had felt as a man might feel who had fallen into a pit: my concern was with the pit and how to get out of it. Now I felt like a beast in a trap, whose enemy would come upon him soon.

'The enemy I dreaded may surprise you. It was the darkness of the new moon. Weena had put this into my head by some at first incomprehensible remarks about the Dark Nights. It was not now such a very difficult problem to guess what the coming Dark Nights might mean. The moon was on the wane: each night there was a longer interval of darkness. And I now understood to some slight degree at least the reason of the fear of the little Upper-world people for the dark. I wondered vaguely what foul villainy it might be that the Morlocks did under the new moon. I felt pretty sure now that my second hypothesis was all wrong. The Upper-world people might once have been the favoured aristocracy, and the Morlocks their mechanical servants: but that had long since passed away. The two species that had resulted from the evolution of man were sliding down towards, or had already arrived at, an altogether

ùr-nòsach. Bha na h-Eloi, mar rìghrean Teàrlachail na Frainge, air seargadh gus an robh iad dìomhain ach àlainn. B' ann leotha-san a bha an talamh, le cead: on a bha an t-uachdar fo sholas an latha mu dheireadh do-ghiùlan do na Mòrlogan, an dèidh dhaibh fuireach fon talamh fad ghinealaichean gun àireamh. Agus b' e na Mòrlogan a rinn an cuid aodaich, rinn mi dheth, agus a sholair dhaibh na bha a dhìth orra o latha gu latha, is dòcha mar thoradh air seann-chleachdadh seirbheis fhathast a' mairsinn. Rinn iad e mar a bhios each a tha na sheasamh a' crògadh le chrubh, no mar a bhios fear a' gabhail tlachd bho bhith a' marbhadh bheathaichean ann an spòrs: oir bha feumalachdan àrsaidh nach robh ann tuilleadh air sin fhàgail air an fhàs-bheart. Ach, gu follaiseach, bha an seann òrdugh air a dhol cas mu seach mar-thà. Bha Con-nàmhaid na feadhna maotha a' snàigeadh gan ionnsaigh gu luath. O chionn linntean, o chionn mìltean de ghinealaichean, bha mac an duine air a bhràthair a shadail a-mach à athais is solas na grèine. Agus a-nis bha am bràthair ud a' tilleadh — is e air atharrachadh! Bha na h-Eloi air tòiseachadh a dh'ionnsachadh aon seann leasan às ùr. Bha iad a' fàs eòlach aon uair eile air an Eagal. Agus gu h-obann thàinig nam chuimhne an fheòil a chunnaic mi san t-saoghal fo thalamh. Bha e àraid mar a fhleòdraich i a-steach gum inntinn: cha b' ann air a chuir mun cuairt le sruth mo mheòrachaidhean mar gum biodh, ach a' tighinn a-steach caran mar cheist on taobh a-muigh. Dh'fheuch mi ri cuimhneachadh cò ris a bha i coltach. Ar leam gu neo-dheimhinn gun robh i rudeigin aithnichte, ach cha b' urrainn dhomh dèanamh a-mach dè bh' innte aig an àm.

'A dh'aindeoin cho lag-làmhach 's a bha na daoine beaga ann an cuideachd an Eagail dhìomhair, bha mo smior-sa eadar-dhealaichte. Is ann às an linn seo againne a thàinig mise, trèine abaich a' chinne-daonna seo, nuair nach cuirear à comas leis an Eagal agus tha dìomhaireachd air a cùisean-uabhais a chall. Co-dhiù bhithinn-sa gam dhìon fhèin. Gun dàil sam bith a bharrachd, chuir mi romham buill-airm a dhèanamh dhomh fhèin agus daingneach far an caidlinn. Leis an dìdean sin mar stèidh, b' urrainn dhomh m' aghaidh a chur ris an t-saoghal neònach seo le cuid den mhisneachd a bha mi air chall nuair a mhothaich mi dè na creutairean a bha gam bhagradh oidhche air oidhche is mi nam shìneadh gun tèarmann. Shaoil leam nach deigheadh agam air cadal a-rithist gu bràth gus an robh mo leabaidh sàbhailte romhpa. Chaidh gaoir uabhais tromham is mi a' smaoineachadh air mar a bhiodh iad air mo sgrùdadh mar-thà.

'Chaidh mi air seachran san fheasgar feadh srath na Thames, ach cha do lorg mi càil a mheas mi do-ruigsinneach. Bha e coltach gum biodh na togalaichean is craobhan uile furasta gu leòr a ruigsinn airson a leithid de shreapadairean teòma agus bhiodh na Mòrlogan, a rèir nan

new relationship. The Eloi, like the Carolingian kings, had decayed to a mere beautiful futility. They still possessed the earth on sufferance: since the Morlocks, subterranean for innumerable generations, had come at last to find the daylit surface intolerable. And the Morlocks made their garments, I inferred, and maintained them in their habitual needs, perhaps through the survival of an old habit of service. They did it as a standing horse paws with his foot, or as a man enjoys killing animals in sport: because ancient and departed necessities had impressed it on the organism. But, clearly, the old order was already in part reversed. The Nemesis of the delicate ones was creeping on apace. Ages ago, thousands of generations ago, man had thrust his brother man out of the ease and the sunshine. And now that brother was coming back changed! Already the Eloi had begun to learn one old lesson anew. They were becoming reacquainted with Fear. And suddenly there came into my head the memory of the meat I had seen in the under-world. It seemed odd how it floated into my mind: not stirred up as it were by the current of my meditations, but coming in almost like a question from outside. I tried to recall the form of it. I had a vague sense of something familiar, but I could not tell what it was at the time.

'Still, however helpless the little people in the presence of their mysterious Fear, I was differently constituted. I came out of this age of ours, this ripe prime of the human race, when Fear does not paralyse and mystery has lost its terrors. I at least would defend myself. Without further delay I determined to make myself arms and a fastness where I might sleep. With that refuge as a base, I could face this strange world with some of that confidence I had lost in realizing to what creatures night by night I lay exposed. I felt I could never sleep again until my bed was secure from them. I shuddered with horror to think how they must already have examined me.

'I wandered during the afternoon along the valley of the Thames, but found nothing that commended itself to my mind as inaccessible. All the buildings and trees seemed easily practicable to such dexterous climbers as the Morlocks, to judge

tobraichean aca. An uair sin thill bideanan àrda Lùchairt a' Phòrsalain Uaine agus boillsgeadh lìomhte a ballachan gum chuimhne: agus san fhionnairidh, a' toirt Bhìona mar phàist air mo ghualann, chaidh mi suas na cnuic don àird an iar-dheas. Bha mi air tomhas a dhèanamh gun robh i mu sheachd no ochd mìltean air falbh, ach feumaidh gun robh e na b' fhaisge air ochd-deug. B' ann air feasgar bog a chunnaic mi an t-àite an toiseach, an uair a tha astaran air an lùghdachadh gu mealltach. A bharrachd, bha sàil tè de mo bhrògan fuasgailte, agus bha tarrag a' tighinn tron bhonn — b' e seann bhrògan cofhurtail a bh' annta a bhithinn a' cosg nuair a bha mi a-staigh — is mar sin bha mi bacach. Agus bha a' ghrian fada air a dhol fodha nuair a fhuair mi sealladh air an lùchairt, sgàil-riochd dubh dhith an aghaidh buidhead soilleir an adhair.

'Bha Bhìona air a dòigh glan nuair a thòisich mi ga giùlan, ach an dèidh greis dh'iarr i orm a cur sìos, agus ruith i rim thaobh, a' greasad oirre bho àm gu àm don dàrna taobh no an taobh eile airson flùraichean a thional is a stobadh nam phòcaidean. Bha mo phòcaidean riamh air Bhìona fhàgail troimh-chèile, ach mu dheireadh ràinig i an co-dhùnadh gum b' e soireagan annasach a bh' annta airson sgeadachadh le flùraichean. Co-dhiù, b' ann airson sin a chleachd i iad. Agus tha sin a' cur nam chuimhne! Ann a bhith a' cur dhìom mo sheacaid, lorg mi...'

Stad an Siùbhlaiche-tìme, chuir e a làmh na phòcaid, agus gu sàmhach chuir e dà fhlùr seacte, caran coltach ri ucasan-musgach glè mhòr geala, air a' bhòrd bheag. An uair sin lean e air ag aithris.

'Nuair a liùg sàmhchair na fionnairidh thar an t-saoghail agus a chaidh sinn thar mullach a' chnuic, dh'fhàs Bhìona sgìth is dh'iarr i tilleadh do thaigh na cloiche glaise. Ach thomh mi ri bideanan air astar Lùchairt a' Phòrsalain Uaine, agus rinn mi mo dhìcheall toirt oirre tuigsinn gum b' ann ann an siud a bha sinn a' sireadh tèarmann bhon Eagal aice. Is aithne dhuibh an stad mòr a thig air cùisean ro dhol fodha na grèine? Bidh fiù 's an oiteag a' stad sna craobhan. Dhòmhsa dheth tha an-còmhnaidh faireachadh fiughair ann nuair a tha fionnairidh sàmhach mar sin. Bha an speur soilleir, cian, agus falamh ach corra bàrr còmhnard fada shìos ann an laighe na grèine. Seadh, air an oidhche ud, ghabh an fhiughair dath m' eagail-sa. Ann an tost a' chiaraidh ud, bha e mar gun robh mo mhothachadh gu h-ana-cneasta geur. Ar leam gun do dh'fhidir mi fiù 's cho caoch 's a bha an talamh fo mo chasan: gu dearbh, theab mi faicinn troimhpe ris na Mòrlogan air a' chruach-sheangan aca a' dol air ais 's air adhart agus a' feitheamh ris an dorchadas. Air ireapais mar a bha mi, shaoil mi gun gabhadh iad ris

by their wells, must be. Then the tall pinnacles of the Palace of Green Porcelain and the polished gleam of its walls came back to my memory; and in the evening, taking Weena like a child upon my shoulder, I went up the hills towards the south-west. The distance, I had reckoned, was seven or eight miles, but it must have been nearer eighteen. I had first seen the place on a moist afternoon when distances are deceptively diminished. In addition, the heel of one of my shoes was loose, and a nail was working through the sole — they were comfortable old shoes I wore about indoors — so that I was lame. And it was already long past sunset when I came in sight of the palace, silhouetted black against the pale yellow of the sky.

'Weena had been hugely delighted when I began to carry her, but after a while she desired me to let her down, and ran along by the side of me, occasionally darting off on either hand to pick flowers to stick in my pockets. My pockets had always puzzled Weena, but at the last she had concluded that they were an eccentric kind of vase for floral decoration. At least she utilized them for that purpose. And that reminds me! In changing my jacket I found...'

The Time Traveller paused, put his hand into his pocket, and silently placed two withered flowers, not unlike very large white mallows, upon the little table. Then he resumed his narrative.

'As the hush of evening crept over the world and we proceeded over the hill crest towards Wimbledon, Weena grew tired and wanted to return to the house of grey stone. But I pointed out the distant pinnacles of the Palace of Green Porcelain to her, and contrived to make her understand that we were seeking a refuge there from her Fear. You know that great pause that comes upon things before the dusk? Even the breeze stops in the trees. To me there is always an air of expectation about that evening stillness. The sky was clear, remote, and empty save for a few horizontal bars far down in the sunset. Well, that night the expectation took the colour of my fears. In that darkling calm my senses seemed preternaturally sharpened. I fancied I could even feel the hollowness of the ground beneath my feet: could, indeed, almost see through it the Morlocks on their ant-hill going hither and thither and

gun robh m' inntrigeadh sna faichean aca na fhoirgheall cogaidh. Agus carson a bha iad air Inneal na Tìme agam a thoirt air falbh?

'Mar sin lean sinn oirnn san t-sàmhchair, agus dhoimhnich a' chamhanach gus an robh oidhche ann. Chrìon guirme shoilleir na h-iarmailt air falbh, agus nochd na reultan, tè mu seach. Dh'fhàs an talamh neo-shoilleir is na craobhan dubh. Bhrùth a h-eagal 's a h-airtneal air Bhìona. Ghabh mi nam ghàirdeanan i agus bhruidhinn mi rithe is shlìob mi i. An uair sin, leis an dorchadas a' fàs na bu doimhne, chuir i a gàirdeanan mum amhach, agus, a' dùnadh a sùilean, dh'fhàisg i a h-aodann gu teann rim ghualann. B' ann mar sin a chaidh sinn sìos leathad fada do shrath, agus an sin san doilleireachd, theab mi coiseachd ann an abhainn bheag. Ghrunnaich mi troimhpe seo, agus chaidh mi suas taobh thall an t-sratha, seachad air àireamh de thaighean-cadail, agus seachad air ìomhaigh — Boc-dheamhan no a leithid de rud, ach gann a chinn. An seo, bha acàisea ann cuideachd. Gu ruige seo, cha robh mi air sgeul fhaicinn air na Mòrlogan, ach bha e fhathast tràth air an oidhche, agus bha na h-uairean bu dorcha mus èiricheadh an t-seann ghealach ri thighinn.

'Bho bhearradh an ath chnuic, chunnaic mi coille thiugh sgaoilte gu farsaing dubh mum choinneimh. Chuir sin casg orm. Cha bu lèir dhomh crìoch don taobh chlì no deas dhith. A' faireachdainn sgìth — agus mo chasan gu h-àraidh goirt — leig mi Bhìona gu faiceallach sìos bho mo ghualann nuair a stad mi, agus shuidh mi sìos air an sgrath. Cha robh mi a' faicinn Lùchairt a' Phòrsalain Uaine tuilleadh, agus bha mi teagmhach mun chùrsa agam. Dh'amhairc mi tro thiughad na coille agus chnuasaich mi air dè dh'fhaodadh a bhith am falach innte. Fon duilleach dùmhail ud, chan fhaicte na reultan. Fiù 's mura biodh cunnart eile air chleith an sin — cha robh mi airson mo mhac-meanmna a leigeil ma sgaoil a' beachdachadh air dè seòrsa cunnart a dh'fhaodadh a bhith ann — bhiodh co-dhiù na freumhan tuisleachaidh is bòlan craoibhe a bhuaileadh sinn fhathast ann. Bha mi uabhasach sgìth cuideachd, an dèidh boile an latha; mar sin cho-dhùin mi gun fheuchainn, agus gun cuirinn seachad an oidhche air a' chnoc fhosgailte.

'Bha mi toilichte ionnsachadh gun robh Bhìona na suain. Gu cùramach, phaisg mi mo sheacaid uimpe, agus shuidh mi ri taobh gus feitheamh ri èirigh na gealaich. Bha am bruthach sèimh is uaigneach, ach à duibhe na coille thàinig sporghail an-dràsta 's a-rithist mar gum biodh le rudan beò. Os mo chionn, dheàrrs na reultan, oir b' e oidhche gu math soilleir a bh' ann. Dh'fhidir mi nàdar de fhurtachd chàirdeil nam priobadh. B' fhada bho bha na seann reul-badan uile air imeachd bhon speur, ge-tà: bha an gluasad mall dha nach mothaichear ann an ceud saoghal a' chinne-daonna air an ath-shuidheachadh ann an grioglain choimheach. Dhòmhsa dheth, bha Sgrìob Chlann Uisnich

waiting for the dark. In my excitement I fancied that they would receive my invasion of their burrows as a declaration of war. And why had they taken my Time Machine?

'So we went on in the quiet, and the twilight deepened into night. The clear blue of the distance faded, and one star after another came out. The ground grew dim and the trees black. Weena's fears and her fatigue grew upon her. I took her in my arms and talked to her and caressed her. Then, as the darkness grew deeper, she put her arms round my neck, and, closing her eyes, tightly pressed her face against my shoulder. So we went down a long slope into a valley, and there in the dimness I almost walked into a little river. This I waded, and went up the opposite side of the valley, past a number of sleeping houses, and by a statue — a Faun, or some such figure, minus the head. Here too were acacias. So far I had seen nothing of the Morlocks, but it was yet early in the night, and the darker hours before the old moon rose were still to come.

'From the brow of the next hill I saw a thick wood spreading wide and black before me. I hesitated at this. I could see no end to it, either to the right or the left. Feeling tired — my feet, in particular, were very sore — I carefully lowered Weena from my shoulder as I halted, and sat down upon the turf. I could no longer see the Palace of Green Porcelain, and I was in doubt of my direction. I looked into the thickness of the wood and thought of what it might hide. Under that dense tangle of branches one would be out of sight of the stars. Even were there no other lurking danger — a danger I did not care to let my imagination loose upon — there would still be all the roots to stumble over and the tree-boles to strike against. 'I was very tired, too, after the excitements of the day; so I decided that I would not face it, but would pass the night upon the open hill.

'Weena, I was glad to find, was fast asleep. I carefully wrapped her in my jacket, and sat down beside her to wait for the moonrise. The hill-side was quiet and deserted, but from the black of the wood there came now and then a stir of living things. Above me shone the stars, for the night was very clear. I felt a certain sense of friendly comfort in their twinkling. All the old constellations had gone from the sky, however: that slow movement which is imperceptible in a hundred human lifetimes, had long since rearranged them in unfamiliar groupings. But the Milky Way, it seemed to me, was still the

fhathast na sruthadair robach mar duslach de rionnagan 's a bha i o shean. San àirde a deas (mar a rinn mo tomhas) bha rionnag air leth soilleir dearg a bha ùr dhomh: bha i na bu loinnearaiche buileach na Reult a' Choin uaine againn fhèin. Agus am measg nam puingean soillse boillsgeach uile seo bha aon phlanaid a dheàrrs gu coibhneil is gu cunbhalach mar aghaidh sheana charaid.

'Ann a bhith a' coimhead air na reultan, mhothaich mi gun robh iad fada nas motha na gach sòlaimteachd beatha na talmhainn agus gun robh mi a' dèanamh tòrr de thùdan. Smaoinich gun robh iad cian gun tomhas, agus iad gu neo-lùbtha a' cathadh a-mach à ùine a dh'fhalbh neo-aithnichte do àm ri teachd neo-aithnichte. Smaoinich mi air cuairt mhòr caismeachd pòla na talmhainn. Cha deach an car ciùin sin a chur ach dà fhichead turas anns na bliadhnaichean uile a bha mi ann. Agus rè nam beagan caran seo, chaidh gach gnìomhachd, gach traidisean, na buidhnean fillte, na nàiseanan, cànanan, litreachasan, dòchasan, fiù 's cuimhne a' Chinne-daonna mar a b' aithne dhomh e a sguabadh à bith. An àite sin, bha na creutairean laga a bha air an sinnsireachd àrd a dhìochuimhneachadh, agus na Nithean geala a chuir eagal mo bheatha orm. An uair sin, smaoinich mi air an Eagal Mhòr a bha eadar an dà chineil, agus airson a' chiad uair, le gaoir ghrad, thàinig e a-steach orm gu follaiseach dè dh'fhaodadh a bhith san fheòil a chunnaic mi. Ach bha e ro oillteil! Choimhead mi air Bhìona na suain rim thaobh, a h-aodann geal is coltach ri rionnag fo na reultan, agus chuir mi ruaig air a' bheachd sa bhad.

'Tron oidhche fhada ud, chùm mi mo smuaintean far nam Mòrlogan mar a b' fheàrr agus a b' urrainn dhomh, agus chuir mi seachad an tìde a' leigeil orm gun robh mi a' faicinn chomharran nan seann reul-bhadan san rù-rà ùr. Bha an speur gu math soilleir, ach corra sgòth culmach. Tha fhios gun d' rinn mi dùsal aig amannan. An uair sin, rè mo chaithris, thàinig fannadh ann an adhar an ear, mar fhaileas de theine neo-dhathte, agus dh'èirich an t-seann ghealach, caol is biorach is geal. Agus goirid na dèidh, a' breith oirre, agus ga taosgadh, ràinig a' mhochthrath, fionn aig an toiseach, agus an uair sin a' fàs bàn-dhearg is blàth. Cha robh Mòrlogan air tighinn faisg oirnn idir. Gu dearbha, cha robh mi air gin fhaicinn air a' chnoc an oidhche ud. Agus le misneachd an latha ùir cha mhòr nach robh mi a' creidsinn gun robh m' eagal air a bhith mì-reusanta. Sheas mi agus dh'fhidir mi gun robh cas na sàile fuasgailte air at aig an adhbrann agus goirt fon t-sàil; mar sin shuidh mi a-rithist, chuir mi dhìom mo bhrògan, agus thilg mi air falbh iad.

'Mhosgail mi Bhìona, agus chaidh sinn sìos don choille, a bha gorm is tlachdmhor a-nis, an àite dubh is iargalta. Lorg sinn beagan mheasan a ghabh sinn mar bhracaist. Cha b' fhada gus an do thadhail sinn air

same tattered streamer of star-dust as of yore. Southward (as I judged it) was a very bright red star that was new to me; it was even more splendid than our own green Sirius. And amid all these scintillating points of light one bright planet shone kindly and steadily like the face of an old friend.

'Looking at these stars suddenly dwarfed my own troubles and all the gravities of terrestrial life. I thought of their unfathomable distance, and the slow inevitable drift of their movements out of the unknown past into the unknown future. I thought of the great precessional cycle that the pole of the earth describes. Only forty times had that silent revolution occurred during all the years that I had traversed. And during these few revolutions all the activity, all the traditions, the complex organizations, the nations, languages, literatures, aspirations, even the mere memory of Man as I knew him, had been swept out of existence. Instead were these frail creatures who had forgotten their high ancestry, and the white Things of which I went in terror. Then I thought of the Great Fear that was between the two species, and for the first time, with a sudden shiver, came the clear knowledge of what the meat I had seen might be. Yet it was too horrible! I looked at little Weena sleeping beside me, her face white and starlike under the stars, and forthwith dismissed the thought.

'Through that long night I held my mind off the Morlocks as well as I could, and whiled away the time by trying to fancy I could find signs of the old constellations in the new confusion. The sky kept very clear, except for a hazy cloud or so. No doubt I dozed at times. Then, as my vigil wore on, came a faintness in the eastward sky, like the reflection of some colourless fire, and the old moon rose, thin and peaked and white. And close behind, and overtaking it, and overflowing it, the dawn came, pale at first, and then growing pink and warm. No Morlocks had approached us. Indeed, I had seen none upon the hill that night. And in the confidence of renewed day it almost seemed to me that my fear had been unreasonable. I stood up and found my foot with the loose heel swollen at the ankle and painful under the heel; so I sat down again, took off my shoes, and flung them away.

'I awakened Weena, and we went down into the wood, now green and pleasant instead of black and forbidding. We found some fruit wherewith to break our fast. We soon met others of

feadhainn fhìnealta eile, a' gàireachdainn is a' dannsadh ann an solas na grèine mar nach robh a leithid de rud agus an oidhche ann an nàdar. Agus an uair sin, smaoinich mi aon uair eile air an fheòil a chunnaic mi. A-nis bha mi cinnteach às dè bh' ann, agus bho bhonn mo chridhe bha truas agam ris an alltan dheireannach leibideach bho thuil mhòr a' chinne-daonna. Gu follaiseach, uaireigin o chionn Cian nan Cian ri linn crìonadh a' chinne-daonna bha biadh nam Mòrlogan air a dhol gann. Ma dh'fhaodte gun robh iad air a bhith a' tighinn beò air radain is a leithid de fhrìdean. Fiù 's an latha an-diugh, chan eil mac an duine a cheart cho miarraideach no às-dùnach le biadh agus a b' àbhaist dha bhith — chan eil e cho miarraideach agus a tha muncaidh sam bith. Chan e cùis nàdair dhomhainn a tha san sgàig aige ro fheòil an duine. Agus mar sin mic an duine mì-chneasta seo — ! Dh'fheuch mi ri beachdachadh air a' ghnothach bho sheasamh shaidheansail. Ceart gu leòr, cha robh iad cho daonna no cho dlùth rinn agus a bha ar sinnsirean canabaileach a bh' ann o chionn ceithir no còig mìle bliadhna. Agus bha an tùr air falbh a bhiodh air seo fhàgail na dhòrainn. Carson a chuireadh e dragh ormsa? Cha b' e a bh' anns na h-Eloi seo ach sprèidh-làmhaidh, a bhiodh na Mòrlogan, coltach ri seanganan, gan glèidheadh is gan casgairt — is dòcha gam briodadh. Agus b' ann an sin a bha Bhìona a' dannsadh ri mo thaobh!

'An uair sin dh'fheuch ri mo chaomhnadh bhon oillt a bha a' tighinn orm, le bhith ga mheasadh mar pheanas durganta airson fèinealachd a' chinne-daonna. Bha mac an duine riaraichte a bhith beò air a shocair agus a' gabhail tlachd à saothair dhaoine eile, a' sònrachadh Feumalachd mar chiall-chagair agus leisgeul, agus le coileanadh na h-aimsire bha Feumalachd air tighinn a chèilidh air. Dh'fheuch mi ri tàir a dhèanamh air an iar-fhlaitheachd chrìonaidh thruaigh a bha seo, ann an stoidhle Carlyle. Ach cha b' fhiach an dol a-mach seo. A dh'aindeoin cho fada 's a bha an innleachd air a dhol bhuaithe, bha na h-Eloi air cus de dh'aorabh a' chinne-daonna a ghlèidheadh a bhith gun cho-fhaireachdainn bhuamsa, agus mar sin bha com-pàirt agamsa san tàmailteachadh is san Eagal aca.

'Aig an dearbh àm ud bha beachdan gu math mì-shoilleir mun chùrsa a bha romham. B' e a' chiad bheachd gum feumainn àite tèarainte a lorg mar fhasgadh, agus buill-airm mheatailt no chloiche a dhèanamh mar a b' fheàrr agus a b' urrainn dhomh. B' e prìomhachas a bha san fheumalachd sin. San dàrna àite, bha mi an dòchas goireas fhaighinn airson teine a chur, gus am bithinn armaichte le leus, oir, mar a bha fhios agam, cha robh càil na b' èifeachdaiche an aghaidh nam Mòrlogan seo. An uair sin bha mi airson uidheam a chur air dòigh airson na dorsan umha fon t-Sfinge Ghil a bhriseadh far a chèile. B' e a bha san amharc dhomh ach reithe-raobhta. Bha mi den bheachd gun

the dainty ones, laughing and dancing in the sunlight as though
there was no such thing in nature as the night. And then I
thought once more of the meat that I had seen. I felt assured
now of what it was, and from the bottom of my heart I pitied
this last feeble rill from the great flood of humanity. Clearly, at
some time in the Long-Ago of human decay the Morlocks' food
had run short. Possibly they had lived on rats and such-like
vermin. Even now man is far less discriminating and exclusive
in his food than he was — far less than any monkey. His
prejudice against human flesh is no deep-seated instinct. And so
these inhuman sons of men — ! I tried to look at the thing in a
scientific spirit. After all, they were less human and more
remote than our cannibal ancestors of three or four thousand
years ago. And the intelligence that would have made this state
of things a torment had gone. Why should I trouble myself?
These Eloi were mere fatted cattle, which the ant-like Morlocks
preserved and preyed upon — probably saw to the breeding of.
And there was Weena dancing at my side !

'Then I tried to preserve myself from the horror that was
coming upon me, by regarding it as a rigorous punishment of
human selfishness. Man had been content to live in ease and
delight upon the labours of his fellow- man, had taken
Necessity as his watchword and excuse, and in the fullness of
time Necessity had come home to him. I even tried a Carlyle-
like scorn of this wretched aristocracy in decay. But this attitude
of mind was impossible. However great their intellectual
degradation, the Eloi had kept too much of the human form not
to claim my sympathy, and to make me perforce a sharer in
their degradation and their Fear.

'I had at that time very vague ideas as to the course I should
pursue. My first was to secure some safe place of refuge, and to
make myself such arms of metal or stone as I could contrive.
That necessity was immediate. In the next place, I hoped to
procure some means of fire, so that I should have the weapon of
a torch at hand, for nothing, I knew, would be more efficient
against these Morlocks. Then I wanted to arrange some
contrivance to break open the doors of bronze under the White
Sphinx. I had in mind a battering ram. I had a persuasion that if
I could enter those doors and carry a blaze of light before me I

lorgainn Inneal na Tìme is dol-às fhaighinn nam b' urrainn dhomh inntrigeadh tro na dorsan seo agus solas a' lasadh nam làimh romham. Cha do smaoinich mi gum biodh na Mòrlogan làidir gu leòr airson a ghluasad fad air falbh. Bha mi air a chur romham gun toirinn Bhìona leam don linn againn fhèin. Agus a' cur a leithid de planaichean mun cuairt nam inntinn lean mi orm a dh'ionnsaigh an togalaich a bha mi air a thaghadh mar fhàrdach dhuinn.

should discover the Time Machine and escape. I could not imagine the Morlocks were strong enough to move it far away. Weena I had resolved to bring with me to our own time. And turning such schemes over in my mind I pursued our way towards the building which my fancy had chosen as our dwelling.

8

'Nuair a rinn sinn air Lùchairt a' Phòrsalain Uaine mu mheadhan-latha, dh'ionnsaich mi gun robh i trèigte agus a' dol a dhìth. Cha robh air fhàgail na h-uinneagan ach lorgan reubach de ghlainne, agus bha siotaichean mòra den aghaidh-thogalach uaine air tuiteam bhon fhrèam mheatailt mheirgte. Laigh i fìor àrd air bràigh proiceach, agus a' coimhead don ear-thuath mus deach mi a-steach, bha iongnadh orm inbhir mòr fhaicinn, no fiù 's allt, far am biodh Wandsworth is Battersea uair, nam bheachd. Smaoinich mi an uair sin — ged nach do thill mi don bheachd — air dè bhiodh air tachairt, no ri thachairt, ris na rudan beò sa mhuir.

'Air dhomh adhbhar na Lùchairt a sgrùdadh, fhuair mi dearbhadh gum b' e pòrsalan a bh' ann ceart gu leòr, agus thar aghaidh chunnaic mi snaidh-sgrìobhadh ann am pàtran neo-aithnichte. Shaoil mi, caran gòrach dhìom, gun deigheadh aig Bhìona air mo chuideachadh seo a thuigsinn, ach b' ann a dh'ionnsaich mi nach robh fiù 's sgot mu sgrìobhadh air nochdadh na ceann. Bha mi riamh air a measadh, ar leam, na bu daonna na bha i, is dòcha leis gun robh a bàidh cho daonna.

'Taobh thall nan duille-dhorsan — a bha fosgailte is briste — lorg sinn, an àite an talla àbhaistich, gailearaidh fada air a shoillseachadh le iomadh uinneag chliathaich. Air a' chiad shealladh, chuireadh taigh-tasgaidh nam chuimhne. Bha duslach tiugh air an làr leacach, agus an aon chòmhdach glas air raon sònraichte de dhiofar nithean. An uair sin dh'fhidir mi, na sheasamh gu h-annasach is seang, ann am meadhan an talla, rud a bha gu follaiseach na phàirt ìseal de chnàimhneach aibheiseach. A rèir nan casan fiar, dh'aithnich mi gum b' e creutair à bith air choreigin a bh' ann, le coltas a' Mhegatherium air. Bha an claigeann is na cnàmhan uarach nan laighe ri thaobh san duslach thiugh, agus ann an aon bhad, far an robh uisge air sileadh tro aoidion sa mhullach, bha an rud fhèin air a bhleith. Na b' fhaide air adhart sa ghailearaidh bha com cnàimhneach ana-mhòr Bhrontosaurus. B' e

8

'I found the Palace of Green Porcelain, when we approached it about noon, deserted and falling into ruin. Only ragged vestiges of glass remained in its windows, and great sheets of the green facing had fallen away from the corroded metallic framework. It lay very high upon a turfy down, and looking north-eastward before I entered it, I was surprised to see a large estuary, or even creek, where I judged Wandsworth and Battersea must once have been. I thought then—though I never followed up the thought—of what might have happened, or might be happening, to the living things in the sea.

'The material of the Palace proved on examination to be indeed porcelain, and along the face of it I saw an inscription in some unknown character. I thought, rather foolishly, that Weena might help me to interpret this, but I only learned that the bare idea of writing had never entered her head. She always seemed to me, I fancy, more human than she was, perhaps because her affection was so human.

'Within the big valves of the door—which were open and broken—we found, instead of the customary hall, a long gallery lit by many side windows. At the first glance I was reminded of a museum. The tiled floor was thick with dust, and a remarkable array of miscellaneous objects was shrouded in the same grey covering. Then I perceived, standing strange and gaunt in the centre of the hall, what was clearly the lower part of a huge skeleton. I recognized by the oblique feet that it was some extinct creature after the fashion of the Megatherium. The skull and the upper bones lay beside it in the thick dust, and in one place, where rain-water had dropped through a leak in the roof, the thing itself had been worn away. Further in the gallery was the huge skeleton barrel of a Brontosaurus. My museum

dearbhadh a bh' ann de theòiridh an taigh-tasgaidh agam. A' dol don dàrna taobh lorg mi na bha coltach ri sgeilpichean air fhiaradh, agus, air dhomh an duslach a sguabadh air falbh, lorg mi na seann chèisean glainne as aithne dhuinn san linn againne. Ach feumaidh gun robh iad èadhar-dhìonach, a rèir cho math 's a bha cuid den stuth nam broinn air a ghlèidheadh.

'Gu follaiseach bha sinn nar seasamh am measg tobhtaichean Kensington a Deas an latha a-màireach! An seo, a rèir choltais, bha Roinn a' Phailleon-eòlais, agus raon fìor mhìorbhaileach de dh'fhosailean a bh' air a bhith ann, ach ged a bhathar a' bacadh pròiseas do-sheachanta crìonaidh fad greis, agus ged a bha an crìonadh, mar thoradh air dol à bith lobhagan is fhungasan, air ceithir fichead 's a naoi-deug às a' cheud den neart aige a chall, a dh'aindeoin sin bha e a-rithist, gu h-uabhasach deimhinneach ach gu h-uabhasach slaodach, a' cnàmh nan ulaidhean uile aice. An siud 's an seo, fhuair mi lorgan nan daoine beaga leis gun robh corra fosail briste na spealgan no air a snàthadh air sreangan air muin chuilcean. Agus ann an cuid de shuidheachaidhean bha na cèisean air an giùlan air falbh — leis na Mòrlogan, bha mi a' creidsinn. Bha an t-àite na thost. Bhàth an duslach fuaim ar casan. Fhad 's a bha mise a' dùr-choimhead mun cuairt orm, bha Bhìona a' roiligeadh cragan-feannaige sìos glainne fiar cèis, is thàinig i an-ceartuair, rug i air mo làimh, agus sheas i rim thaobh.

'Agus aig an toiseach bha uiread de dh'iongantas orm mu chuimhneachan àrsaidh seo de linn innleachdail agus nach do smaoinich mi air na bha e a' comasachadh. Thraogh fiù 's an dragh agam mu Inneal na Tìme beagan bhom inntinn.

'A' dèanamh tuairmse stèidhte air meud an àite, bha fada a bharrachd am broinn Lùchairt a' Phòrsalain Uaine na Gailearaidh Phailleon-eòlais; is dòcha gailearaidhean eachdraidheil; dh'fhaodadh a bhith fiù 's leabharlann ann! Dhòmhsa, co-dhiù san t-suidheachadh san robh mi, bhiodh iad seo gu mòr na b' inntinniche na sealladh crìonaidh seo de gheòlas o chian nan cian. A' rùrachd, lorg mi gailearaidh goirid eile a' dol tarsainn an taca ris a' chiad fhear. B' ann airson mèinnearan a bha seo, agus nuair a chunnaic mi bloca de phronnasg theann mi air cnuasachadh air fùdar-gunna. Ach chan fhaca mi sgeul air mear-shalann; gu dearbha, cha robh naidhtreatan sam bith ann. Cinnteach gun robh iad air a dhol lionnach o chionn fhada an t-saoghail. Ach dh'fhan am pronnasg nam inntinn, agus phiobraich e sreath de smuaintean. A thaobh nan stuthan eile sa ghailearaidh ud, ged a bha iad san fharsaingeachd, air an glèidheadh na b' fheàrr na càil eile a chunnaic mi, cha robh mòran ùidh agam annta. Chan e speisealach ann am mèinn-eòlas a th' annam, agus chaidh mi sìos trannsa fìor mhillte co-shìnte ris a' chiad thalla san do dh'inntrig mi. A rèir choltais b' ann

hypothesis was confirmed. Going towards the side I found what appeared to be sloping shelves, and clearing away the thick dust, I found the old familiar glass cases of our own time. But they must have been air-tight to judge from the fair preservation of some of their contents.

'Clearly we stood among the ruins of some latter-day South Kensington! Here, apparently, was the Palaeontological Section, and a very splendid array of fossils it must have been, though the inevitable process of decay that had been staved off for a time, and had, through the extinction of bacteria and fungi, lost ninety-nine hundredths of its force, was nevertheless, with extreme sureness if with extreme slowness at work again upon all its treasures. Here and there I found traces of the little people in the shape of rare fossils broken to pieces or threaded in strings upon reeds. And the cases had in some instances been bodily removed—by the Morlocks as I judged. The place was very silent. The thick dust deadened our footsteps. Weena, who had been rolling a sea urchin down the sloping glass of a case, presently came, as I stared about me, and very quietly took my hand and stood beside me.

'And at first I was so much surprised by this ancient monument of an intellectual age, that I gave no thought to the possibilities it presented. Even my preoccupation about the Time Machine receded a little from my mind.

'To judge from the size of the place, this Palace of Green Porcelain had a great deal more in it than a Gallery of Palaeontology; possibly historical galleries; it might be, even a library! To me, at least in my present circumstances, these would be vastly more interesting than this spectacle of old-time geology in decay. Exploring, I found another short gallery running transversely to the first. This appeared to be devoted to minerals, and the sight of a block of sulphur set my mind running on gunpowder. But I could find no saltpetre; indeed, no nitrates of any kind. Doubtless they had deliquesced ages ago. Yet the sulphur hung in my mind, and set up a train of thinking. As for the rest of the contents of that gallery, though on the whole they were the best preserved of all I saw, I had little interest. I am no specialist in mineralogy, and I went on down a very ruinous aisle running parallel to the first hall I had entered. Apparently this section had been devoted to natural

airson eachdraidh nàdarrach a bha an roinn seo, ach b' fhada bhon a
chaidh a h-uile rud do-aithnichte. Bha beagan lorgan crainnte is
dubhaichte de dh'ainmhidhean pùcte, mumaidhean tiormach ann an
crogain san robh spiorad uair, duslach donn de lusan a dh'imich: agus
sin uile! Bha mi duilich ma dheidhinn sin, oir bhithinn toilichte fhaicinn
nan atharrachaidhean foighidneach tron a chaidh làmh an uachdair
fhaighinn air nàdar beò. An uair sin thàinig sinn gu gailearaidh agus a
mheud anabarrach mòr, nach robh air a dheagh shoillseachadh, le làr a
bha a' dol sìos beagan air fhiaradh bhon cheann san do dh'inntrig mise.
An siud 's an seo bha cruinnichean geala an crochadh bhon mhullach—
cuid mhòr dhiubh air an sgàineadh is air am briseadh—a rinn e
follaiseach gun robh an t-àite uair air a shoillseachadh le innleachdan. B'
ann an seo a bha mi na bu chofhurtaile, oir bha cruthan aibheiseach
innealan mòra ag èirigh air gach taobh dhìom, gach fear dhiubh gu
math meirgte is mòran dhiubh briste sìos, agus cuid dhiubh a bha
fhathast an ìre mhath slàn. Mar a tha fhios agaibh tha mi fìor dhèidheil
air uidheaman, agus bha mi airson feitheamh am measg na feadhna seo:
gu h-àraidh leis gun robh iad mar thòimhseachain san do ghabh mi
suim, is cha b' urrainn dhomh ach tomhas uabhasach mì-chinnteach a
dhèanamh air dè am fàth. Shaoil mi, nan deigheadh agam air cuid de na
tòimhseachain fhuasgladh, gum biodh cumhachd agam a bhiodh
feumail an aghaidh nam Mòrlogan.

'Gu h-obann, thàinig Bhìona gu math faisg air mo thaobh. B' ann cho
obann a bha e is gun do chuir e clisg orm. Mura b' e gun robh ise ann,
cha chreid mi gum bithinn air an aire thoirt gun robh làr a' ghailearaidh
air fhiaradh idir.[1] Bha an ceann far an tàinig mi a-steach caran thar na
talmhainn, agus bhathar ga shoillseachadh le uinneagan annasach mar
sgoltaidhean. Mar a bhathar a' dol sìos na faide, thàinig an grunnd an
taca ris na h-uinneagan seo, agus aig an deireadh bha sloc mar
"farsaingeachd" taighe ann an Lunnainn mu choinneamh gach tè, is cha
robh ach loidhne chaol de sholas an latha aig a' bhàrr. Chaidh mi air
adhart gu mall, a' cnuasachadh air na h-innealan, agus bha a' toirt
tuilleadh 's a chòir feart orra agus nach do mhothaich mi lagachadh
mean air mhean san t-solas, gus an do tharraing Bhìona m' aire leis gun
robh i a' sìor fhàs na iomagainiche. An uair sin chunnaic mi gun robh an
gailearaidh a' ruith sìos mu dheireadh do dhorchadas tiugh. Shòr mi,
agus an uair sin, agus mi a' coimhead mun cuairt orm, chunnaic mi
nach robh an duslach cho pailt is nach robh uachdar cho rèidh. Na b'
fhaide air falbh, ann an àrainn na doilleireachd, shaoil leam gun robh e
briste le àireamh de lorgan-coise beaga caola. Le sin, thàinig mo
mhothachadh gun robh na Mòrlogan glè fhaisg air ais. Smaoinich mi
gun robh mi a' caitheamh ùine le sgrùdadh acadaimigeach den
uidheam. Chuimhnich mi gun robh e anmoch san fheasgar mar-thà,

---

1. Tha fhios gu bheil a h-uilec teans nach robh an làr air fhiaradh, ach
gun deach an taigh-tasgaidh a thogail ann an slios a' chnuic. —Deas.

history, but everything had long since passed out of recognition. A few shrivelled and blackened vestiges of what had once been stuffed animals, desiccated mummies in jars that had once held spirit, a brown dust of departed plants: that was all! I was sorry for that, because I should have been glad to trace the patent readjustments by which the conquest of animated nature had been attained. Then we came to a gallery of simply colossal proportions, but singularly ill-lit, the floor of it running downward at a slight angle from the end at which I entered. At intervals white globes hung from the ceiling — many of them cracked and smashed — which suggested that originally the place had been artificially lit. Here I was more in my element, for rising on either side of me were the huge bulks of big machines, all greatly corroded and many broken down, but some still fairly complete. You know I have a certain weakness for mechanism, and I was inclined to linger among these; the more so as for the most part they had the interest of puzzles, and I could make only the vaguest guesses at what they were for. I fancied that if I could solve their puzzles I should find myself in possession of powers that might be of use against the Morlocks.

'Suddenly Weena came very close to my side. So suddenly that she startled me. Had it not been for her I do not think I should have noticed that the floor of the gallery sloped at all.[1] The end I had come in at was quite above ground, and was lit by rare slit-like windows. As you went down the length, the ground came up against these windows, until at last there was a pit like the "area" of a London house before each, and only a narrow line of daylight at the top. I went slowly along, puzzling about the machines, and had been too intent upon them to notice the gradual diminution of the light, until Weena's increasing apprehensions drew my attention. Then I saw that the gallery ran down at last into a thick darkness. I hesitated, and then, as I looked round me, I saw that the dust was less abundant and its surface less even. Further away towards the dimness, it appeared to be broken by a number of small narrow footprints. My sense of the immediate presence of the Morlocks revived at that. I felt that I was wasting my time in the academic examination of machinery. I called to mind that it was already far advanced in the afternoon, and that I had still no weapon,

1.It may be, of course, that the floor did not slope, but that the museum was built into the side of a hill. —ED.

agus nach robh ball-airm, fasgadh, no dòigh air teine a lasadh agam
fhathast. Agus an uair sin, shìos ann an duibhead iargalta a'
ghailearaidh, chuala mi faram neònach, agus na fuaimean àraid a bha
mi air cluinntinn shìos san tobar.

'Rug mi air làimh air Bhìona. An uair sin, le beachd gu grad gam
phiobrachadh, dh'fhàg mi i is thionndaidh mi gu inneal às an robh
luamhan a' stobadh a-mach nach robh gu tur diofraichte bhon
fheadhainn a chithear ann am bocsa-siognailidh. A' sreap air an ùrlar,
agus a' gabhail grèim air an luamhan le mo dhà làimh, chuir mi mo
chuideam air fad air a tharsainn. Gu h-obann, thòisich Bhìona ri gul, air
a trèig san trannsa sa mheadhan. Bha mi air neart an luamhain a
bhreithneachadh gu math ceart, oir bhris e an dèidh dhomh strì fad
mionaid, agus chaidh mi air ais thuice le bata nam làimh a bha tuilleadh
's a chòir, shaoil mi, airson claigeann Mòrloig sam bith ris an
coinnichinn. Agus bha miann mòr orm cur às do chorra Mòrlog. Fìor
neo-dhaonna, bidh sibh am beachd, a bhith airson cur às don t-sliochd
againn fhèin! Ach air adhbhar air choreigin, cha ghabhadh daonnachd a
lorg sna creutairean. B' e na h-aon rudan a chuir casg orm a' dol gu
dìreach sìos an gailearaidh is a' marbhadh nam brùidean a chunnaic mi
nach robh mi airson Bhìona fhàgail, agus amharas gum biodh droch
bhuaidh air Inneal na Tìme agam nan tòisichinn a' gèilleadh ri mo
mhiann airson muirt.

'Seadh, le bata nam dàrna làimh agus Bhìona san tèile, chaidh mi a-
mach às a' ghailearaidh ud agus a-steach do fhear eile a bha fiù 's na bu
mhotha, a chuir nam chuimhne an toiseach seipeal armailteach agus
brataichean robach a' crochadh ann. An-ceartuair dh'aithnich mi gum b'
e a bh' anns na luideagan donna is loisgte a chroch bho gach taobh
dheth ach na bha air fhàgail de leabhraichean a bha a' seargadh. B'
fhada bho bha iad air tuiteam far a chèile, agus bha gach mir de chlò-
bhualadh air am fàgail. Ach an siud 's an seo bha bùird sheacte agus
casairean meatailt sgàinte rinn a follaiseach gu leòr. Nam b' e fear
litreachais a bh' annam is dòcha gun robh mi air a bhith a-mach air cho
dìomhain is a tha uaill-mhiann. Ach mar a dh'èirich gnothaichean, b' e
bu mhòr a bhuail orm uiread de shaothair mhòr a chaidh a dholaidh a
rèir fianais an fhàsaich ghruamaich de phàipear grod seo. Feumaidh mi
aideachadh gun robh mi a' smaoineachadh aig an àm gu h-àraidh mu
na *Philosophical Transactions* agus na seachd aistidhean deug agam fhèin
air fradharc-eòlas fiosaigeach.

'An uair sin, a' dol suas staidhre leathann, ràinig sinn gailearaidh a
bha, is dòcha, uair airson ceimigeachd theicnigeach. Agus an seo bha
dòchas nach beag agam gum faighinn lorg air rudan feumail. Bha an
gailearaidh seo air a dheagh ghlèidheadh ach aig aon cheann far an
robh am mullach air tuiteam. Chaidh mi gu h-èasgaidh gu gach cèis

no refuge, and no means of making a fire. And then down in the remote blackness of the gallery I heard a peculiar pattering, and the same odd noises I had heard down the well.

'I took Weena's hand. Then, struck with a sudden idea, I left her and turned to a machine from which projected a lever not unlike those in a signal-box. Clambering upon the stand, and grasping this lever in my hands, I put all my weight upon it sideways. Suddenly Weena, deserted in the central aisle, began to whimper. I had judged the strength of the lever pretty correctly, for it snapped after a minute's strain, and I rejoined her with a mace in my hand more than sufficient, I judged, for any Morlock skull I might encounter. And I longed very much to kill a Morlock or so. Very inhuman, you may think, to want to go killing one's own descendants! But it was impossible, somehow, to feel any humanity in the things. Only my disinclination to leave Weena, and a persuasion that if I began to slake my thirst for murder my Time Machine might suffer, restrained me from going straight down the gallery and killing the brutes I heard.

'Well, mace in one hand and Weena in the other, I went out of that gallery and into another and still larger one, which at the first glance reminded me of a military chapel hung with tattered flags. The brown and charred rags that hung from the sides of it, I presently recognized as the decaying vestiges of books. They had long since dropped to pieces, and every semblance of print had left them. But here and there were warped boards and cracked metallic clasps that told the tale well enough. Had I been a literary man I might, perhaps, have moralized upon the futility of all ambition. But as it was, the thing that struck me with keenest force was the enormous waste of labour to which this sombre wilderness of rotting paper testified. At the time I will confess that I thought chiefly of the *Philosophical Transactions* and my own seventeen papers upon physical optics.

'Then, going up a broad staircase, we came to what may once have been a gallery of technical chemistry. And here I had not a little hope of useful discoveries. Except at one end where the roof had collapsed, this gallery was well preserved. I went eagerly to every unbroken case. And at last, in one of the really

nach robh briste. Agus mu dheireadh, ann an aon de na cèisean a bha fìor èadhar-dhìonach, lorg mi bogsa mhaidseachan. Dh'fheuch mi iad gu togarrach. Bha iad buileach ann an òrdugh. Cha robh iad fiù 's tais. Thionndaidh mi gu Bhìona. "Danns," dh'èigh mi rithe na cànan fhèin. Oir bha arm agam gu dearbh a-nis an aghaidh nan creutairean oillteil a bha a' cur eagal oirnn. Agus mar sin, san taigh-tasgaidh fhàsaichte ud, air a' chòmhdach thiugh bhog de dhuslach, a' toirt tlachd ana-mhòr do Bhìona, rinn mi nàdar de dhannsa cho-dhèanta ann an dòigh shòlaimte, fhad 's a dh'fheadalaich mi *The Land of the Leal* mar a b' aighearaiche agus a b' urrainn dhomh. Gu ìre, b' e *cancan* stuama a bh' ann, gu ìre dannsa ceum, gu ìre dannsa sgiorta (cho fad 's a leig mo chòta-biorach leam sin a dhèanamh), agus gu ìre rud a rinn mi fhèin an àirde. Oir is dual dhomh a bhith innleachdach, mar a tha fhios agaibh.

'A-nis, tha mi fhathast a' creidsinn gun robh e fìor àraid gun do mhair am bogsa mhaidseachan seo an aghaidh caitheamh na h-aimsire thar bhliadhnaichean gun àireamh, agus dhòmhsa, b' e rud fìor fhortanach a bh' ann. Ach, gu h-annasach, lorg mi stuth a bha fada na bu mhì-choltaiche, agus b' e sin camphor. Lorg mi e ann an crogan seulta, a bha, air thuiteamas, tha mi a' creidsinn, dha-rìribh seulta gu teann. An toiseach, shaoil mi gum b' e cèir pharafain a bh' ann agus mar sin bhris mi a' ghlainne. Ach cha robh teagamh ann bhon fhàileadh gum b' e camphor a bh' ann. Leis a h-uile càil a' dol a dholaidh mun cuairt air, bha an stuth beòthail seo air mairsinn air thuiteamas, is dòcha tro iomadh mìle de linntean. Chuir e nam chuimhne dealbh sepia a chunnaic mi uair a rinneadh le inc bho fhosail Bhelemnite a dh'fheumadh a bhith air bàsachadh o chionn milleanan de bhliadhnaichean is air a dhol na fhosail. Bha mi air impis a thilgeil às, ach chuimhnich mi gun robh e lasach is gun loisgeadh e le deagh lasair shoilleir — b' e, gu dearbha, coinneal mhath a bh' ann — agus chuir mi nam phòcaid e. Cha d' fhuair mi stuth-spreadhaidh sam bith, ge-tà, no dòigh sam bith air briseadh sìos nan dorsan umha. Gu ruige seo, b' e a' ghèimhleag iarann agam an rud a b' fheumail a bha mi air lorg. Air a shon sin, dh'fhàg mi an gailearaidh sin gu math aoibhneach.

'Chan urrainn dhomh innse dhuibh an sgeulachd air fad den fheasgar fhada ud. B' fhuilear leam tòrr oidhirp a chosg gus cuimhneachadh air na rannsachaidhean uile agam agus san òrdugh idir ceart. Tha cuimhne agam air gailearaidh fada le frèamaichean airson arm, agus b' ann a bha mi eadar dà lionn a thaobh mo ghèimhleag agus tuagh no claidheamh. Cha deigheadh agam air na dhà a ghiùlan, ge-tà, agus bhiodh mo bhàrr iarainn na b' fheàrr an aghaidh nan geataichean umha. Bha grunn ghunnaichean, dagaichean is raidhfilean ann. Cha robh ach cnapan meirgeach a bha sa chuid bu mhotha dhiubh, ach bha mòran dhiubh de mheatailt ùr air choreigin, agus cuimseach slàn. Ach

air-tight cases, I found a box of matches. Very eagerly I tried them. They were perfectly good. They were not even damp. I turned to Weena. "Dance," I cried to her in her own tongue. For now I had a weapon indeed against the horrible creatures we feared. And so, in that derelict museum, upon the thick soft carpeting of dust, to Weena's huge delight, I solemnly performed a kind of composite dance, whistling *The Land of the Leal* as cheerfully as I could. In part it was a modest *cancan*, in part a step dance, in part a skirt-dance (so far as my tail-coat permitted), and in part original. For I am naturally inventive, as you know.

'Now, I still think that for this box of matches to have escaped the wear of time for immemorial years was a most strange, as for me it was a most fortunate thing. Y et, oddly enough, I found a far unlikelier substance, and that was camphor. I found it in a sealed jar, that by chance, I suppose, had been really hermetically sealed. I fancied at first that it was paraffin wax, and smashed the glass accordingly. But the odour of camphor was unmistakable. In the universal decay this volatile substance had chanced to survive, perhaps through many thousands of centuries. It reminded me of a sepia painting I had once seen done from the ink of a fossil Belemnite that must have perished and become fossilized millions of years ago. I was about to throw it away, but I remembered that it was inflammable and burned with a good bright flame — was, in fact, an excellent candle — and I put it in my pocket. I found no explosives, however, nor any means of breaking down the bronze doors. As yet my iron crowbar was the most helpful thing I had chanced upon. Nevertheless I left that gallery greatly elated.

'I cannot tell you all the story of that long afternoon. It would require a great effort of memory to recall my explorations in at all the proper order. I remember a long gallery of rusting stands of arms, and how I hesitated between my crowbar and a hatchet or a sword. I could not carry both, however, and my bar of iron promised best against the bronze gates. There were numbers of guns, pistols, and rifles. The most were masses of rust, but many were of some new metal, and still fairly sound. But any

ma bha cartraiste no fùdar ann uair, b' ann a bha iad air grodadh gu duslach. Chunnaic mi aon oisean a bha dubhaichte is briste: is dòcha, shaoil mi, le spreadhadh am measg nam ball-sampaill. Ann am bad eile bha raon ana-mhòr de dh'iodhalan—Polinìsianach, Meagsaganach, Greugach, Foinìseach, is gach dùthaich eile air an t-saoghal, cuiridh mi geall. Agus an seo, a' gèilleadh ri buathamas do-bhacadh, sgrìobh mi m' ainm air sròn uilebheist de chloich-shiabainn à Ameireaga a Deas a tharraing m' aire gu mòr.

'Mar a dh'fhàs am feasgar na b' anmoiche, lùghdaich an ùidh agam. Chaidh mi tro ghailearaidh air ghailearaidh, smùirneach, sàmhach, gu tric millte, na buill-sampaill air uairean air a dhol nan cnapan meirg is liognaid, air uairean eile na bu shlàine. Ann an aon àite bha mi gu h-obann ri taobh modail de mhèinn-staoin, agus an uair sin buileach air thuiteamas lorg mi, ann an cèis èadhar-dhìonach, dà chartraiste dineamait! Dh'èigh mi "Eureka!" agus bhris mi a' chèis le aoibhneas. An uair sin thàinig teagamh. Shòr mi. An uair sin, a' taghadh gailearaidh bhig air an dàrna taobh, rinn mi m' oidhirp. Cha robh uair sam bith na bha sin de bhriseadh-dùil orm agus a bha orm a' feitheamh còig, deich, còig mionaidean deug airson spreadhaidh nach do thachair riamh. Tha fhios nach robh na rudan ach mas-fhìor, mar a bu chòir dhomh a bhith air tuigsinn bho bha iad ann. 'S ann a tha mi a' creidsinn, mura b' e gun robh iad mas-fhìor, gun robh mi air falbh nam dheann-ruith is Sfinge, dorsan umha agus (mar a bha cùisean) mo chothrom Inneal na Tìme a lorg a spreadhadh uile-gu-lèir à bith.

'B' ann an dèidh sin, saoilidh mi, a thàinig sinn gu lios beag fosgailte am broinn na lùchairt. Bha feur ann, agus trì craobhan-mheas. Mar sin ghabh sinn fois agus leig sinn ar n-anail. Car mu àm dol sìos na grèine, thòisich mi air beachdachadh air ar suidheachadh. Bha an oidhche a' liùgadh gar n-ionnsaigh agus cha robhar air àite-chleith do-ruigsinneach a lorg fhathast. Ach cha do chuir sin ach beagan iomagain orm a-nis. Bha rud agam a bha, is dòcha, na dhìon a b' fheàrr an aghaidh nam Mòrlogan—bha maidseachan agam! Bha an camphor nam phòcaid cuideachd ma bhathar feumach air dreòs. Ar leam gum b' fheàirrde leinn an oidhche a chur seachad air a' bhlàr a-muigh, air ar dìonadh le teine. Sa mhadainn, dh'fheumamaid Inneal na Tìme fhaighinn. Airson sin a dhèanamh, thuige seo, cha robh ach am bata iarainn agam. Ach a-nis, le barrachd tuigse agam, bha beachd gu tur eadar-dhealaichte agam mu na dorsan umha ud. Gu ruige seo, cha robh mi airson an sparradh bho chèile, gu ìre mhòr a chionn 's gun robh dìomhaireachd ann mu na bha air an taobh thall. Cha do chreid mi riamh gun robh iad glè làidir, agus bha mi an dòchas gun dèanadh mo bhata iarrainn an gnothach gun cus dragha.

cartridges or powder there may once have been had rotted into dust. One corner I saw was charred and shattered; perhaps, I thought, by an explosion among the specimens. In another place was a vast array of idols—Polynesian, Mexican, Grecian, Phoenician, every country on earth I should think. And here, yielding to an irresistible impulse, I wrote my name upon the nose of a steatite monster from South America that particularly took my fancy.

'As the evening drew on, my interest waned. I went through gallery after gallery, dusty, silent, often ruinous, the exhibits sometimes mere heaps of rust and lignite, sometimes fresher. In one place I suddenly found myself near the model of a tin-mine, and then by the merest accident I discovered, in an air-tight case, two dynamite cartridges! I shouted "Eureka!" and smashed the case with joy. Then came a doubt. I hesitated. Then, selecting a little side gallery, I made my essay. I never felt such a disappointment as I did in waiting five, ten, fifteen minutes for an explosion that never came. Of course the things were dummies, as I might have guessed from their presence. I really believe that had they not been so, I should have rushed off incontinently and blown Sphinx, bronze doors, and (as it proved) my chances of finding the Time Machine, all together into non-existence.

'It was after that, I think, that we came to a little open court within the palace. It was turfed, and had three fruit-trees. So we rested and refreshed ourselves. Towards sunset I began to consider our position. Night was creeping upon us, and my inaccessible hiding-place had still to be found. But that troubled me very little now. I had in my possession a thing that was, perhaps, the best of all defences against the Morlocks—I had matches! I had the camphor in my pocket, too, if a blaze were needed. It seemed to me that the best thing we could do would be to pass the night in the open, protected by a fire. In the morning there was the getting of the Time Machine. Towards that, as yet, I had only my iron mace. But now, with my growing knowledge, I felt very differently towards those bronze doors. Up to this, I had refrained from forcing them, largely because of the mystery on the other side. They had never impressed me as being very strong, and I hoped to find my bar of iron not altogether inadequate for the work.

9

'Thàinig sinn a-mach às an Lùchairt agus a' ghrian fhathast is leth dhith os cionn na fàire. Bha mi leagte ris an t-Sfinge a ruigsinn tràth an làrna-mhàireach, agus ron chiaradh b' e a bha romham leantainn oirnn tron choille a bha air mo bhacadh air an t-slighe eile. B' e a bha san amharc dhomh a dhol cho fada 's a ghabhadh an oidhche ud, agus an uair sin, a' togail teine, cadal fo dhìon a bhoillsgidh. Leis a sin, fhad 's a chaidh sinn air adhart, thionail mi maidean no feur tiormaichte sam bith a chunnaic mi, agus an-ceartuair bha mo ghàirdeanan làn leis a leithid de threamsgal. Air mo luchdachadh mar sin, rinn sinn adhartas na bu mhaille na bha mi an dùil, agus a thuilleadh air sin bha Bhìona air a sgìtheachadh. Agus thòisich mi fhèin a bhith a' faireachdainn sgìth cuideachd; mar sin bha an oidhche ann ann an da-rìribh mus d' ràinig sinn a' choille. Air slios preasanach a h-oire, bhiodh Bhìona air stad, agus eagal oirre ron dorchadas air thoiseach oirnn; ach bha faireachadh orm gun robh truaighe faisg oirnn gam phutadh air adhart, ged a bu chòir dhomh a bhith air a ghabhail mar rabhadh. Cha robh mi air cadal fad dà oidhche is dà latha, agus bha fiabhras is frionas orm. Mhothaich mi gun robh cadal a' tighinn orm, agus na Mòrlogan na dhèidh.

'Fhad 's a dh'fhan sinn, am measg nam preasan dubha air ar cùlaibh, agus dorcha mu choinneamh an duibheid, chunnaic mi triùir nan crùban. Bha preaslach is feur fada ceithir timcheall oirnn, agus cha robh mi a' faireachdainn sàbhailte nach dèanadh iad oirnn gu carach. Rinn mi tomhas gun robh a' choille beagan na bu lugha na mìle cho thaobh gu taobh. Nan deigheadh againn air faighinn troimhpe don t-slios lom thall, shaoil mi, b' e àite fois gu tur na bu tèarainte a bhiodh ann: smaoinich mi gum b' urrainn dhomh mo shlighe a shoillseachadh tron choille leis na maidseachan is a' champhor agam. Ach bha e follaiseach gun tigeadh orm am fiodh-connaidh a leigeil sìos bho mo làmhan ma bha mi a' dol gam bagradh le maidseachan: mar sin, ged bu mhòr leam, chuir mi sìos e. Agus an uair sin thàinig e thugam gun cuirinn iongnadh

9

'We emerged from the palace while the sun was still in part above the horizon. I was determined to reach the White Sphinx early the next morning, and ere the dusk I purposed pushing through the woods that had stopped me on the previous journey. My plan was to go as far as possible that night, and then, building a fire, to sleep in the protection of its glare. Accordingly, as we went along I gathered any sticks or dried grass I saw, and presently had my arms hill of such litter. Thus loaded, our progress was slower than I had anticipated, and besides Weena was tired. And I began to suffer from sleepiness too; so that it was full night before we reached the wood. Upon the shrubby hill of its edge Weena would have stopped, fearing the darkness before us; but a singular sense of impending calamity, that should indeed have served me as a warning, drove me onward. I had been without sleep for a night and two days, and I was feverish and irritable. I felt sleep coming upon me, and the Morlocks with it.

'While we hesitated, among the black bushes behind us, and dim against their blackness, I saw three crouching figures. There was scrub and long grass all about us, and I did not feel safe from their insidious approach. The forest, I calculated, was rather less than a mile across. If we could get through it to the bare hill-side, there, as it seemed to me, was an altogether safer resting-place; I thought that with my matches and my camphor I could contrive to keep my path illuminated through the woods. Yet it was evident that if I was to flourish matches with my hands I should have to abandon my firewood; so, rather reluctantly, I put it down. And then it came into my head that I

air ar caraidean le bhith ga lasadh. Bha mi a' dol a dh'fhaighinn a-mach cho dearg amaideach 's a bha e seo a dhèanamh, ach thàinig e thugam mar chleas innleachdach airson leigeil leinn dol às fhaighinn.

'Chan eil fhios agam an do smaoinich sibh a-riamh air cho tearc 's a bhiodh lasair nuair nach eil daoine ann agus a' ghnàth-shìde measarra. Is gann gu bheil teas na grèine làidir gu leòr airson losgadh, fiù 's nuair a tha driùchdain ga fhòcasachadh, mar a thachras uaireannan ann an sgìrean tropaigeach. Ma dh'fhaodte gun gread is gun dubhaich an dealanach, ach is ann ainneamh a leigeas e teine ma sgaoil. Aig amannan bidh planntrais ri seargadh a' cnàmh-losgadh le teas a h-ataich, ach 's ann ainneamh a chuireas seo lasair a' dol. San dìomhanas seo, cuideachd, bha eòlas fadaidh air a dhol air dearmad san t-saoghal. Bha na teangannan dearga a chaidh a dh'imlich sa chàrn fhiodha agam gu tur ùr is annasach do Bhìona.

'Bha i airson ruith thuige is cluich leis. Cha chreid mi nach biodh i air leum a-steach mura b' e gun do chuir mi casg oirre. Ach rug mi oirre agus, a dh'aindeoin mar a strì i, ghabh mi gu dalma don choille. Fad greiseig shoillsich deàrrsadh mo theine an t-slighe. A' coimhead air ais an-ceartuair, chunnaic mi tro na gasan dùmhail gun robh an dreòs air a sgaoileadh bho chàrn mo mhaidean gu bad phreasan ri an taobh, agus gun robh loidhne chruinn de theine a' snàigeadh suas feur a' chnuic. Rinn mi gàire ga fhaicinn, agus thionndaidh mi a-rithist gu na craobhan dorcha air thoiseach orm. Bha e fìor dhubh, agus chùm Bhìona grèim grad-chlisgeach orm, ach, le mo shùilean a' fàs cleachdte ris an dorchadas, bha soillse gu leòr ann fhathast gus na gasan a sheachnadh. Os mo chionn, b' ann a bha e gu sìmplidh dubh, ach far an robh beàrn de speur gorm a' deàlradh fad às an siud 's an seo. Air mo ghàirdean chlì, ghiùlain mi mo thè bheag, agus bha mo bhàrr iarainn nam làimh dheis.

'Chaidh mi astar gun càil a chluinntinn ach cnacail nan geugagan fo mo chasan, sporghail shàmhach na h-uspaig os mo chionn, agus m' anail fhèin agus plosgadh nan cuislean nam chluasan. An uair sin mhothaich mi dha fioram faram mun cuairt orm. Lean mi orm gu durganta. Dh'fhàs am fioram faram na bu shoilleire, agus an uair sin chuala mi na h-aon fuaimean is guthan neònach a bha mi air cluinntinn san t-saoghal fo thalamh. Bha e follaiseach gun robh grunn Mhòrlogan agus iad a' dèanamh orm. Gu dearbh, an ceann mionaid eile bhathar a' tarraing mo chòta, is an uair sin bhathar a' tarraing mo ghàirdein. Agus chaidh gaoir mhòr tro Bhìona, agus dh'fhàs i gu tur fann.

'Bha an t-àm ann airson maids. Ach airson fear fhaighinn, dh'fheumainn a cur sìos. Sin a rinn mi agus, fhad 's a bha mi ri

would amaze our friends behind by lighting it. I was to discover the atrocious folly of this proceeding, but it came to my mind as an ingenious move for covering our retreat.

'I don't know if you have ever thought what a rare thing flame must be in the absence of man and in a temperate climate. The sun's heat is rarely strong enough to burn, even when it is focused by dewdrops, as is sometimes the case in more tropical districts. Lightning may blast and blacken, but it rarely gives rise to widespread fire. Decaying vegetation may occasionally smoulder with the heat of its fermentation, but this rarely results in flame. In this decadence, too, the art of fire-making had been forgotten on the earth. The red tongues that went licking up my heap of wood were an altogether new and strange thing to Weena.

'She wanted to run to it and play with it. I believe she would have cast herself into it had I not restrained her. But I caught her up, and in spite of her struggles, plunged boldly before me into the wood. For a little way the glare of my fire lit the path. Looking back presently, I could see, through the crowded stems, that from my heap of sticks the blaze had spread to some bushes adjacent, and a curved line of fire was creeping up the grass of the hill. I laughed at that, and turned again to the dark trees before me. It was very black, and Weena clung to me convulsively, but there was still, as my eyes grew accustomed to the darkness, sufficient light for me to avoid the stems. Overhead it was simply black, except where a gap of remote blue sky shone down upon us here and there. I struck none of my matches because I had no hand free. Upon my left arm I carried my little one, in my right hand I had my iron bar.

'For some way I heard nothing but the crackling twigs under my feet, the faint rustle of the breeze above, and my own breathing and the throb of the blood-vessels in my ears. Then I seemed to know of a pattering about me. I pushed on grimly. The pattering grew more distinct, and then I caught the same queer sound and voices I had heard in the Under- world. There were evidently several of the Morlocks, and they were closing in upon me. Indeed, in another minute I felt a tug at my coat, then something at my arm. And Weena shivered violently, and became quite still.

'It was time for a match. But to get one I must put her down. I did so, and, as I fumbled with my pocket, a struggle began in

smeurachd le mo phòcaid, shiùdaich còmhstri san dorchadas mum ghlùintean, ise buileach sàmhach agus na h-aon fuaimean àraid mar dhùrdail aig na Mòrlogan. A bharrachd, bha làmhan beaga boga a' liùgadh thar mo chòta is mo dhruim, fiù 's a' beantainn dom amhach. An uair sin sgròb am maids le coprachadh. Thog mi e a' boillsgeadh, agus chunnaic mi dromannan geala nam Mòrlogan is iad air ruaig am measg nan craobhan. Gu cabhagach thug mi cnap de champhor às mo phòcaid agus dh'ullaich mi a lasadh cho luath 's a lagaicheadh am maids. An uair sin choimhead mi air Bhìona. Bha i na laighe a' cumail grèim air mo chasan gun a bhith a' gluasad idir, agus a h-aodann ris an talamh. Gu h-obann ghabh mi eagal agus chrom mi thuice. Bu ghann gun robh i ag analachadh. Las mi an cnap de champhor is thilg mi air a' ghrunnd e, agus nuair a sgoilt e is a dhèarrs e is a chuir e ruaig air na Mòrlogan is na faileasan, chrom mi agus thog mi i. Bha a' choille air ar cùlaibh làn le carachadh is monmhar de ghràisg mhòr!

'Bha e coltach gun robh i air fannachadh. Chuir mi i gu faiceallach air mo ghualann agus dh'èirich mi gus falbh a-rithist, agus b' ann an uair sin a mhothaich mi dha rudeigin uabhasach. Ann a bhith a' dol mun cuairt le mo mhaidseachan is Bhìona, bha mi air tionndadh iomadh turas, agus a-nis cha robh càil a dh'fhios agam càit an robh mo shlighe. Cha fad 's a b' aithne dhomh, dh'fhaodte gun robh mi a' coimhead air ais a dh'ionnsaigh Lùchairt a' Phòrsalain Uaine. Bha mi nam fhallas fhuar. B' fheudar dhomh smaoineachadh gu luath air dè dhèanainn. Cho-dhùin mi teine a chur agus campachadh far an robh sinn. Chuir mi Bhìona, fhathast neo-ghluasadach, sìos air bòl proiceach, agus le cabhag mhòr orm, agus a' chiad chnap de champhor a' seargadh às, theann mi a' tional maidean is duilleagan. An siud 's an seo às an dorchadas timcheall orm dhèarrs sùilean nam Mòrlogan mar neasgaidean.

'Phriob an camphor is chaidh e às. Nuair a las mi maids, dh'fhalbh dithis gheal nan deann-ruith a bha air a bhith a' dèanamh air Bhìona. Chaidh aonan a dhalladh leis an t-solas gu ìre agus gun do lean e air dìreach thugamsa agus dh'fhairich mi a chnàmhan a' meileadh fo bhuille mo dhùirn. Sgreuch e rium fo chàs, chaidh e mu seach beagan, is thuit e. Las mi pìos eile de champhor, agus lean mi orm a' tional mo ghealbhain. B' ann an uair sin a mhothaich mi cho tioram 's a bha cuid den duilleach os mo chionn, seach nach robh an t-uisge air a bhith ann bho ràinig mi air Inneal na Tìme, thar seachdain. Mar sin, an àite a bhith a' rùrachd sa h-uile àite am measg nan craobhan air tòir gheugagan a bha air tuiteam, thòisich mi a' leum suas is a' draghadh sìos meòirean. Ann an ùine nach robh idir fada, bha teine smùideach mùchaidh agam le fiodh uaine agus maidean tioram, agus b' urrainn dhomh mo champhor a chaomhnadh. An uair sin thionnaidh mi gu far an robh Bhìona na sìneadh ri taobh mo bhata iarainn. Rinn mi mo dhìcheall a

the darkness about my knees, perfectly silent on her part and with the same peculiar cooing sounds from the Morlocks. Soft little hands, too, were creeping over my coat and back, touching even my neck. Then the match scratched and fizzed. I held it flaring, and saw the white backs of the Morlocks in flight amid the trees. I hastily took a lump of camphor from my pocket, and prepared to light it as soon as the match should wane. Then I looked at Weena. She was lying clutching my feet and quite motionless, with her face to the ground. With a sudden fright I stooped to her. She seemed scarcely to breathe. I lit the block of camphor and flung it to the ground, and as it split and flared up and drove back the Morlocks and the shadows, I knelt down and lifted her. The wood behind seemed full of the stir and murmur of a great company!

'She seemed to have fainted. I put her carefully upon my shoulder and rose to push on, and then there came a horrible realization. In manoeuvring with my matches and Weena, I had turned myself about several times, and now I had not the faintest idea in what direction lay my path. For all I knew, I might be facing back towards the Palace of Green Porcelain. I found myself in a cold sweat. I had to think rapidly what to do. I determined to build a fire and encamp where we were. I put Weena, still motionless, down upon a turfy bole, and very hastily, as my first lump of camphor waned, I began collecting sticks and leaves. Here and there out of the darkness round me the Morlocks' eyes shone like carbuncles.

'The camphor flickered and went out. I lit a match, and as I did so, two white forms that had been approaching Weena dashed hastily away. One was so blinded by the light that he came straight for me, and I felt his bones grind under the blow of my fist. He gave a whoop of dismay, staggered a little way, and fell down. I lit another piece of camphor, and went on gathering my bonfire. Presently I noticed how dry was some of the foliage above me, for since my arrival on the Time Machine, a matter of a week, no rain had fallen. So, instead of casting about among the trees for fallen twigs, I began leaping up and dragging down branches. Very soon I had a choking smoky fire of green wood and dry sticks, and could economize my camphor. Then I turned to where Weena lay beside my iron mace. I tried what I could to revive her, but she lay like one

dùsgadh, ach laigh i mar gun robh i marbh. Cha robh mi fiù 's cinnteach an robh i ag analachadh no nach robh.

'A-nis, thòc smùid an teine gam ionnsaidh, agus feumaidh gun do dh'fhàg sin mi cadalach gu h-obann. A bharrachd, bha deathach a' champhoir san èadhar. Chan fheumte mo theine ùrachadh fad mu thuaiream uair a thìde. Bha mi uabhasach sgìth an dèidh nan oidhirpean agam, agus shuidh mi. A thuilleadh air sin, bha am fiodh a' dèanamh crònan suainealach nach do thuig mi. Bha e coltach gun robh mi a' tubadaich is an uair sin dh'fhosgail mi mo shùilean. Ach bha e dorcha sa h-uile àite, agus bha làmhan nam Mòrlogan orm. A' sadail an corragan greimeachaidh bhuam, rùraich mi nam phòcaid airson bogsa nam maidseachan, agus — bha e air falbh! An uair sin ghreimich iad is dhlùthaich iad orm a-rithist. An ceann tiotan dh'aithnich mi na bha air tachairt. Bha mi air cadal, agus bha mo theine air a dhol às, agus thàinig searbhachd ron bhàs air m' anam. Lìonadh a' choille le fàileadh fiodha a bha a' losgadh. Rugadh orm air an amhach, air an fhalt, air na gàirdeanan, agus chaidh mo tharraing sìos. Cha ghabhadh a chur an cèill cho uabhasach is a bha e san dorchadas a bhith a' fidreadh nan creutairean boga uile seo a' càrnadh air muin orm. Bha e mar gun robh mi ann an lìon damhain-allaidh oillteil. Chaidh mo chìosnachadh, agus thuit mi. Dh'fhairich mi fiaclan beaga a' criomadh m' amhaich. Chuir mi car agus, le sin, thàinig mo làmh thairis air mo luamhan iarainn. Thug seo neart dhomh. Strì mi an àirde, a' crathadh nan radan daonna bhuam, agus, a' cumail grèim ghoirid air a' bhata, stob mi far an robh mi a' measadh gum biodh an aodannan. Ghèill feòil is cnàmhan gu strìochdail ri mo bhuillean, agus fhuair mi ma sgaoil airson mòmaid.

'Mar as àbhaist le sabaid chruaidh, thàinig mòr-aoibhneas neònach orm. Bha fhios agam gun robh Bhìona is mi fhèin le chèile air chall, ach bha mi deimhinnte às gun dèanainn dìoghaltas air na Mòrlogan airson na feòla aca. Sheas mi agus mo dhruim ri craobh, a' crathadh a' bhata iarainn air mo bheulaibh. Bha a' choille air fad làn an gluasaid is sgreuchail. Chaidh mionaid seachad. Ar leam gun do dh'èirich an guthan na b' àirde is iad air bhoil, agus thòisich iad a' gluasad na bu luaithe. Ach cha tàinig gin aca faisg gu leòr airson beantainn dhaibh. Sheas mi a' dùr-choimhead air an duibhead. An uair sin gu grad bha dòchas ann. An e gun robh eagal air na Mòrlogan? Agus an sàil na smuain ud thàinig nì àraid. Dh'fhàs an dorchadas soillseach. B' ann gu math fann a chunnaic mi na Mòrlogan mun cuairt orm — triùir air am pronnadh aig mo chasan — agus an uair sin thug mi fa-near, agus iongnadh is ana-creideas orm, gun robh càch a' ruith, ann an sruth gun stad, mar gum biodh, bho bhith air mo chùlaibh, agus air falbh tron choille air mo bheulaibh. Agus cha robh an dromannan geal tuilleadh ach caran dearg. Sheas mi an sin troimh-chèile, agus chunnaic mi

dead. I could not even satisfy myself whether or not she breathed.

'Now, the smoke of the fire beat over towards me, and it must have made me heavy of a sudden. Moreover, the vapour of camphor was in the air. My fire would not need replenishing for an hour or so. I felt very weary after my exertion, and sat down. The wood, too, was full of a slumbrous murmur that I did not understand. I seemed just to nod and open my eyes. But all was dark, and the Morlocks had their hands upon me. Flinging off their clinging fingers I hastily felt in my pocket for the match-box, and — it had gone! Then they gripped and closed with me again. In a moment I knew what had happened. I had slept, and my fire had gone out, and the bitterness of death came over my soul. The forest seemed full of the smell of burning wood. I was caught by the neck, by the hair, by the arms, and pulled down. It was indescribably horrible in the darkness to feel all these soft creatures heaped upon me. I felt as if I was in a monstrous spider's web. I was overpowered, and went down. I felt little teeth nipping at my neck. I rolled over, and as I did so my hand came against my iron lever. It gave me strength. I struggled up, shaking the human rats from me, and, holding the bar short, I thrust where I judged their faces might be. I could feel the succulent giving of flesh and bone under my blows, and for a moment I was free.

'The strange exultation that so often seems to accompany hard fighting came upon me. I knew that both I and Weena were lost, but I determined to make the Morlocks pay for their meat. I stood with my back to a tree, swinging the iron bar before me. The whole wood was full of the stir and cries of them. A minute passed. Their voices seemed to rise to a higher pitch of excitement, and their movements grew faster. Yet none came within reach. I stood glaring at the blackness. Then suddenly came hope. What if the Morlocks were afraid? And close on the heels of that came a strange thing. The darkness seemed to grow luminous. Very dimly I began to see the Morlocks about me — three battered at my feet — and then I recognized, with incredulous surprise, that the others were running, in an incessant stream, as it seemed, from behind me, and away through the wood in front. And their backs seemed no longer white, but reddish. As I stood agape, I saw a little red

sradag bheag dhearg a' cathadh thar beàrn ann an solas nan rionnagan eadar na meangan mus deach i à sealladh. Agus le sin thuig mi fàileadh an fhiodha a bha a' losgadh, a' mhonmhair chadalaich a bha a' dol na raoic ghaothmhor, am beall dearg, agus teicheadh nam Mòrlogan.

'A' coiseachd a-mach bho chùl mo chraoibhe agus a' coimhead air ais, chunnaic mi, tro cholbhan dubha nan craobhan a b' fhaisge, lasairean na coille dreòsaiche. B' e mo chiad theine a bha a' tighinn nam dhèidh. Le sin shir mi Bhìona, ach bha i air falbh. Cha robh mòran tìde agam airson beachdachaidh leis an t-siosarnaich is cnacail air mo chùlaibh, is am brag spreadhaidh nuair a thòisich gach craobh eile a' losgadh. Le mo bhata iarainn fhathast nam làimh, lean mi cùrsa nam Mòrlogan. B' ann air èiginn a rinn mi an gnothach. Aig aon àm liùg na lasairean air adhart a cheart cho luath agus a bha mi a' ruith is cha robh slighe agam seachad, agus mar sin b' fheudar dhomh tionndadh a chlì. Ach mu dheireadh thàinig mi a-mach ann am bad beag fosgailte, agus bha Mòrlog a' tuisleachadh gam ionnsaigh, is seachd orm, is lean e air gu dìreach don teine!

'Agus a-nis bha mi gus faicinn an rud a b' annasaiche is uabhasaiche, saoilidh mi, de na chunnaic air fad san àm ri teachd ud. Bha an t-àite seo uile cho soilleir ri latha ann an soillse an teine. Anns a' mheadhan bha tolman no tulach, air an robh sgitheach loisgte. Seachad air sin bha earrainn eile den choille a' losgadh, na teangannan buidhe a' snìomhadh aiste mar-thà, a' cuairteachadh an àite air fad le feansa de theine. Air an t-slios bha timcheall air deich air fhichead no dà fhichead Mòrlog, air an cur o mhothachadh leis an t-solas is an teas, agus a' tuisleachadh a-null 's a-nall an aghaidh a chèile nan aineolas. Aig an toiseach, cha tug mi fa-near gun robh an dall, agus bhuail mi iad gu cruaidh le mo bhata, air chaothach leis an eagal, nuair a thàinig iad faisg orm, a' marbhadh aonan agus a' leònadh grunnan eile. Ach aon uair is gun robh mi air an aire a thoirt do ghluasadan aonan dhiubh a' sporghail fon sgitheach an aghaidh an adhair dheirg, agus gun robh mi air an gnòthan a chluinntinn, bha mi cinnteach gun robh iad gu tur lag-làmhach is truagh san deàrrsadh, agus cha do bhuail mi iad tuilleadh.

'Ach bho àm gu àm thigeadh aonan dìreach gam ionnsaigh, a' cur gaoir tromham agus a thug orm a sheachnadh gu clis. Aig aon àm chrìon na lasairean beagan, agus bha eagal orm gun deigheadh aig na creutairean gràineil air m' fhaicinn a dh'aithghearr. Bha mi fiù 's a' beachdachadh air tòiseachadh na còmhraig le bhith a' cur às do chuid aca mus tachradh seo; ach spreadh an teine a-rithist gu soillseach, agus stad mi. Choisich mi thall 's a-bhos air a' chnoc nam measg agus sheachain mi iad, a' sireadh sgeul sam bith de Bhìona. Ach cha robh Bhìona ann.

spark go drifting across a gap of starlight between the branches, and vanish. And at that I understood the smell of burning wood, the slumbrous murmur that was growing now into a gusty roar, the red glow, and the Morlocks' flight.

'Stepping out from behind my tree and looking back, I saw, through the black pillars of the nearer trees, the flames of the burning forest. It was my first fire coming after me. With that I looked for Weena, but she was gone. The hissing and crackling behind me, the explosive thud as each fresh tree burst into flame, left little time for reflection. My iron bar still gripped, I followed in the Morlocks' path. It was a close race. Once the flames crept forward so swiftly on my right as I ran that I was outflanked and had to strike off to the left. But at last I emerged upon a small open space, and as I did so, a Morlock came blundering towards me, and past me, and went on straight into the fire!

'And now I was to see the most weird and horrible thing, I think, of all that I beheld in that future age. This whole space was as bright as day with the reflection of the fire. In the centre was a hillock or tumulus, surmounted by a scorched hawthorn. Beyond this was another arm of the burning forest, with yellow tongues already writhing from it, completely encircling the space with a fence of fire. Upon the hill-side were some thirty or forty Morlocks, dazzled by the light and heat, and blundering hither and thither against each other in their bewilderment. At first I did not realize their blindness, and struck furiously at them with my bar, in a frenzy of fear, as they approached me, killing one and crippling several more. But when I had watched the gestures of one of them groping under the hawthorn against the red sky, and heard their moans, I was assured of their absolute helplessness and misery in the glare, and I struck no more of them.

'Yet every now and then one would come straight towards me, setting loose a quivering horror that made me quick to elude him. At one time the flames died down somewhat, and I feared the foul creatures would presently be able to see me. I was thinking of beginning the fight by killing some of them before this should happen; but the fire burst out again brightly, and I stayed my hand. I walked about the hill among them and avoided them, looking for some trace of Weena. But Weena was gone.

'Mu dheireadh shuidh mi air mullach an tolmain, agus choimhead mi air an dream neònach do-chreidsinneach seo de chreutairean dalla a' rùrachd air ais 's air adhart, agus a' dèanamh fuaimean neo-chneasta ri càch a chèile, agus soillse an teine a' bualadh orra. Shruth an toit an àirde thar an speura na lùban, agus dheàrrs na rionnagan beaga, cho fad às agus mar gum b' ann le domhan eile a bha iad, tro na luideagan tearca den sgàil-bhrat dhearg ud. Thàinig dithis no triùir Mòrlogan gu liobasta a' bualadh a-steach orm, agus chuir mi ruaig orra le buillean mo dhòrn, agus mi air chrith aig an àm.

'Tron chuid as motha den oidhche ud bha mi cinnteach gum b' e trom-laighe a bh' ann. Bhìd mi mi fhèin agus sgreuch mi gu h-èiginneach airson mo dhùsgadh. Bhuail mi an talamh le mo làmhan, agus sheas mi is shuidh mi a-rithist, agus chaidh mi air seachran an siud 's an seo, agus a-rithist shuidh mi. An uair sin thòisichinn a' suathadh ri mo shùilean is a' guidhe air Dia leigeil leam dùsgadh. Trì tursan chunnaic mi Mòrlogan a' cromadh an ceann mar gum biodh le cràdhadh agus ruith iad a-steach do na lasairean. Ach, mu dheireadh thall, os cionn deirge thraoghadh an teine, os cionn uimhir stealladh toite duibhe agus bunan-craoibhe a' dol dubh, agus àireamhan lùghdachadh nan creutairean burraid seo, thàinig solas geal an latha.

'Rannsaich mi a-rithist airson sgeul de Bhìona, ach cha robh a leithid ann. Bha e follaiseach gun robh iad air a corp beag bochd fhàgail sa choille. Abair gun robh faochadh orm smaoineachadh nach robh e air tighinn gu crìch san dòigh uabhasaich a bha an dàn dha a rèir choltais. Ann a bhith a' beachdachadh air sin, cha mhòr nach do thòisich mi a' spadadh nan truaghan gràineil mun cuairt orm, ach cha do rinn mi sin. Mar a thuirt mi, bha an tolman mar nàdar de dh'eilean sa choille. Bhon mhullach bu lèir dhomh a-nis Lùchairt a' Phòrsalain Uaine tron thoit cheòthach, agus bhuaipe sin bha cùrsa agam don t-Sfinge Ghil. Agus mar sin, a' fàgail na bha fhathast ann den fheadhainn dhamainte ud a' dol air ais 's air adhart is a' cneadadh, ann an soilleireachadh an latha, cheangail mi beagan feòir mu mo chasan agus dh'fhalbh mi gu crùbach thar nan luathan smùidreach agus am measg ghasan dubha a bha a' frith-bhualadh le teine nam broinn, a dh'ionnsaigh àite-falaich Inneal na Tìme. Choisich mi gu mall, on a bha mi gu bhith claoidhte, a bharrachd air bacach, agus bha uiread de mhulad orm air sgàth bàs uabhasach Bhìona bige. B' e sgrios air leth a bh' ann. A-nis, san t-seann sheòmar aithnichte seo, tha e nas coltaiche ri bròn bruadair na call da-rìribh. Ach air a' mhadainn ud, dh'fhàg e mi buileach aonaranach a-rithist—gu h-uabhasach aonaranach. Thòisich mi air saoilsinn air an taigh seo agam, air an teallach seo, air cuid agaibhse, agus leis a leithid de smuaintean

'At last I sat down on the summit of the hillock, and watched this strange incredible company of blind things groping to and fro, and making uncanny noises to each other, as the glare of the fire beat on them. The coiling uprush of smoke streamed across the sky, and through the rare tatters of that red canopy, remote as though they belonged to another universe, shone the little stars. Two or three Morlocks came blundering into me, and I drove them off with blows of my fists, trembling as I did so.

'For the most part of that night I was persuaded it was a nightmare. I bit myself and screamed in a passionate desire to awake. I beat the ground with my hands, and got up and sat down again, and wandered here and there, and again sat down. Then I would fall to rubbing my eyes and calling upon God to let me awake. Thrice I saw Morlocks put their heads down in a kind of agony and rush into the flames. But, at last, above the subsiding red of the fire, above the streaming masses of black smoke and the whitening and blackening tree stumps, and the diminishing numbers of these dim creatures, came the white light of the day.

'I searched again for traces of Weena, but there were none. It was plain that they had left her poor little body in the forest. I cannot describe how it relieved me to think that it had escaped the awful fate to which it seemed destined. As I thought of that, I was almost moved to begin a massacre of the helpless abominations about me, but I contained myself. The hillock, as I have said, was a kind of island in the forest. From its summit I could now make out through a haze of smoke the Palace of Green Porcelain, and from that I could get my bearings for the White Sphinx. And so, leaving the remnant of these damned souls still going hither and thither and moaning, as the day grew clearer, I tied some grass about my feet and limped on across smoking ashes and among black stems, that still pulsated internally with fire, towards the hiding-place of the Time Machine. I walked slowly, for I was almost exhausted, as well as lame, and I felt the intensest wretchedness for the horrible death of little Weena. It seemed an overwhelming calamity. Now, in this old familiar room, it is more like the sorrow of a dream than an actual loss. But that morning it left me absolutely lonely again—terribly alone. I began to think of this house of mine, of this fireside, of some of you, and with such thoughts

thàinig cianalas mar phian.

'Ach, nuair a choisich mi air na luathan smùidreach fo speur soilleir na maidne, dh'ionnsaich mi rudeigin. Ann am pòcaid mo bhriogais, bha beagan mhaidseachan fhathast agam. Feumaidh gun do thuit feadhainn a-mach mus deach am bogsa a chall.

came a longing that was pain.

'But as I walked over the smoking ashes under the bright morning sky, I made a discovery. In my trouser pocket were still some loose matches. The box must have leaked before it was lost.

10

'Mu ochd no naoi sa mhadainn ràinig mi an aon shuidheachadh de mheatailt bhuidhe às am faca mi an saoghal air feasgar mo theachd. Smaoinich mi air na beachdan cabhagach a bha agam am feasgar ud, agus thàinig orm gàire shearbh a dhèanamh air cho cinnteach 's a bha mi. Seo an aon shealladh brèagha, an aon duilleach pailt, na h-aon lùchairtean baibheil is tobhtaichean mìorbhaileach, an aon abhainn airgeadach a' sruthadh eadar a bruachan torrach. Ghluais ròbaichean aighearach nan daoine thall 's a-bhos am measg nan craobhan. Bha feadhainn ag iomlaid san dearbh àite far an do shàbhail mi Bhìona, agus stob sin mi le gonadh piantail grad. Agus mar sgleò air cruth na tìre dh'èirich na pùlaichean-mullach os cionn nan slighean don t-saoghal fo thalamh. Thuig mi a-nis dè bha am falach air cùl àilleachd uile muinntir an t-saoghail uaraich. Bu chàilear an latha aca, cho càilear ri latha a' chruidh san achadh. Coltach ris a' chrodh, cha robh iad ag aithneachadh nàimhdean sam bith, agus cha leigeadh iad leas dèiligeadh ri feumalachdan sam bith. Agus b' e an aon cheann-uidhe a bha romhpa.

'Rinn mi bròn a' smaoineachadh air cho aithghearr 's a bha aisling innleachd a' chinne-daonna. Bha làmh aice na bàs fhèin. Chuir i a h-aghaidh gu daingeann ri cofhurt is socair, co-chomann cothromaichte le sàbhailteachd is maireannachd san amharc dhi, is bha a dòchasan air tighinn gu buil—agus air tighinn gu seo aig a' cheann thall. Feumaidh gun robh uair ann san robh sàbhailteachd gu beagnaich iomlan ann am beatha agus sealbh. Bha an duine beairteach cinnteach às a shaibhreas is chofhurt, agus bha an saothraiche cinnteach às a shaoghal is a dhreuchd. Is iongantach gum biodh trioblaidean de dhìomhanas san t-saoghal fhoirfe ud, no mura biodh gach duilgheadas sòisealta air a rèiteachadh. Agus lean sàmhchair mhòr.

''S e lagh nàdair a bhios sinn a' call gur e dìoladh atharrachaidh, cunnairt is trioblaid a th' ann an ioma-chomas na h-innleachd. 'S e uidheam foirfe a th' ann an ainmhidh a tha air àrd-ghleus le

10

About eight or nine in the morning I came to the same seat of yellow metal from which I had viewed the world upon the evening of my arrival. I thought of my hasty conclusions upon that evening and could not refrain from laughing bitterly at my confidence. Here was the same beautiful scene, the same abundant foliage, the same splendid palaces and magnificent ruins, the same silver river running between its fertile banks. The gay robes of the beautiful people moved hither and thither among the trees. Some were bathing in exactly the place where I had saved Weena, and that suddenly gave me a keen stab of pain. And like blots upon the landscape rose the cupolas above the ways to the Under-world. I understood now what all the beauty of the Over- world people covered. Very pleasant was their day, as pleasant as the day of the cattle in the field. Like the cattle, they knew of no enemies and provided against no needs. And their end was the same.

'I grieved to think how brief the dream of the human intellect had been. It had committed suicide. It had set itself steadfastly towards comfort and ease, a balanced society with security and permanency as its watchword, it had attained its hopes — to come to this at last. Once, life and property must have reached almost absolute safety. The rich had been assured of his wealth and comfort, the toiler assured of his life and work. No doubt in that perfect world there had been no unemployed problem, no social question left unsolved. And a great quiet had followed.

'It is a law of nature we overlook, that intellectual versatility is the compensation for change, danger, and trouble. An animal perfectly in harmony with its environment is a perfect

àrainneachd. Cha bhi innleachd a dhìth air nàdar gu bràth gus am bi cleachdadh is dual gun feum. Nuair nach eil atharrachadh ann no feum air atharrachadh, chan eil innleachd ann nas motha. 'S e ainmhidhean na h-innleachd a-mhàin a dh'fheumas dèiligeadh ri raon fìor mhòr de dh'fheumalachdan is cunnartan.

'Mar sin, dhòmhsa dheth, bha daoine an t-saoghail uaraich air a dhol bhuaithe a dh'ionnsaigh àilleachd laige, agus daoine an t-saoghail fo thalamh air a thionndadh gu gnìomhachas nan uidheaman. Ach bha aon rud a dhìth sa chor fhoirfe ud fiù 's airson foirfeachd uidheamach — maireannachd bhuan. A rèir choltais, mar a chaidh tìm air adhart, chaidh biathadh an t-saoghail fo thalamh a bhacadh ann an dòigh air choreigin, as bith ciamar a bhathar ga choileanadh. Thill Màthair na Feumalachd, an dèidh dhaibh a fuadachadh car corra mìle bliadhna, agus thòisich i fodha. Leis gun robh an creutair fon talamh an sàs anns na h-uidheaman, a tha fhathast feumach air beagan smaoineachaidh taobh a-muigh cleachdaidh, bha am fear sin mar sin air cuid dhe iomairt a ghlèidheadh na an creutair san t-saoghal uarach, ged a bhiodh na bu lugha aige na tha aig mac an duine sam bith eile. Agus nuair a dh'fhairtlich feòil eile orra, chaidh iad gu na bha toirmisgte roimhe le seann chleachdadh. Mar sin 's ann a chunnaic mi e san t-sealladh dheireannach agam den t-saoghal ann an Ochd Ceud 's a Dhà Mìle, Seachd Ceud 's a h-Aon. Is dòcha gur e mìneachadh cho ceàrr a th' ann agus a dh'fhaodadh innleachd dhaonna a chruthachadh. 'S ann mar sin a thuig mi an rud, agus 's ann mar sin a bheir mi dhuibhse e.

'An dèidh gach airtneal, gach ireapais is gach eagal nan làithean a dh'fhalbh, agus a dh'aindeoin mo mhulaid, bha an suidheachan seo, an sealladh ciùin agus solas blàth na grèine gu math fhèin càilear. Bha mi fìor sgìth is cadalach, agus an ceann ghoirid thionndaidh mo chnuasachadh gu cadal. A' toirt fa-near gun robh mi ri sin, ghèill mi ris an fheum a bh' orm fhèin, agus shìn mi air an fheur airson cadal a bha fada is foiseil.

'Dhùisg mi pìos beag ro dhol fodha na grèine. Bha mi a' faireachdainn sàbhailte a-nis bho bhith air mo ghlacadh leis na Mòrlogan is mi nam shuain, agus, a' searadh mo bhuill, thàinig mi sìos an cnoc a dh'ionnsaigh na Sfinge Gile. Bha a' ghèimhleag agam san dàrna làimh, agus bha an tè eile a' cluich leis na maidseachan nam phòcaid.

'Agus b' ann an uair sin a thachair an rud nach robh mi a' sùileachadh idir. Nuair a rinn mi air bun-carraigh na Sfinge, thug mi an aire gun robh na dorsan umha fosgailte. Bha iad air an spèileadh sìos ann an claisean.

'Le sin stad mi far an robh mi romhpa, is bha e leisg leam inntrigeadh.

mechanism. Nature never appeals to intelligence until habit and instinct are useless. There is no intelligence where there is no change and no need of change. Only those animals partake of intelligence that have to meet a huge variety of needs and dangers.

'So, as I see it, the Upper-world man had drifted towards his feeble prettiness, and the Under-world to mere mechanical industry. But that perfect state had lacked one thing even for mechanical perfection—absolute permanency. Apparently as time went on, the feeding of the Under-world, however it was effected, had become disjointed. Mother Necessity, who had been staved off for a few thousand years, came back again, and she began below. The under-world being in contact with machinery, which, however perfect, still needs some little thought outside habit, had probably retained perforce rather more initiative, if less of every other human character, than the Upper. And when other meat failed them, they turned to what old habit had hitherto forbidden. So I say I saw it in my last view of the world of Eight Hundred and Two Thousand Seven Hundred and One. It may be as wrong an explanation as mortal wit could invent. It is how the thing shaped itself to me, and as that I give it to you.

'After the fatigues, excitements, and terrors of the past days, and in spite of my grief, this seat and the tranquil view and the warm sunlight were very pleasant. I was very tired and sleepy, and soon my theorizing passed into dozing. Catching myself at that, I took my own hint, and spreading myself out upon the turf I had a long and refreshing sleep.

'I awoke a little before sunsetting. I now felt safe against being caught napping by the Morlocks, and, stretching myself, I came on down the hill towards the White Sphinx. I had my crowbar in one hand, and the other hand played with the matches in my pocket.

'And now came a most unexpected thing. As I approached the pedestal of the sphinx I found the bronze valves were open. They had slid down into grooves.

'At that I stopped short before them, hesitating to enter.

'Na broinn, bha seòmar beag agus, air àite àrd san oisean bha Inneal na Tìme. Bha na luamhain bheaga nam phòcaid. Mar sin an seo, an dèidh gach ullachadh ioma-fhillte a rinn mi airson ionnsaigh a thoirt air an t-Sfinge Ghil, bhathar a' toirt gèill gu macanta. Thilg mi am bata iarainn air falbh, rud beag duilich gun a bhith ga chleachdadh.

'Thàinig smuain thugam gu h-obann nuair a chrom mi chun dorais. An turas seo co-dhiù thuig mi mar a bha na Mòrlogan a' smaoineachadh. A' cur bacadh air gàire a bha mi gu làidir airson dèanamh, choisich mi tron fhrèam umha agus gu ruige Inneal na Tìme. Bha iongnadh orm gun deach ùilleachadh is a ghlanadh gu cùramach. Bhon uair sin tha amharas orm gun robh na Mòrlogan fiù 's air a thoirt far a chèile gu ìre is iad a' feuchainn ri thuigsinn san dòigh leibideach aca fhèin dè a b' adhbhar dha.

'A-nis, nuair a bha mi nam sheasamh ga sgrùdadh, a' gabhail tlachd bho bhith a' beantainn don uidheam, thachair an rud a bha mi air sùileachadh. Gu h-obann, spèil na pannalan umha suas is bhuail iad am frèam le brag. Bha mi san dorchadas—glacte ann an ribe. Sin a shaoil na Mòrlogan. Rinn mi gàire aighearach a' beachdachadh air sin.

'Bha mi gan cluinntinn a' gàireachdainn is a' monmhar is iad a' tighinn gam ionnsaigh. Air mo shocair dh'fheuch mi ri maids a lasadh. Chan fheumainn ach na luamhain a chuir air dòigh agus falbh mar thaibhse. Ach bha mi air aon rud beag a chall. B' e an seòrsa de mhaidseachan diabhlaidh a bh' annta nach las ach air a' bhogsa fhèin.

'Bidh fios agam mar a dh'fhalbh mo shocair. Bha na brùidean beaga faisg orm. Bhean aon dhomh. Thug mi buille fharsaing thuca san dorchadas leis na luamhain, agus thòisich mi a' sreap a-steach do dhìollaid an inneil. An uair sin thàinig làmh an dèidh làimhe orm. An uair sin bha agam ri sabaid an aghaidh an corragan leantalach airson mo luamhan, agus aig an aon àm sporghail airson nan studan air am biodh iad seo a' suidhe. Theab iad fear dhiubh fhaighinn bhuam, tha fhios. Mar a shleamhnaich e bho mo làimh, b' fheudar dhomh bualadh san dorchadas le mo cheann—chuala mi claigeann a' Mhòrloig a' bragadh—airson fhaighinn air ais. Bha na b' èiginniche na an t-sabaid sa choille, saoilidh mi, a' chòmhrag dheireannach seo.

'Ach aig a' cheann thall bha an luamhan an sàs agus tharraing mi a-nall e. Shleamhnaich na làmhan greimeachaidh bhuam. Thuit an dorchadas an uair sin bho mo shùilean. Bha mi san aon sholas ghlas is othail air an tug mi tuairisgeul a-cheana.

'Within was a small apartment, and on a raised place in the corner of this was the Time Machine. I had the small levers in my pocket. So here, after all my elaborate preparations for the siege of the White Sphinx, was a meek surrender. I threw my iron bar away, almost sorry not to use it.

'A sudden thought came into my head as I stooped towards the portal. For once, at least, I grasped the mental operations of the Morlocks. Suppressing a strong inclination to laugh, I stepped through the bronze frame and up to the Time Machine. I was surprised to find it had been carefully oiled and cleaned. I have suspected since that the Morlocks had even partially taken it to pieces while trying in their dim way to grasp its purpose.

'Now as I stood and examined it, finding a pleasure in the mere touch of the contrivance, the thing I had expected happened. The bronze panels suddenly slid up and struck the frame with a clang. I was in the dark — trapped. So the Morlocks thought. At that I chuckled gleefully.

'I could already hear their murmuring laughter as they came towards me. Very calmly I tried to strike the match. I had only to fix on the levers and depart then like a ghost. But I had overlooked one little thing. The matches were of that abominable kind that light only on the box.

'You may imagine how all my calm vanished. The little brutes were close upon me. One touched me. I made a sweeping blow in the dark at them with the levers, and began to scramble into the saddle of the machine. Then came one hand upon me and then another. Then I had simply to fight against their persistent fingers for my levers, and at the same time feel for the studs over which these fitted. One, indeed, they almost got away from me. As it slipped from my hand,

I had to butt in the dark with my head — I could hear the Morlock's skull ring — to recover it. It was a nearer thing than the fight in the forest, I think, this last scramble.

'But at last the lever was fitted and pulled over. The clinging hands slipped from me. The darkness presently fell from my eyes. I found myself in the same grey light and tumult I have already described.

11

'Dh'innis mi dhuibh mar-thà mun òrrais is breisleach a tha an lùib siubhal tron tìm. Agus an turas seo cha robh mi nam shuidhe dìreach ceart san dìollaid, ach air fhiaradh agus gu cugallach. Airson ùine neo-chinnteach chùm mi grèim air an inneal fhad 's a thulg e is a chriothnaich e, gun fhios idir agam air a' chùrsa agam, agus nuair a fhuair mi air coimhead air na daithealan a-rithist bha iongnadh orm faicinn far an robh mi air ruigsinn. Bidh aon daitheal a' comharrachadh làithean, aon mìltean de làithean, aon milleanan de làithean, agus aon mìltean de mhilleanan. A-nis, an àite na luamhain a chur air ais bha mi air an tarraing a-null airson dol air adhart leotha, agus nuair a dh'amhairc mi air na comharran seo chunnaic mi gun robh spòg nam mìltean a' siùdadh timcheall cho luath ri spògan diog air uaireadair — don àm ri teachd.

'Mar a dhràibh mi air adhart, thàinig atharrachadh neònach air coltas ghnothaichean. Dh'fhàs a' ghlaise fhrith-bhualaidh na bu dorcha; an uair sin — ged a bha mi fhathast a' siubhal aig astar air leth — thill na cuairtean piobrachaidh de latha is oidhche, a bha, mar bu trice, a' sònrachadh astar na bu shlaodaiche, agus bha sin a' sìor fhàs na bu shoilleire. Aig an toiseach, bha mi gu math troimh-chèile air sgàth seo. Dh'fhàs na caran eadar oidhche is latha na bu mhaille is na bu mhaille, agus sin a thachair le cùrsa na grèine thar an speura mar an ceudna, gus an robh e coltach gun do mhair sin linntean. Mu dheireadh thall, bha ciaradh leantainneach a' crochadh thar na talmhainn, ciaradh nach robh briste ach an-dràsta 's a-rithist nuair a dheàrrs reul-chearbach tarsainn air an speur dhorcha. Bha am bann solais air nochdadh gum b' fhada bho chaidh a' ghrian à sealladh; oir cha robh a' ghrian a' dol fodha tuilleadh — b' ann a bha i gu sìmplidh ag èiridh is a' tuiteam san iar, agus a' sìor fhàs na bu dheirge is na bu leatha. Cha robh sgeul sam bith air fhàgail den ghealaich. Bha cuairteachadh nan reultan, a' dol na bu shlaodaiche is na bu shlaodaiche, air falbh agus bioran solais a' snàigeadh nan àite. Mu dheireadh, greis mus do stad mi, sguir a' ghrian

11

'I have already told you of the sickness and confusion that comes with time travelling. And this time I was not seated properly in the saddle, but sideways and in an unstable fashion. For an indefinite time I clung to the machine as it swayed and vibrated, quite unheeding how I went, and when I brought myself to look at the dials again I was amazed to find where I had arrived. One dial records days, and another thousands of days, another millions of days, and another thousands of millions. Now, instead of reversing the levers, I had pulled them over so as to go forward with them, and when I came to look at these indicators I found that the thousands hand was sweeping round as fast as the seconds hand of a watch — into futurity.

'As I drove on, a peculiar change crept over the appearance of things. The palpitating greyness grew darker; then — though I was still travelling with prodigious velocity — the blinking succession of day and night, which was usually indicative of a slower pace, returned, and grew more and more marked. This puzzled me very much at first. The alternations of night and day grew slower and slower, and so did the passage of the sun across the sky, until they seemed to stretch through centuries. At last a steady twilight brooded over the earth, a twilight only broken now and then when a comet glared across the darkling sky. The band of light that had indicated the sun had long since disappeared; for the sun had ceased to set — it simply rose and fell in the west, and grew ever broader and more red. All trace of the moon had vanished. The circling of the stars, growing slower and slower, had given place to creeping points of light. At last, some time before I stopped, the sun, red and very large,

a ghluasad air an fhàire, dearg is fìor mhòr, cearcall ana-mhòr a' lainnireach le teas fann, agus an-dràsta is a-rithist a' dol à bith airson tiotan. Bha uair ann agus gun do dheàrrs i na bu shoilleire a-rithist airson greiseig, ach thionndaidh i gu luath air ais don teas dhearg ghruamach aice. Sheall an slaodachadh seo dhomh de èirigh is dol sìos na grèine gun robh saothair dhraghadh na mara deiseil. Bha an talamh air tighinn gu stad agus aon aghaidh dhith ris a' ghrèin, dìreach mar a tha aon aghaidh na gealaich ris an talamh san tràth againne. Gu math faiceallach, oir bha cuimhne agam air tuiteam air comhar mo chinn roimhe, thòisich mi air ath-ghluasad. Chuairtich na spògan na bu mhaille is na bu mhaille gus nach robh tè nam mìltean a' gluasad, agus gus nach robh tè nan làithean tuilleadh mar cheò air an sgèile aice. Na bu mhaille buileach, gus an robh e comasach oir-loidhne tràghad fàsaich iargalta fhaicinn.

'Stad mi gu math ciùin agus shuidh mi air Inneal na Tìme, a' coimhead mun cuairt. Cha robh an speur gorm tuilleadh. San àird an Ear-thuath bha dubh mar inc, agus dheàrrs na rionnagan geala bàna gu soilleir is gu cunbhalach às an duibhead. Os mo chionn bha e dorcha ruadh nan Innseachan agus cha robh rionnagan ann, agus san taobh an ear-dheas chaidh an dath na bu shoilleire, sgàrlaid bhoillsgeach far an robh slige aibheiseach na grèine na laighe, dearg is gun carachadh, air a gearradh leis an fhàire. B' ann de dhath garbh dearg a bha na creagan timcheall orm, agus chan fhaca mi sgeul air beatha an toiseach ach am planntas uabhasach fhèin uaine a chòmhdaich gach àite a stob a-mach air an aghaidh ear-dheas. B' e an aon uaine bheòthail a chithear air còinneach na coille no air crotal ann an uamhan: lusan a bhios a' cinntinn mar iad seo ann an ciaradh buan.

'Bha an t-inneal na sheasamh air tràigh a bha air fhiaradh. Shìn a' mhuir air falbh don iar-dheas, ag èirigh gu fàire gheur shoilleir an aghaidh an speura fhionna. Cha robh stuadhan no tuinn ann, oir cha robh fiù 's uspag gaoithe a' carachadh. Cha robh ach ataireachd bheag ùilleach a' tighinn an àirde is a' dol sìos mar analachadh socair, agus a' nochdadh gun robh an fhairge bhuan fhathast beò a' gluasad. Agus air an oir, far am biodh an t-uisge a' briseadh air uairean, bha rùsg tiugh salainn—bàn-dhearg fon speur chròn. Nam cheann bha mi mothachail air ainneart agus thug mi an aire gun robh mi ag analachadh gu math luath. Chuir am faireachadh nam chuimhne an aon turas a chaidh mi a shreap bheanntan, agus bhon a sin mheas mi gun robh an t-èadhar na bu tana na tha e an-dràsta.

'Fad às, shuas air an t-slios iargalta, chuala mi sgreuchail bhorb, agus chunnaic mi rudeigin coltach ri dealan-dè ana-mhòr geal a' dol air fhiaradh agus a' bocadaich suas don speur agus, a' cur cearcall, a' falbh à sealladh thar beagan tholman ìseal pìos beag na b' fhaide air adhart.

halted motionless upon the horizon, a vast dome glowing with a dull heat, and now and then suffering a momentary extinction. At one time it had for a little while glowed more brilliantly again, but it speedily reverted to its sullen red heat. I perceived by this slowing down of its rising and setting that the work of the tidal drag was done. The earth had come to rest with one face to the sun, even as in our own time the moon faces the earth. Very cautiously, for I remembered my former headlong fall, I began to reverse my motion. Slower and slower went the circling hands until the thousands one seemed motionless and the daily one was no longer a mere mist upon its scale. Still slower, until the dim outlines of a desolate beach grew visible.

'I stopped very gently and sat upon the Time Machine, looking round. The sky was no longer blue. North-eastward it was inky black, and out of the blackness shone brightly and steadily the pale white stars. Overhead it was a deep Indian red and starless, and south-eastward it grew brighter to a glowing scarlet where, cut by the horizon, lay the huge hull of the sun, red and motionless. The rocks about me were of a harsh reddish colour, and all the trace of life that I could see at first was the intensely green vegetation that covered every projecting point on their south-eastern face. It was the same rich green that one sees on forest moss or on the lichen in caves: plants which like these grow in a perpetual twilight.

'The machine was standing on a sloping beach. The sea stretched away to the south-west, to rise into a sharp bright horizon against the wan sky. There were no breakers and no waves, for not a breath of wind was stirring. Only a slight oily swell rose and fell like a gentle breathing, and showed that the eternal sea was still moving and living. And along the margin where the water sometimes broke was a thick incrustation of salt—pink under the lurid sky. There was a sense of oppression in my head, and I noticed that I was breathing very fast. The sensation reminded me of my only experience of mountaineering, and from that I judged the air to be more rarefied than it is now.

'Far away up the desolate slope I heard a harsh scream, and saw a thing like a huge white butterfly go slanting and fluttering up into the sky and, circling, disappear over some low hillocks beyond. The sound of its voice was so dismal that I

Bha fuaim a ghutha cho truagh agus gun do chriothnaich mi agus
shuidh mi na bu daingniche air an inneal. A' coimhead timcheall orm a-
rithist, chunnaic mi, an ìre mhath dlùth, gun robh rud a bha mi air
measadh cnap de chreagan ruadh a' gluasad gu mall gam ionnsaigh.
An uair sin chunnaic mi gum b' e creutair uilebheisteach mar phartan a
bha san rud. An smaoinich sibh air partan cho mòr ris a' bhòrd ud, agus
iomadh cas a' gluasad gu mall is gu neo-chinnteach, a ladhran a'
crathadh, a stiùirean fada mar chuipean cairteir, a' smèideadh is a' lorg,
agus a shùilean steòcaidh a' dealradh thugaibh air gach taobh aghaidh
meatailt? Bha a dhruim preasach agus sgeadaichte le copain spleogach,
agus rùsg caran uaine ga bhreacadh an siud 's an seo. Chunnaic mi
iomadh ball a bheòil ioma-fhillte a' priobadh 's a' lorg mar a ghluais e.

   'Nuair a bha mi a' dùr-choimhead air an t-samhla dhroch-thuarach
seo a' snàigeadh gam ionnsaigh, dh'fhairich mi rudeigin a' diogladh mo
ghruaidh mar gun robh cuileag air cromadh ann. Dh'fheuch mi ri seo a
sguabadh air falbh le mo làimh, ach thill e an ceann tiotan, agus cha
mhòr anns an aon mhòmaid thachair an aon rud ri taobh mo chluaise.
Bhuail mi seo, agus rug mi air rudeigin coltach ri snàithlean. Chaidh a
tharraing gu luath às mo làimh. Le amharas eagalach, thionndaidh mi
agus chunnaic mi gun robh mi air grèim a thoirt air stiùir partain
uilebheistich eile a bha na sheasamh dìreach air mo chùlaibh. Bha a
shùilean olca a' carachadh air an stocain, a bheul beòthail le acras, agus
a ladhran ana-mhòr spleogach, air an còmhdach le roill lìrein, a'
dèanamh orm bhon àirde. Ann an tiotan bha mo làmh air an luamhan,
agus chuir mi mìos eadar mi fhèin is na h-uilebheistean seo. Ach bha mi
fhathast air an aon tràigh, agus chunnaic mi gu soilleir iad cho luath 's a
stad mi. Bha iad nan dusain a' snàigeadh thall 's a-bhos, san t-solas neo-
shoilleir, am measg nan siotaichean duilleach fìor uaine.

   'Chan urrainn dhomh cur an cèill cho iargalta aognaidh 's a bha an
saoghal. Chuir iomadh rud ris a' bhuaidh uabhasaich seo: speur ruadh
an ear, duibhead na h-àirde a tuath, am Muir Marbh saillte, an tràigh
chlachach làn de na h-uilebheistean seo a bha gràineil is mall, lusan mar
chrotal uile an aon uaine mar phuinnsean, an t-èadhar tana a
ghoirticheas na sgamhain. Chaidh mi ceud bliadhna air adhart, agus
bha an aon ghrian dhearg ann — beagan na bu mhotha, na bu dhorcha —
an aon mhuir a' bàsachadh, an aon èadhar fuar, agus an aon ghràisg de
shligichean duslainneach am measg na feamad uaine agus nan creagan
ruadh. Agus san adhar an iar chunnaic mi loidhne chruinn bhàn mar
ghealach aibheiseach ùr.

   'Mar sin shiubhail mi, a' stad uair is a-rithist, a' gabhail cheumannan
de mhìle bliadhna is an còrr, air mo tharraing air adhart le iarrtas
faighinn a-mach dè bha an dàn don talamh, air mo bheò-ghlacadh a'
coimhead air a' ghrèin a' fàs na bu lugha is na bu dhorcha ann an speur

shivered and seated myself more firmly upon the machine. Looking round me again, I saw that, quite near, what I had taken to be a reddish mass of rock was moving slowly towards me. Then I saw the thing was really a monstrous crab-like creature. Can you imagine a crab as large as yonder table, with its many legs moving slowly and uncertainly, its big claws swaying, its long antennae, like carters' whips, waving and feeling, and its stalked eyes gleaming at you on either side of its metallic front? Its back was corrugated and ornamented with ungainly bosses, and a greenish incrustation blotched it here and there. I could see the many palps of its complicated mouth flickering and feeling as it moved.

'As I stared at this sinister apparition crawling towards me, I felt a tickling on my cheek as though a fly had lighted there. I tried to brush it away with my hand, but in a moment it returned, and almost immediately came another by my ear. I struck at this, and caught something threadlike. It was drawn swiftly out of my hand. With a frightful qualm, I turned, and I saw that I had grasped the antenna of another monster crab that stood just behind me. Its evil eyes were wriggling on their stalks, its mouth was all alive with appetite, and its vast ungainly claws, smeared with an algal slime, were descending upon me. In a moment my hand was on the lever, and I had placed a month between myself and these monsters. But I was still on the same beach, and I saw them distinctly now as soon as I stopped. Dozens of them seemed to be crawling here and there, in the sombre light, among the foliated sheets of intense green.

'I cannot convey the sense of abominable desolation that hung over the world. The red eastern sky, the northward blackness, the salt Dead Sea, the stony beach crawling with these foul, slow-stirring monsters, the uniform poisonous-looking green of the lichenous plants, the thin air that hurts one's lungs: all contributed to an appalling effect. I moved on a hundred years, and there was the same red sun—a little larger, a little duller—the same dying sea, the same chill air, and the same crowd of earthy Crustacea creeping in and out among the green weed and the red rocks. And in the westward sky, I saw a curved pale line like a vast new moon.

'So I travelled, stopping ever and again, in great strides of a thousand years or more, drawn on by the mystery of the earth's

an iar, agus beatha na seann talmhainn a' seargadh às. Mu dheireadh thall, an dèidh còrr is millean bliadhna bhon tràth seo, bha cruinne aibheiseach craos-dearg na grèine air fàs gu bhith a' còmhdach faisg air deicheamh pàirt den iarmailt dhorcha. An sin stad mi uair eile, oir bha na partain snàigeach lìonmhor air dol à bith, agus bha e coltach nach robh beatha sam bith air an tràigh ruaidh, ach na duilleagan-cruithneachd is crotail soilleir uaine oirre. Agus a-nis bha breac geal air sin. Bhuail fuachd shearbh mi. Thàinig bleideagan geala aotrom gu cuairteagach sìos. San àird an ear-thuath, dheàrrs sneachd fo sholas rionnagan an speura dhuibh, agus chunnaic mi druim tholman geal-phinc tulganach. Bha iomallach deigh air oir na mara, agus cnapan dhith a' fleòdradh na b' fhaide a-mach; ach bha a' chuid bu mhotha den chuan shaillte ud, coltas fala air fo dhol fodha buan na grèine, fhathast ri reothadh.

'Choimhead mi timcheall orm feuch an robh sgeul ann fhathast de bheatha ainmhidh. Air sgàth uabhainn air choreigin nach b' urrainn dhomh mìneachadh dh'fhan mi ann an dìollaid an inneil. Ach chan fhaca mi càil a' gluasad, air an talamh no san speur no sa mhuir. B' e an splongaid uaine air na creagan an aon rud a dhearbh gun robh beatha fhathast ann. Bha bruach-gainmhich eu-domhainn air nochdadh sa mhuir agus an t-uisge air dol air ais bhon tràigh. Shaoil leam gum faca mi nì dubh air choreigin a' placadaich air a' bhruaich seo, ach sguir e a ghluasad nuair a choimhead mi air, agus mheas mi gun robhar air mo shùil a mhealladh, agus nach b' e ach creag a bha san nì dhubh. Bha na reultan san adhar uabhasach fhèin soilleir agus bha e coltach nach robh iad a' priobadh ach beagan.

'Gu h-obann thug mi fa-near gun robh oir-loidhne chruinn iar na grèine air atharrachadh; gun robh fo-chearclachd, mar bhàgh, air nochdadh san lùib. Chunnaic mi seo a' fàs na bu mhotha. Fad mionaid is dòcha lean mi orm a' dùr-choimhead fo gheilt air an duibhead seo a' snàigeadh thar an latha, agus an uair sin thug mi an aire gun robh dùbhradh a' tòiseachadh. Bha an dàrna cuid a' ghealach no a' phlanaid Mearcar a' trasnadh cruinne na grèine. Mar bu dual, aig an toiseach, ghabh mi ris gum b' i a' ghealach a bhiodh ann, ach tha iomadh rud a' toirt orm creidsinn gum b' e a chunnaic mi an da-rìribh trasnadh planaid an taobh a-staigh a' dol seachad gu math faisg air an talamh.

'Gu luath dh'fhàs e dorcha; thòisich gaoth fhuar a' sèideadh oiteagan aognaidh bhon ear, agus mheudaich àireamh nam bleideagan geala a bha a' sileadh san èadhar. Bho oir na mara thàinig luasgan is sanais. A thaobh de na fuaimean neo-bheòthail seo bha an saoghal na thost. Na thost? Bhiodh e doirbh cur an cèill cho sàmhach 's a bha e. Gach fuaim a' chinne-daonna, mèilich chaora, gairm eun, srannan bhiastagan, an

fate, watching with a strange fascination the sun grow larger
and duller in the westward sky, and the life of the old earth ebb
away. At last, more than thirty million years hence, the huge
red-hot dome of the sun had come to obscure nearly a tenth part
of the darkling heavens. Then I stopped once more, for the
crawling multitude of crabs had disappeared, and the red
beach, save for its livid green liverworts and lichens, seemed
lifeless. And now it was flecked with white. A bitter cold
assailed me. Rare white flakes ever and again came eddying
down. To the north-eastward, the glare of snow lay under the
starlight of the sable sky and I could see an undulating crest of
hillocks pinkish white. There were fringes of ice along the sea
margin, with drifting masses further out; but the main expanse
of that salt ocean, all bloody under the eternal sunset, was still
unfrozen.

'I looked about me to see if any traces of animal life
remained. A certain indefinable apprehension still kept me in
the saddle of the machine. But I saw nothing moving, in earth
or sky or sea. The green slime on the rocks alone testified that
life was not extinct. A shallow sandbank had appeared in the
sea and the water had receded from the beach. I fancied I saw
some black object flopping about upon this bank, but it became
motionless as I looked at it, and I judged that my eye had been
deceived, and that the black object was merely a rock. The stars
in the sky were intensely bright and seemed to me to twinkle
very little.

'Suddenly I noticed that the circular westward outline of the
sun had changed; that a concavity, a bay, had appeared in the
curve. I saw this grow larger. For a minute perhaps I stared
aghast at this blackness that was creeping over the day, and
then I realized that an eclipse was beginning. Either the moon
or the planet Mercury was passing across the sun's disk.
Naturally, at first I took it to be the moon, but there is much to
incline me to believe that what I really saw was the transit of an
inner planet passing very near to the earth.

'The darkness grew apace; a cold wind began to blow in
freshening gusts from the east, and the showering white flakes
in the air increased in number. From the edge of the sea came a
ripple and whisper. Beyond these lifeless sounds the world was
silent. Silent? It would be hard to convey the stillness of it. All
the sounds of man, the bleating of sheep, the cries of birds, the

othail a chluinnear air cùl gach pàirt de ar beathannan — bha a h-uile càil
a bha siud seachad. Le dùmhlachadh an dorchadais, dh'fhàs na
bleideagan cuairteagach na bu lìonmhoire, a' dannsadh ro mo shùilean;
agus bha fuachd an èadhair na bu dèine. Mu dheireadh, chaidh
mullaichean geala nan cnoc cian à sealladh san duibhead, fear mu seach
aca gu luath. Dh'èirich gaoth bheucach às na h-oiteagan. Chunnaic mi
faileas dubh ann am meadhan an dùbhraidh a' siabadh gam ionnsaigh.
An ceann tiotan eile chan fhaicte ach na rionnagan fanna a-mhàin. Bha
gach rud eile ann an dorchadas gun aiteal. Bha an speur a-muigh 's a-
mach dubh.

'Thàinig geilt orm ron dorchadas mhòr seo. Bhuail an fhuachd mo
bhrìgh, agus rinneadh a' chùis orm leis a' phian a bha orm a' gabhail
anail. Chriothnaich mi, agus ghabhadh mi le òrrais mharbhtach. An uair
sin nochd oir na grèine mar bhogha craos-dearg san speur. Theàrn mi
bhon inneal airson m' anail a leigeil. Bha mi a' faireachdainn
tuainealach is eu-chomasach dèiligeadh ris an turas air ais. Nuair a bha
mi nam sheasamh gu bochd is troimh-chèile chunnaic mi an nì a'
gluasad air an tanalach a-rithist — cha robh teagamh ann a-nis gum b' e
rud a bh' ann a bha a' gluasad — an aghaidh uisge dearg na mara. B' e
rud cruinn a bh' ann, car mu mheud cèise-ball, is dòcha, no, ma
dh'fhaodte, na bu mhotha, agus bha greimichean a' crochadh sìos
bhuaithe; bha coltas dubh air mu choinneamh an uisge aonagail cho
dearg ri fuil, agus bha e a' bocadaich gu luaineach an siud 's an seo. An
uair sin, shaoil mi gun robh mi gus fanntachadh. Ach chaidh mo
phiobrachadh leis a' gheilt uabhasaich ro bhith nam laighe gun dìon sa
chiaradh iargalta uabhanta ud fhad 's a shreap mi air an dìollaid.

hum of insects, the stir that makes the background of our lives—all that was over. As the darkness thickened, the eddying flakes grew more abundant, dancing before my eyes; and the cold of the air more intense. At last, one by one, swiftly, one after the other, the white peaks of the distant hills vanished into blackness. The breeze rose to a moaning wind. I saw the black central shadow of the eclipse sweeping towards me. In another moment the pale stars alone were visible. All else was rayless obscurity. The sky was absolutely black.

'A horror of this great darkness came on me. The cold, that smote to my marrow, and the pain I felt in breathing, overcame me. I shivered, and a deadly nausea seized me. Then like a red-hot bow in the sky appeared the edge of the sun. I got off the machine to recover myself. I felt giddy and incapable of facing the return journey. As I stood sick and confused I saw again the moving thing upon the shoal—there was no mistake now that it was a moving thing—against the red water of the sea. It was a round thing, the size of a football perhaps, or, it may be, bigger, and tentacles trailed down from it; it seemed black against the weltering blood-red water, and it was hopping fitfully about. Then I felt I was fainting. But a terrible dread of lying helpless in that remote and awful twilight sustained me while I clambered upon the saddle.

12

'Mar sin thàinig mi air ais. Fad ùine mòire feumaidh gun robh mi gun mhothachadh air an inneal. Thill an sreath-leanmhainn priobaidh de na làithean is oidhcheannan, dh'fhàs a' ghrian òrach a-rithist agus an speur gorm. Bha e na b' fhasa dhomh m' anail a tharraing. Chaidh loidhneachan-àirde an fhearainn suas is sìos. Chuir na spògan caran clis air ais air na daithealan. Mu dheireadh chunnaic mi faileasan neo-shoilleir thaighean a-rithist, fianais air a' chinne-daonna mhì-stuama. Dh'atharraich an fheadhainn seo cuideachd agus dh'fhalbh iad is thàinig feadhainn eile. An-ceartuair, nuair a bha daitheal nam milleanan aig neoni, laghdaich mi an luathas. Theann mi air ar n-ailtireachd bheag àbhaisteach fhèin aithneachadh, ruith spòg nam mìltean air ais don toiseach, thionndaidh oidhche is latha na bu shlaodaiche is na bu shlaodaiche. An uair sin thàinig seann bhallachan na h-obair-lainn timcheall orm. Gu math socair a-nis, mhaillich mi an t-uidheam.

'Chunnaic mi aon rud beag a bha annasach dhomh. Saoilidh mi gun do dh'innis mi dhuibh gun do choisich A' Bh-uas Watchett tarsainn air an t-seòmar nuair a dh'fhalbh mi is mus do dh'èirich mo luathas, agus bha ise a' dol aig astar, dhòmhsa dheth, mar rocaid. Nuair a thill mi, chaidh mi tron mhionaid ud a-rithist san robh i a' trasnadh na h-obair-lainn. Ach a-nis bha gach gluasad aice dìreach na ais-thionndadh air na rinn i roimhe. Dh'fhosgail an doras aig a' cheann shìos, agus chaidh i gu socair às an obair-lann, an comhair a cùil, agus dh'fhalbh i à sealladh air taobh thall an dorais a thàinig i troimhe an turas eile. Greiseag ron a sin, shaoil leam gum faca mi Hillyer fad tiotan; ach dh'fhalbh e ann am priobadh na sùla.

'An uair sin, chuir mi stad air an inneal, agus chunnaic mi seann obair-lann m' eòlais mun cuairt orm, agus mo h-acainn is m' uidheam dìreach mar a dh'fhàg mi iad. Nuair a chrom mi bhon rud bha mi air chrith, agus shuidh mi air mo bheing. Fad corra mionaid chriothnaich mi gu dian. An uair sin dh'fhàs mi na bu shocaire. Timcheall orm, bha

12

'So I came back. For a long time I must have been insensible upon the machine. The blinking succession of the days and nights was resumed, the sun got golden again, the sky blue. I breathed with greater freedom. The fluctuating contours of the land ebbed and flowed. The hands spun backward upon the dials. At last I saw again the dim shadows of houses, the evidences of decadent humanity. These, too, changed and passed, and others came. Presently, when the million dial was at zero, I slackened speed. I began to recognize our own petty and familiar architecture, the thousands hand ran back to the starting-point, the night and day flapped slower and slower. Then the old walls of the laboratory came round me. Very gently, now, I slowed the mechanism down.

'I saw one little thing that seemed odd to me. I think I have told you that when I set out, before my velocity became very high, Mrs. Watchett had walked across the room, travelling, as it seemed to me, like a rocket. As I returned, I passed again across that minute when she traversed the laboratory. But now her every motion appeared to be the exact inversion of her previous ones. The door at the lower end opened, and she glided quietly up the laboratory, back foremost, and disappeared behind the door by which she had previously entered. Just before that I seemed to see Hillyer for a moment; but he passed like a flash.

'Then I stopped the machine, and saw about me again the old familiar laboratory, my tools, my appliances just as I had left them. I got off the thing very shakily, and sat down upon my bench. For several minutes I trembled violently. Then I became

mo sheann obair-lann a-rithist, dìreach mar a bha i roimhe. Dh'fhaodte gun robh mi air cadal an sin agus nach b' e ach bruadar a bha san rud gu lèir.

'Ach chan fhaodte! Bha an rud air tòiseachadh ann an oisean ear-dheas na h-obair-lainn. Bha e air crìochnachadh a-rithist san iar-thuath, an aghaidh a' bhalla far am faic sibhse e. Tha sin a' sealltainn dhuibh an dearbh astar eadar an lèanag bheag agam agus bun-carraigh na Sfinge Gile, far an tug na Mòrlogan an t-inneal agam.

'Airson greis, chaidh m' eanchainn bàn. An-ceartuair dh'èirich mi is thàinig mi tron trannsa an seo, crùbach air sgàth 's gun robh mo shàil fhathast goirt, agus a' faireachdainn luideach is salach. Chunnaic mi an *Pall Mall Gazette* air a' bhòrd ri taobh an dorais. Dh'ionnsaich mi gum b' e an-diugh a bh' againn ceart gu leòr, agus, a' toirt sùil air an uaireadair, chunnaic mi gun robh e gu bhith ochd uairean. Chuala mi ur guthan agus faram nan truinnsearan. Shòr mi — bha mi gu bochd agus cho lag. An uair sin dh'fhairich mi fàileadh fallain na feòla agus dh'fhosgail mi an doras far an robh sibh. Is aithne dhuibh an còrr. Nigh mi agus dh'ith mi, agus a-nis tha mi ag aithris na sgeulachd dhuibh.'

'Tha fhios a'm,' ars esan, an dèidh stad beag, 'gum bi gach rud a bha seo do-chreidsinneach dhuibhse, ach dhòmhsa 's e an aon rud do-chreidsinneach gu bheil mi an seo a-nochd san t-seann sheòmar aithnichte seo, a' coimhead air ur n-aodannan càirdeil, agus ag innse dhuibh mu na driodfhortain neònach uile seo.' Choimhead e air Fear an Leigheis. 'Chan urrainn. Chan urrainn dhomh saoilsinn gun creid sibh e. Gabh mar bhreug e — no fàisneachd. Canaibh gun robh mi ga bhruadrachadh san obair-lainn. Gabhaibh ris gun robh mi a' cnuasachadh air na tha an dàn don chineal againn, gus an do chruthaich mi an t-uirsgeul seo. Beachdaichibh mar chleas na h-ealaine airson ùidh a mheudachadh ann gu bheil mi ag ràdh gur e an fhìrinn a th' ann. Agus ga ghabhail mar sgeulachd, dè ur beachd air?'

Thog e a phìob agus thòisich e, mar a b' àbhaist dha, ga gnogadh gu h-iomagaineach air bàraichean na clèith-teine. Bha sàmhchair ann airson mòmaid. An uair sin thòisich na sèithrichean ri dìosgail agus na brògan a' suathadh ris a' bhrat. Thug mi mo shùilean far aodann an t-Siùbhlaiche-tìme, agus choimhead mi mun cuairt an luchd-èisteachd. Bha iad san dorchadas agus spotan dathte a' fleòdradh romhpa. A rèir choltais bha Fear an Leigheis air a bheò-ghlacadh le beachdachadh air ar n-òstair. Bha an Neach-deasaiche a' coimhead gu dlùth ri ceann a shiogair — an siathamh. Rùraich an Neach-naidheachd airson uaireadair. Bha càch, mas math mo chuimhne, neo-ghluasadach.

Sheas an Neach-deasachaidh is leig e osna. 'Is mòr am beud nach e sgrìobhaiche sgeulachdan a th' annaibh!' ars esan, a' cur a làimh air gualann an t-Siùbhlaiche-tìme.

calmer. Around me was my old workshop again, exactly as it had been. I might have slept there, and the whole thing have been a dream.

'And yet, not exactly! The thing had started from the south-east corner of the laboratory. It had come to rest again in the north-west, against the wall where you saw it. That gives you the exact distance from my little lawn to the pedestal of the White Sphinx, into which the Morlocks had carried my machine.

'For a time my brain went stagnant. Presently I got up and came through the passage here, limping, because my heel was still painful, and feeling sorely begrimed. I saw the *Pall Mall Gazette* on the table by the door. I found the date was indeed to-day, and looking at the timepiece, saw the hour was almost eight o'clock. I heard your voices and the clatter of plates. I hesitated — I felt so sick and weak. Then I sniffed good wholesome meat, and opened the door on you. You know the rest. I washed, and dined, and now I am telling you the story.

'I know,' he said, after a pause, 'that all this will be absolutely incredible to you. To me the one incredible thing is that I am here to-night in this old familiar room looking into your friendly faces and telling you these strange adventures.' He looked at the Medical Man. 'No. I cannot expect you to believe it. Take it as a lie — or a prophecy. Say I dreamed it in the workshop. Consider I have been speculating upon the destinies of our race until I have hatched this fiction. Treat my assertion of its truth as a mere stroke of art to enhance its interest. And taking it as a story, what do you think of it?'

He took up his pipe, and began, in his old accustomed manner, to tap with it nervously upon the bars of the grate. There was a momentary stillness. Then chairs began to creak and shoes to scrape upon the carpet. I took my eyes off the Time Traveller's face, and looked round at his audience. They were in the dark, and little spots of colour swam before them. The Medical Man seemed absorbed in the contemplation of our host. The Editor was looking hard at the end of his cigar — the sixth. The Journalist fumbled for his watch. The others, as far as I remember, were motionless.

The Editor stood up with a sigh. 'What a pity it is you're not a writer of stories!' he said, putting his hand on the Time Traveller's shoulder.

'Chan eil sibh ga chreidsinn?'

'Uill—'

'Sin a smaoinich mi.'

Thionndaidh an Siùbhlaiche-tìme thugainne. 'Càit a bheil na maidseachan?' ars esan. Las e fear is bhruidhinn e seachad air a' phìob aige, a' gabhail toit. 'Leis an fhìrinn innse... is gann gu bheil mi fhèin ga chreidsinn... Ach...'

Chaidh a shùil gu ceasnachail air na flùraichean geala seargte air a' bhòrd bheag. An uair sin chuir e mun cuairt an làmh a bha a' gabhail grèim air a phìob, agus mhothaich mi gun robh e a' coimhead air leòn-lorgan leth-shlànaichte air a rùdain.

Dh'èirich Fear an Leigheis, thàinig e don chrùisgean, agus sgrùd e na flùraichean. 'Tha a' phistil neònach,' ars esan. Chrùb an Saidhg-eòlaiche air adhart airson fhaicinn, a' sìneadh a làimh airson ball-sampaill.

'Abair gu bheil e cairteal gu uair,' arsa an Neach-naidheachd. 'Ciamar a thèid sinn dhachaigh?'

'Tha gu leòr charbadan aig an stèisean,' ars an Saidhg-eòlaiche.

''S e rud àraid a th' ann,' arsa Fear an Leigheis; 'ach is cinnteach nach aithne dhomh gèineas nàdarrach nam flùraichean seo. Am faod mi an cumail?'

Shòr an Siùbhlaiche-tìme. An uair sin gu h-obann, ''S ann nach fhaod.'

'Càit an d' fhuair sibh iad an da-rìribh?' arsa Fear an Leigheis.

Chuir an Siùbhlaiche-tìme a làmh gu cheann. Bhruidhinn e mar chuideigin a bha a' feuchainn ri grèim a chumail air beachd a bha ag èaladh. 'Chuireadh iad nam phòcaid le Bhìona, nuair a shiubhail mi tron Tìm.' Choimhead e gu dian timcheall air an t-seòmar. 'Gu sealladh orm tha a h-uile rud dheth a' falbh. Tha an seòmar seo agus sibh fhèin agus an t-àile làitheil cus airson mo chuimhne. An d' rinn mi riamh Inneal-tìme, no modail de Inneal-tìme? No an e bruadar a th' ann dheth air fad? Thathar ag ràdh gur e bruadar a tha sa bheatha, bruadar fìor thruagh aig amannan—ach chan urrainn dhomh dèiligeadh ri fear eile nach buin. 'S e breisleach a th' ann. Agus cò às a thàinig am bruadar?... Feumaidh mi sùil a thoirt air an inneal ud. Ma tha a leithid ann!'

Rug e air a' chrùisgean gu clis, agus thog e e, a' dealradh gu ruadh, tron doras don trannsa. Lean sinn e. Ann an solas lainnireach a' chrùisgein bha an t-inneal an sin, ceart gu leòr, crùbte, grànda, agus air fhiaradh, rud air a dhèanamh à pràis, dubh-fhiodh, ìbhri, agus clach-eite thrìd-dhealrach ach boillsgeach. Bha e cruaidh nuair a bheante ris—oir shìn mi mo làmh ris agus dh'fhairich mi an rèile air—agus le spotan is leas donn air an ìbhri, agus pìosan de fheur is còinneach air na pàirtean a b' ìsle, agus aon de na rèilean air a lùbadh gu claon.

Chuir an Siùbhlaiche-tìme an crùisgean sìos air a' bheing, agus ruith

'You don't believe it?'

'Well—'

'I thought not.'

The Time Traveller turned to us. 'Where are the matches?' he said. He lit one and spoke over his pipe, puffing. 'To tell you the truth ... I hardly believe it myself.... And yet...'

His eye fell with a mute inquiry upon the withered white flowers upon the little table. Then he turned over the hand holding his pipe, and I saw he was looking at some half-healed scars on his knuckles.

The Medical Man rose, came to the lamp, and examined the flowers. 'The gynaeceum's odd,' he said. The Psychologist leant forward to see, holding out his hand for a specimen.

'I'm hanged if it isn't a quarter to one,' said the Journalist. 'How shall we get home?'

'Plenty of cabs at the station,' said the Psychologist.

It's a curious thing,' said the Medical Man; 'but I certainly don't know the natural order of these flowers. May I have them?'

The Time Traveller hesitated. Then suddenly: 'Certainly not.'

'Where did you really get them?' said the Medical Man.

The Time Traveller put his hand to his head. He spoke like one who was trying to keep hold of an idea that eluded him. 'They were put into my pocket by Weena, when I travelled into Time.' He stared round the room. I'm damned if it isn't all going. This room and you and the atmosphere of every day is too much for my memory. Did I ever make a Time Machine, or a model of a Time Machine? Or is it all only a dream? They say life is a dream, a precious poor dream at times—but I can't stand another that won't fit. It's madness. And where did the dream come from? ... I must look at that machine. If there is one!'

He caught up the lamp swiftly, and carried it, flaring red, through the door into the corridor. We followed him. There in the flickering light of the lamp was the machine sure enough, squat, ugly, and askew; a thing of brass, ebony, ivory, and translucent glimmering quartz. Solid to the touch—for I put out my hand and felt the rail of it—and with brown spots and smears upon the ivory, and bits of grass and moss upon the lower parts, and one rail bent awry.

The Time Traveller put the lamp down on the bench, and ran

e a làmh thar na rèile millte. 'Tha e ceart gu leòr a-nis,' ars esan. 'B' ann a bha an sgeulachd a dh'innis mi dhuibh fìor. Tha mi duilich gun tug mi a-mach sibh an seo far a bheil e fuar.' Thog e an crùisgean agus, uile nar tost, thill sinn don t-seòmar-smocaidh.

Thàinig e a-steach don trannsa còmhla rinn, agus chuidich e an Neach-deasachaidh a' cur uime a chòta. Choimhead Fear an Leigheis na aodann agus, caran neo-chinnteach, thuirt e ris gun robh e a' fulang air sgàth cus obrach, a thug gàire mhòr air. Tha cuimhne agam air na sheasamh eadar dà bhuinn an dorais fhosgailte agus a' glaodhadh oidhche mhath leinn.

Ghabh mi fhèin is an Neach-deasachaidh carbad còmhla ri chèile. Mheas esan gun robh an sgeul na 'bhreug struidheil. Air mo shon fhèin, cha b' urrainn dhomh tighinn gu co-dhùnadh. Bha an sgeul cho fantasach is do-chreidsinneach, ach an aithris cho creideasach is stuama. Bha mi nam làn fhaireachadh a' chuid bu mhotha den oidhche a' smaoineachadh air. Chuir mi romham dol ann an làrna-mhàireach is an Siùbhlaiche-tìme fhaicinn a-rithist. Chaidh innse dhomh gun robh e san obair-lainn agus, leis gun robh mi air mo shocair san taigh, chaidh mi suas far an robh e. Bha an obair-lann falamh, ge-tà. Chùm mi orm a' coimhead air Inneal na Tìme fad mionaid agus shìn mi mo làmh gus beantainn don luamhan. Le sin luaisg an cnap ìseal cruaidh mar mheang air chrith sa ghaoith. Chuir e iongnadh mòr orm cho cugallach 's a bha e, agus bha cuimhne neònach agam air làithean mo leanabais san robhar gam thoirmeasg bho bhith ag obhnaigeadh. Thàinig mi air ais tron trannsa. Choinnich an Siùbhlaiche-tìme rium san t-seòmar-smocaidh. Bha e a' tighinn bhon taigh. Bha camara beag aige air an dàrna gàirdean agus cnap-saic fon fhear eile. Rinn e gàire nuair a chunnaic e mi, agus shìn e uileann thugam airson breith oirre. 'Tha mi uabhasach trang,' ars esan, 'leis an rud a-staigh sin.'

'Ach nach e mealladh air choreigin a th' ann?' arsa mise. 'An ann an da-rìribh a bhios sibh a' siubhal tron tìm?'

''S ann a bhios gu fìrinneach.' Agus sheall e gu fosgarra nam shùilean. Shòr e. Dh'fhalbh a shùil timcheall an t-seòmair. 'Chan eil ach leth-uair a thìde a dhìth orm,' ars esan. 'Tha fhios agam carson a thàinig sibh, agus tha e fìor mhath dhibh. Tha beagan irisean an seo. Ma dh'fhanas sibh airson lòin bheir mi fianais dho-àicheadh dhuibh den t-siubhal tro thìm seo, buill-sampaill agus a leithid. Ma bheir sibh maitheanas dhomh ur fàgail an-dràsta?'

Dh'aontaich mi, ach bu ghann a' tuigsinn an uair sin làn chèill na bha e ag ràdh, agus chrom e cheann mus deach e sìos an trannsa. Chuala mi brag dùnadh doras na h-obair-lainn, shuidh mi ann an sèithear agus thog mi pàipear an latha. Dè bha e a' dol a dhèanamh ro àm lòin? An uair sin gu h-obann chuir sanas-reic nam chuimhne gun do gheall mi

his hand along the damaged rail. 'It's all right now,' he said. 'The story I told you was true. I'm sorry to have brought you out here in the cold.' He took up the lamp, and, in an absolute silence, we returned to the smoking-room.

He came into the hall with us and helped the Editor on with his coat. The Medical Man looked into his face and, with a certain hesitation, told him he was suffering from overwork, at which he laughed hugely. I remember him standing in the open doorway, bawling good night.

I shared a cab with the Editor. He thought the tale a 'gaudy lie.' For my own part I was unable to come to a conclusion. The story was so fantastic and incredible, the telling so credible and sober. I lay awake most of the night thinking about it. I determined to go next day and see the Time Traveller again. I was told he was in the laboratory, and being on easy terms in the house, I went up to him. The laboratory, however, was empty. I stared for a minute at the Time Machine and put out my hand and touched the lever. At that the squat substantial-looking mass swayed like a bough shaken by the wind. Its instability startled me extremely, and I had a queer reminiscence of the childish days when I used to be forbidden to meddle. I came back through the corridor. The Time Traveller met me in the smoking-room. He was coming from the house. He had a small camera under one arm and a knapsack under the other. He laughed when he saw me, and gave me an elbow to shake. 'I'm frightfully busy,' said he, 'with that thing in there.'

'But is it not some hoax?' I said. 'Do you really travel through time?'

'Really and truly I do.' And he looked frankly into my eyes. He hesitated. His eye wandered about the room. 'I only want half an hour,' he said. 'I know why you came, and it's awfully good of you. There's some magazines here. If you'll stop to lunch I'll prove you this time travelling up to the hilt, specimen and all. If you'll forgive my leaving you now?'

I consented, hardly comprehending then the full import of his words, and he nodded and went on down the corridor. I heard the door of the laboratory slam, seated myself in a chair, and took up a daily paper. What was he going to do before lunch-time? Then suddenly I was reminded by an

coinneachadh ri Richardson, am Foillsichear, aig dhà. Choimhead mi air an uaireadair agam, agus mhothaich mi gum bu ghann a dheigheadh agam air cumail ris an aonta sin. Dh'èirich mi agus chaidh mi sìos an trannsa airson innse don t-Siùbhlaiche-tìme.

Cho luath 's a rug mi air làmh an dorais chuala mi grad-ghlaodh, a ghearradh dheth gu neònach aig a' cheann, is an uair sin briogadh is brag. Chuairtich oiteag èadhair mi nuair a dh'fhosgail mi an doras, agus thàinig fuaim de ghlainne bhriste a' tuiteam air an làr bhon taobh a-staigh. Cha robh an Siùbhlaiche-tìme ann. Ar leam gum faca mi cruth mar thaibhse, neo-shoilleir na shuidhe am measg tomaid duibh chuairteagaich de phràis fad mòmaid—cruth cho trìd-sheallach agus gum bu lèir dhomh a' bheing air a chùlaibh agus na duilleagan de dhreachd-dhealbhan gu follaiseach; ach chaidh an sgleò-shealladh seo à sealladh cho luath 's a shuath mi ri mo shùilean. Bha Inneal na Tìme air falbh. Bha ceann thall na h-obair-lainn falamh ach a-mhàin gun robh pathadh de dhuslach a' socrachadh ann. A rèir choltais, chaidh leòsan san uinneig-mhullaich a bhriseadh o chionn ghoirid.

Bha iongnadh mì-reusanta orm. Bha fhios agam gun do thachair rudeigin neònach, agus airson greis cha b' urrainn dhomh dèanamh a-mach dè bha san rud neònach seo. Dh'fhosgail an doras don ghàrradh nuair a bha mi nam sheasamh a' dian-choimhead, agus nochd an seirbheiseach.

Choimhead sinn air càch a chèile. An uair sin thòisich na smuaintean air tighinn. 'An deach Mgr. — — — a-mach an rathad sin?' arsa mise.

'Cha deach, a dhuine-uasail. Cha tàinig duine a-mach à seo. Bha dùil agam a lorg an seo.'

An uair sin thuig mi. Ged a bhrisinn dùil Richardson, dh'fhuirich mi, a' feitheamh ris an t-Siùbhlaiche-tìme: a' feitheamh ris an dàrna sgeulachd, a bhiodh is dòcha fiù 's na b' annasaiche, agus na buill-sampaill is dealbhan a bheireadh e leis. Ach a-nis tha amharas orm gum feum mi feitheamh fad beatha. Chaidh an Siùbhlaiche-tìme à sealladh o chionn trì bliadhnaichean. Agus, mar a tha fhios aig a h-uile duine a-nis, cha do thill e a-riamh.

advertisement that I had promised to meet Richardson, the publisher, at two. I looked at my watch, and saw that I could barely save that engagement. I got up and went down the passage to tell the Time Traveller.

As I took hold of the handle of the door I heard an exclamation, oddly truncated at the end, and a click and a thud. A gust of air whirled round me as I opened the door, and from within came the sound of broken glass falling on the floor. The Time Traveller was not there. I seemed to see a ghostly, indistinct figure sitting in a whirling mass of black and brass for a moment—a figure so transparent that the bench behind with its sheets of drawings was absolutely distinct; but this phantasm vanished as I rubbed my eyes. The Time Machine had gone. Save for a subsiding stir of dust, the further end of the laboratory was empty. A pane of the skylight had, apparently, just been blown in.

I felt an unreasonable amazement. I knew that something strange had happened, and for the moment could not distinguish what the strange thing might be. As I stood staring, the door into the garden opened, and the man-servant appeared.

We looked at each other. Then ideas began to come. 'Has Mr. — gone out that way?' said I.

'No, sir. No one has come out this way. I was expecting to find him here.'

At that I understood. At the risk of disappointing Richardson I stayed on, waiting for the Time Traveller; waiting for the second, perhaps still stranger story, and the specimens and photographs he would bring with him. But I am beginning now to fear that I must wait a lifetime. The Time Traveller vanished three years ago. And, as everybody knows now, he has never returned.

Iar-fhacal

Thathar a' toirt oirnn saoilsinn. An till e uair sam bith? Is dòcha gun do dh'imich e air ais san àm a dh'fhalbh, agus gun do nochd e am measg na feadhna borba ann an Linn na Cloiche Neo-lìomhta; ann an aigeann Muir na Linne Cailciche; no am measg nan dìneasaran aibheiseach, brùidean ana-mhòr nan linntean Diùrasach. Ma dh'fhaodte gu bheil e a-nis air seachran—ma dh'fhaodas mi an abairt a chleachdadh—air riof choirealan Ubh-chlachach air choreigin a tha ga thathaich le Arc-fhad-mhuinealaich, no ri taobh marannan saillte uaigneach na Linne Treasaiche. No an deach e air adhart, no na linntean as fhaisge, far a bheil daoine fhathast nan daoine, ach iad air tòimhseachain ar linn fhèin fhuasgladh agus na duilgheadasan sàrachail aige a chur ceart? Gu ruige brìgh a' chineil: seach nach creid mise, air mo shon fhèin, gur iad na làithean seo, le deuchainn lag, teòiridh neo-iomlan, agus co-spàirn an tràth ceann-finidh a' chinne-daonna! Their mi air mo shon fhèin. Na bheachd-san—tha fhios agam oir bha sinn air beachdachadh air a' cheist fada mus d' rinneadh Inneal na Tìme—ach robh càil aighearach mu Adhartas a' Chinne-daonna, agus cha robh ann an càrn meudachadh sìobhaltais ach torradh faoin a dh'fheumadh tuiteam air ais aig a' cheann thall agus cur às don fheadhainn a rinn e. Mas e is gu bheil sin fìor, chan fhuilear leinn a bhith beò mar nach robh. Ach dhòmhsa tha an t-àm ri teachd fhathast dubh is falamh—aineolas aibheiseach, air a lasadh an corra àite le cuimhne a sgeòil. Agus gam fhurtachadh, tha dà fhlùr àraid agam—air an gaiseadh a-nis, agus donn is rèidh is brisg—mar fhianais gun robh taingealachd agus bàidh do chàch a chèile fhathast ann an cridhe a' chinne-daonna fiù 's nuair a bha an inntinn is an neart air falbh.

Epilogue

One cannot choose but wonder. Will he ever return? It may be that he swept back into the past, and fell among the blood-drinking, hairy savages of the Age of Unpolished Stone; into the abysses of the Cretaceous Sea; or among the grotesque saurians, the huge reptilian brutes of the Jurassic times. He may even now — if I may use the phrase — be wandering on some plesiosaurus-haunted Oolitic coral reef, or beside the lonely saline lakes of the Triassic Age. Or did he go forward, into one of the nearer ages, in which men are still men, but with the riddles of our own time answered and its wearisome problems solved? Into the manhood of the race: for I, for my own part, cannot think that these latter days of weak experiment, fragmentary theory, and mutual discord are indeed man's culminating time! I say, for my own part. He, I know — for the question had been discussed among us long before the Time Machine was made — thought but cheerlessly of the Advancement of Mankind, and saw in the growing pile of civilization only a foolish heaping that must inevitably fall back upon and destroy its makers in the end. If that is so, it remains for us to live as though it were not so. But to me the future is still black and blank — is a vast ignorance, lit at a few casual places by the memory of his story. And I have by me, for my comfort, two strange white flowers — shrivelled now, and brown and flat and brittle — to witness that even when mind and strength had gone, gratitude and a mutual tenderness still lived on in the heart of man.